Ullstein

ÜBER DAS BUCH:

Dieser beeindruckende Roman, der zu einem der erfolgreichsten Filme auf dem internationalen Parkett wurde, spielt in unruhigen Zeiten in den englischen Kolonien. Deutsche Marodeure bedrohen eine Missionsstation und bringen den amtierenden Missionar ums Leben. Auf seine etwas weltfremde, aber unerschütterlich gottvertrauende Gefährtin wartet ein ähnliches Schicksal, als in letzter Minute der heruntergekommene Allnutt mit seiner ebenso heruntergekommenen Barkasse »African Queen« zur Rettung eintrifft. Nur mühsam kann er Rose überzeugen, daß sie sich ihm – trotz seiner gewagten Manieren – auf seinem schrottreifen Kahn anschließen muß. Sehr viel schneller belehrt sie ihn, daß er seine Gewohnheiten zu verändern hat, solange eine Dame an Bord ist, und es dauert nicht lange, bis sie komplett das Kommando übernimmt...
Ein absolutes Kultbuch: ein großer maritimer Abenteuerroman, eine fesselnde Liebesgeschichte und das Buch zum Film.

DER AUTOR:

Cecil Scott Forester schrieb mehrere moderne Romane, von denen die wichtigsten sämtlich bei Ullstein erschienen sind. Als Verfasser der Hornblower-Serie schuf er einen der berühmtesten Seehelden aller Zeiten und wurde damit zu einem Bestsellerautor mit Millionenauflagen.

C. S. Forester

Die »African Queen«

Roman

Ullstein

Ullstein Buchverlage GmbH & Co. KG,
Berlin
Taschenbuchnummer: 24620
Titel der Originalausgabe:
The African Queen
Aus dem Englischen von
Doris Kornau

September 1999

Umschlagentwurf:
Hansbernd Lindemann
Umschlagillustration:
pwe Kinoarchiv Hamburg

Printed in Germany 1999
Druck und Verarbeitung:
Ebner Ulm
ISBN 3 548 24620 6

Gedruckt auf alterungs-
beständigem Papier mit
chlorfrei gebleichtem Zellstoff

Die Deutsche Bibliothek –
CIP-Einheitsaufnahme

Forester, Cecil S.:
Die »African Queen« : Roman /
C. S. Forester. [Aus dem Engl. von
Doris Kornau]. – Berlin : Ullstein, 1999
(Ullstein-Buch ; Nr. 24620)
Einheitssacht.: The African Queen <dt.>
ISBN 3-548-24620-6

Vom selben Autor
in der Reihe
der Ullstein Bücher:

Fähnrich zur See Hornblower (22433)
Leutnant Hornblower (22441)
Hornblower wird Kommandant (22462)
Der Kapitän (24064)
Hornblower auf der »Hotspur« (24310)
An Spaniens Küsten (23633)
Unter wehender Flagge (23789)
Hornblower – Der Kommodore (24175)
Lord Hornblower (24171)
Zapfenstreich (22836)
Hornblower in Westindien (24303)
Die letzte Fahrt der »Bismarck« (22430)
Brown von der Insel (23376)
Die Kanone (21083
Tod den Franzosen! (21092)

1.

Obwohl Rose Sayer sich selbst so elend fühlte, daß sie sich ins Bett gelegt hätte, wäre sie eine weniger willensstarke Person gewesen, war ihr klar, daß es ihrem Bruder, Hochwürden Samuel Sayer, noch viel schlechter ging. Er war zum Erbarmen schwach, und als er zum Abendgebet niederkniete, ähnelte dieser Akt mehr einem plötzlichen Zusammenbruch als einer bewußt ausgeführten Bewegung. Seine zum Gebet erhobenen Hände zitterten heftig. Für einen kurzen Moment, bevor sie andächtig die Augen schloß, sah Rose, wie mager und durchsichtig diese Hände waren und wie sich die Knochen an den Handgelenken skelettartig abzeichneten.

Die dumpfe Hitze des afrikanischen Urwalds schien sich mit dem Einbruch der Dunkelheit während ihres Gebets noch zu verstärken. Roses gefaltete Hände waren naß, als hätte sie sie in Wasser getaucht, und während sie kniend betete, spürte sie, wie ihr der Schweiß unter dem Kleid in Strömen über den Körper lief und sich in ihren Kniekehlen sammelte. Dieses Empfinden war es vor allem, das ihr half, ihr Gewissen mit der Tatsache zu versöhnen, daß sie, fast schon eine Frau in den mittleren Jahren, kein Korsett trug. Immerhin war ihr ein Leben lang eingeimpft worden, daß es sich für eine Frau von vierzehn Jahren an aufwärts nicht schickte, sich in der Öffentlichkeit ohne dieses Utensil zu zeigen. Tatsächlich war ein Korsett in Ostafrika eine Absurdität, und Rose hatte sich gelegentlich sogar schon bei dem Wunsch ertappt, überhaupt keine Unterwäsche unter ihrem weißen Drillichkleid zu tragen, ein Gedanke, den sie freilich als Versuchung des Teufels sofort energisch von sich wies.

Gepeinigt von der feuchten Hitze, wurde Rose sogar jetzt, während dieser feierlichen Gebetsstunde, von solchen Vorstellungen heimgesucht. Sie schob sie jedoch augenblicklich beiseite, um sich wieder voller Inbrunst dem Gebet zu widmen, das Samuel mit leiser Stimme und schleppenden Worten an Gott richtete. Samuel bat um himmlische Führung für ihren Erdenweg und um Vergebung ihrer Sünden. Dann folgte seine übliche Bitte um Gottes Segen für die Mission, und dabei wurde seine Stimme immer brüchiger. Die Mission, der sie ihr Leben gewidmet hatten, existierte praktisch nicht mehr, seit von Hanneken mit seinen Truppen den Ort geplündert und alle Dorfbewohner, Bekehrte wie Heiden, fortgetrieben hatte, um sie zu Soldaten oder Trägern in einem deutsch-ostafrikanischen Corps zu machen, das er gerade aufstellte. Die plündernden Truppen hatten alles mitgenommen, den gesamten Vieh- und Geflügelbestand, sämtlichen Hausrat und alle Nahrungsmittel, selbst vor der tragbaren Kapelle hatten sie nicht haltgemacht; verschont blieb lediglich der Bungalow der Mission am Rand der verlassenen Lichtung. Die Schwäche in Samuels Stimme verschwand, als er um ein Ende des Krieges bat, der über die Welt gekommen war, und um ein Ende der Zerstörung und des Blutvergießens und daß die Menschen sich besannen, dem Krieg zu entsagen und weltweiten Frieden zu schaffen. Und als er dies gesagt hatte, erhob Samuel noch einmal seine Stimme und bat, der Allmächtige möge Englands Waffen segnen und das Land sicher durch diese schwerste aller Prüfungen geleiten und seine Anstrengungen mit einem Sieg über die gottlosen Militaristen krönen, die an diesem Elend schuld waren. In Samuels Stimme schwang bei diesen Worten ein Anflug von Kampfgeist mit, und seine Ausdrucksweise erinnerte an das Alte Testament, an einen anderen Samuel, der einst den Sieg über die Amalekiter herbeigefleht hatte.

»Amen! Amen! Amen!« schluchzte Rose, den Kopf über die gefalteten Hände gebeugt.

Sie verharrten noch einige Sekunden schweigend auf den Knien und erhoben sich dann. Rose konnte in dem schwindenden Licht gerade noch Samuels weißgekleidete, schwankende Gestalt und sein blasses Gesicht erkennen. Sie machte keine Anstalten, die Lampe anzuzünden. Nun, da sich Deutsch-Ostafrika im Krieg gegen England befand, konnte niemand vorhersagen, wie lange es dauern würde, bis sie wieder einmal Öl oder Streichhölzer bekommen würden. Sie waren völlig von der Außenwelt abgeschnitten, die einzig mögliche Verbindung führte durch feindliches Territorium.

»Ich denke, ich ziehe mich jetzt zurück, Schwester«, sagte Samuel mit matter Stimme.

Rose war ihm nicht beim Auskleiden behilflich – sie waren Bruder und Schwester und streng erzogen, und ihm dabei zu helfen, wäre für sie undenkbar und höchstens durch Samuels völlige Hilflosigkeit zu rechtfertigen gewesen. Doch als er im Bett lag, stahl sie sich im Dunkeln zu ihm, um dafür zu sorgen, daß seine Moskitovorhänge auch richtig zugezogen waren.

»Gute Nacht, Schwester«, sagte Samuel. Selbst in dieser mörderischen Hitze schlugen klappernd seine Zähne aufeinander.

Rose begab sich in ihr Zimmer und lag dann schweißgebadet auf ihrer Pritsche, obwohl sie nur ihr dünnes Nachthemd trug. Von draußen drangen die Geräusche der afrikanischen Nacht an ihr Ohr, das Gekreisch der Affen, der schrille Schrei eines Raubtiers und das Brüllen der Krokodile unten am Fluß. Begleitet wurde all dies von dem ständigen hohen Summton, der von der Moskitowolke hinter ihren Vorhängen kam, ihr so vertraut, daß sie es gar nicht mehr wahrnahm.

Erst gegen Mitternacht fiel sie in einen unruhigen Schlaf, und es dämmerte eben erst, als sie schon wieder erwachte. Samuel mußte nach ihr gerufen haben. Barfuß eilte sie durch den Wohnraum in sein Zimmer. Doch falls er tatsächlich nach ihr gerufen haben sollte, schien er dazu jetzt kaum noch in der Lage. Fast alles, was er sagte, war völlig wirr. Einen Augenblick lang hatte sie den Eindruck, als versuche er, das Scheitern seines Lebenswerkes vor jenem Tribunal zu rechtfertigen, vor das er schon bald treten sollte.

»Die arme Mission«, sagte er, und: »Die Deutschen waren es, die Deutschen.«

Danach ging es sehr schnell mit ihm zu Ende, während Rose weinend an seinem Bett saß. Als der erste große Kummer verebbt war, richtete sie sich langsam auf. Die Morgensonne lastete heiß auf dem Wald und tauchte die einsame Lichtung in blendendes Licht, und Rose war ganz allein.

Die Angst, die ihren Kummer ablöste, hielt jedoch nicht lange an. Rose Sayer war nicht dreiunddreißig Jahre alt geworden, hatte nicht zehn Jahre im zentralafrikanischen Urwald gelebt, ohne zu dem einfachen Glauben an ihre Religion auch ein gesundes Selbstvertrauen zu erwerben. Sie stand nicht lange in dem stillen Bungalow mit dem toten Mann, da erfaßte sie eine wilde Wut gegen Deutschland und die Deutschen. Ohne sie, sagte sie sich, ohne das Entsetzen über von Hannekens Requirierungen wäre Samuel nicht gestorben. Zu erleben, wie die mühevolle Arbeit von zehn Jahren innerhalb einer Stunde zu Nichts wurde, das war es, was ihn getötet hatte.

Was die Deutschen auf ihr Gewissen geladen hatten, wog schlimmer als Samuels Tod, dachte Rose. Sie hatten Gottes Werk zerstört; Rose gab sich keinerlei Illusionen darüber hin, wie viel Christentum noch in den Bekehrten sein würde nach einem Urwaldfeldzug in den Reihen einer Eingeborenentruppe, in der neunundneunzig von hundert Männern Heiden waren.

Rose kannte den Urwald. Sie konnte sich vage vorstellen, was dort, auf einer Fläche von hunderttausend Quadratmeilen, Krieg bedeutete. Auch wenn einige ihrer Bekehrten überleben sollten, würden sie doch nie zur Mission zurückkehren – und selbst wenn sie es täten, war Samuel ja tot.

Rose versuchte sich einzureden, daß der Angriff auf die heilige Sache eine größere Sünde war als der dadurch verursachte Tod, aber es gelang ihr nicht. Von Kindheit an war sie dazu angehalten worden, ihren Bruder zu lieben und zu bewundern. Als sie noch ein kleines Mädchen war, war ihm bereits die wundervolle, fast mystische Auszeichnung zuteil geworden, ein geistliches Amt zu bekleiden, und schon damals besaß er in ihren Augen in höchstem Maße sämtliche charakterlichen Vorzüge, die zur Erfüllung einer solchen Aufgabe notwendig waren. Ihre eigenen Eltern, strenge, gottesfürchtige Christen, die bei der Erziehung ihrer Kinder oft von der Rute Gebrauch machten, beugten sich von da an seinem Urteil und lauschten respektvoll seinen Worten. Ihm allein war es zu verdanken, daß sie in der gesellschaftlichen Rangordnung ein riesiges Stück aufrückte, von der kleinen Ladenbesitzerstochter zur Schwester eines Geistlichen wurde. Zwölf Jahre lang war sie ihm Haushälterin, eifrigste und ergebenste Anhängerin und vertrauenswürdigste Gehilfin, und so war es kaum verwunderlich, daß sie ganz unchristliche Haßgefühle gegenüber der Nation hegte, die seinen Tod herbeigeführt hatte.

Selbstverständlich war es ihr auch unmöglich, sich in die Lage des Gegners zu versetzen. Unterstützt von nicht mehr als fünfhundert weißen Männern in einer von einer Million Negern bevölkerten Kolonie, von denen nur ein paar Tausend überhaupt wußten, daß sie Untertanen der deutschen Flagge waren, sah sich von Hanneken vor die Aufgabe gestellt, Deutsch-Ostafrika gegen die Angriffe einer überwältigenden Zahl von feindlichen Truppen zu verteidigen – Truppen, die jeden Augenblick losschlagen konnten. Es war seine Pflicht, bis zum bitteren Ende zu kämpfen, möglichst viel feindliches Territorium so lange wie möglich besetzt zu halten und, wenn es sein mußte, im letzten Schützengraben zu sterben, während die wirkliche Entscheidung unterdessen in Frankreich ausgefochten wurde. Dank der britischen Vorherrschaft auf den Weltmeeren konnte er mit keinerlei Hilfe von außen rechnen; er mußte sich ausschließlich auf seine eigenen Mittel verlassen, während der Verstärkung der feindlichen Truppen keine Grenzen gesetzt waren. Folglich war es nur natürlich, daß er – mit deutscher Gründlichkeit – jeden Mann, jede Frau und jedes Kind in Reichweite als Träger oder Soldaten verpflichtete und jede noch so kleine Menge an Lebensmitteln oder Material, das er aufstöbern konnte, beschlagnahmte.

Rose ließ nicht die geringste Entschuldigung für ihn gelten. Sie erinnerte sich, daß sie die Deutschen noch nie gemocht hatte. Bei ihrer Ankunft in der Kolonie hatten deutsche Beamte damals sie und ihren Bruder peinlichen Kreuzverhören und Überprüfungen ausgesetzt, hatten sie höhnisch und verächtlich behandelt und ihnen Mißtrauen entgegengebracht, was für deutsche Beamte beim Eindringen eines britischen Missionars in eine deutsche Kolonie eigentlich ganz natürlich war. Sie entdeckte, daß sie ihre Manieren, ihre Moralvorstellungen, ihre Gesetze und ihre Ideale verabscheute – fraglos ließ sich Rose von der Welle internationalen Hasses mitreißen, von der die ganze übrige Welt im August 1914 ergriffen war.

Hatte ihr als Märtyrer gestorbener Bruder nicht für den Erfolg der britischen Truppen und die Niederlage der Deutschen gebetet? Beim Anblick des toten Mannes schoß ihr bruchstückhaft eine Flut von Textstellen aus dem Alten Testament durch den Kopf, die er dem Anlaß entsprechend gewählt haben würde. Sie dürstete danach, für England zu kämpfen und die Amalekiter, Philister, Midianiter zu vernichten. Doch noch während diese leidenschaftliche Gefühlsaufwallung von ihr Besitz ergriff, richtete sie sich jäh auf, voll Zorn, sich Tagträumen hingegeben zu haben. Sie war hier, mutterseelenallein im ostafrikanischen Urwald, allein mit einem Toten. Sie hatte nicht die geringste Chance, irgend etwas zu erreichen.

Bei diesen Gedanken blickte Rose über die Veranda des Bungalows nach draußen, und da sah sie ihn, sah »ihre Chance«, die vorsichtig vom Rand der Lichtung zu ihr herblickte. Allerdings erkannte sie ihn nicht als »Chance«; sie ahnte nicht, daß der Mann, der dort aufgetaucht war, das Werkzeug war, dessen sie sich bei ihrem Kampf für England bedienen würde. Was sie dagegen erkannte, war Allnutt, den Cockney-Londoner, Mechaniker bei der belgischen Goldbergwerksgesellschaft zweihundert Meilen flußaufwärts – ein Mann, dessen Gesicht ihrem Bruder nicht gefiel, denn er hielt ihn für einen unchristlichen Menschen.

Aber es war ein englisches Gesicht und außerdem ein ihr wohlgesonnenes, und als sie es jetzt sah, begriff sie erst, was es bedeuten konnte, allein zu sein im Urwald. Sie eilte auf die Veranda und winkte Allnutt einen Willkommensgruß zu.

2

Allnutt fühlte sich immer noch nicht ganz wohl in seiner Haut. Er sah sich vorsichtig um, als er durch die Gärten der Eingeborenen auf sie zukam.

»Wo steckt denn das ganze Volk, Miß?« fragte er, als er sie erreicht hatte.

»Sie sind alle fort«, sagte Rose.

»Wo ist der Reverend – Ihr Bruder?«

»Er ist drinnen ... Er ist tot«, sagte Rose.

Ihre Lippen begannen ein wenig zu zittern, als sie da zusammen im grellen Sonnenlicht standen, doch verbot sie sich jedes Zeichen von Schwäche. Ihr Mund schloß sich wie eine Falle und bot wieder das übliche Bild eines harten, geraden Strichs.

»Tot, sagen Sie? Das ist schlimm, Miß«, sagte Allnutt, doch war klar zu erkennen, daß sein Mitgefühl im Moment rein mechanischer Natur war. Allnutts Auffassungsgabe war so beschaffen, daß er sich jeweils nur mit einem Thema beschäftigen konnte. Er mußte noch weitere Fragen stellen.

»Sind die Deutschen hiergewesen, Miß?« erkundigte er sich.

»Ja«, sagte Rose. »Sehen Sie nur.«

Ihre Handbewegung umschloß den kahlen, runden Platz, der das Dorfzentrum darstellte. Ohne von Hannekens Überfall wäre auf diesem Dorfplatz jetzt ein lärmender, geschäftiger Eingeborenenmarkt im Gange gewesen, voll von lächelnden, plappernden Negern, mit Hühnern und Eiern und Hunderten von anderen

Dingen zum Tauschen. Nackte, dickbäuchige Kinder wären umhergeflitzt, ein paar Kühe zu sehen gewesen, Frauen bei der Gartenarbeit und vielleicht eine Gruppe von Männern, die mit Fischen beladen vom Fluß heraufkamen. Nun aber war da nichts mehr, nur der kahle Boden und die im Kreis angeordneten, verlassenen Hütten und dahinter der schweigende Urwald.

»Die reinste Hölle, Miß«, sagte Allnutt. »Oben beim Bergwerk sah's genauso aus, als ich von Limbasi zurückkam. Alles weg. Was die mit den Belgiern gemacht haben, weiß Gott allein. Soll er ihnen jetzt auch helfen. Möchte im Urwald nicht Gefangener dieses langen Burschen mit dem Glasauge sein – Anneken heißt er, nicht, Miß? Nichts rührte sich oben beim Bergwerk, bis so ein Nigger, der den Deutschen durch die Lappen gegangen war, auftauchte. Meine Nigger an Bord verkrümelten sich sofort auf Nimmerwiedersehn im Wald, als sie die Neuigkeit erfuhren. Keine Ahnung, ob sie vor mir oder den Deutschen Angst hatten. Hauten einfach nachts ab und ließen mich mit der Barkasse sitzen.«

»Der Barkasse?« sagte Rose aufhorchend.

»Ganz richtig, Miß. Die AFRICAN QUEEN. War mit der Barkasse flußaufwärts in Limbasi, um Vorräte zu holen. Die dort oben hatten zwar schon vom Krieg gehört, glaubten aber nicht, daß von Anneken kämpfen würde. Haben mir einfach das Zeug übergeben und ließen mich wieder abschippern. Hab mir die ganze Zeit gedacht, so leicht, wie die sich das vorstellen, wird's ihnen nicht gemacht. Wetten, daß es ihnen jetzt leid tut? Wetten, daß von Anneken mit denen dasselbe gemacht hat wie mit den Leuten von der Mine. Aber die Barkasse hat er nicht bekommen und schon gar nicht das, was drin ist. Hätte sich bestimmt darüber gefreut.«

»Und was ist das?« wollte Rose wissen.

»Sprenggelatine, Miß. Acht Kisten voll. Und Dosenfraß. Außerdem noch Sauerstoff- und Wasserstoffflaschen, für die Schweißarbeiten an der Steinfräse. Ein Haufen Zeug. Von Anneken könnte das alles gut gebrauchen – das steht fest.«

Sie waren jetzt im Bungalow, und Allnutt nahm seinen schäbigen Sonnenhut ab, als ihm einfiel, daß er sich in Gegenwart eines Toten befand. Er senkte den Kopf und murmelte einige unverständliche Worte. So wortreich er vom Krieg oder von seinen persönlichen Erlebnissen erzählen konnte, so schwer wollte es ihm fallen, in aller Form zu kondolieren. Doch eine Sache mußte er zur Sprache bringen.

»'tschuldigung, Miß, aber wie lange ist er schon tot?«

»Er starb heute morgen«, sagte Rose, der der gleiche Gedanke kam, der hinter Allnutts Frage stand. In den Tropen muß ein Toter innerhalb von sechs Stunden beerdigt werden. Aber Allnutt war außerdem noch von dem Wunsch besessen, so rasch wie möglich fortzukommen, sich wieder in seinen Schlupfwinkel in einem der Seitenarme des Flusses zurückzuziehen, weit weg von den Augen der Deutschen.

»Werd ihn begraben, Miß«, sagte Allnutt. »Keine Sorge, Miß. Ich mach's schon richtig. Kenn mich ein bißchen mit den Gebeten aus. Hab sie ja oft genug mit angehört.«

»Ich habe mein Gebetbuch hier. Ich kann das Gebet lesen«, sagte sie, ein Zittern in ihrer Stimme unterdrückend.

Allnutt trat wieder hinaus auf die Veranda. Sein Blick suchte zunächst den Waldrand nach Deutschen ab, bevor er ihn auf die Lichtung richtete, um eine passende Stelle für das Grab zu finden.

»Dort drüben dürfte genau der richtige Platz sein«, sagte Allnutt. »Die Erde ist dort sicher locker, und er würde bestimmt gern im Schatten liegen, nehm ich an. Wo gibt es hier einen Spaten, Miß?«

Die nahen Gefahren beschäftigten derart Allnutts Gedanken, daß er nicht umhin konnte, noch während seines traurigen Tuns zu bemerken:

»Wir sollten uns beeilen, Miß, falls die Deutschen noch mal zurückkommen.«

Und als alles vorüber war und Rose bekümmert am Grab mit dem notdürftig aufgestellten Kreuz stand, machte Allnutt neben ihr einen äußerst unruhigen Eindruck.

»Kommen Sie mit runter zum Fluß, Miß«, drängte er. »Nichts wie weg von hier!«

Quer durch den Wald gelangte man auf einem abfallenden Weg hinunter zum Ufer, und dort, wo der Weg auf die sumpfige Niederung stieß, verkümmerte er zusehends und war bald nicht einmal mehr ein Trampelpfad. Bisweilen wateten sie knietief im Morast. Taumelnd und immer wieder ausrutschend kämpften sie sich vorwärts, schweißüberströmt unter der Last von Roses spärlicher Habe. Ab und zu fanden ihre Füße für einen kurzen Moment sicheren Halt auf einer Baumwurzel, und bei jedem Schritt wurde der für den Fluß tpyische durchdringende Geruch nach Ringelblumen intensiver und stach ihnen in die Nase. Schließlich hatten sie die dichte Vegetation hinter sich und standen wieder im gleißenden Licht der Sonne. Die Barkasse lag nahe am Ufer vor Anker und tanzte hin und her, den Bug stromaufwärts gerichtet. Das wild dahinschießende braune Wasser schlug geräuschvolle Wellen um Ankerkette und Backbordseite.

»Vorsichtig jetzt, Miß«, sagte Allnut. »Stellen Sie Ihren Fuß auf den Baumstumpf dort. Gut so!«

Rose saß in der Barkasse, die so bedeutsam für sie werden sollte, und sah sich um. Die Barkasse verdiente schwerlich den hochtrabenden Namen AFRICAN QUEEN. Sie war gedrungen, knapp zehn Meter lang und hatte einen flachen Boden. Ihr Anstrich war abgeblättert, und sie roch nach Verfall. Ein zerfetztes Sonnensegel überdachte eine etwa zwei Meter tiefe Fläche vor dem Heck; mittschiffs stand die Dampfmaschine mit dem gedrungenen Schornstein, der das Sonnendach nur wenig überragte. Auf ihrem Sitzplatz spürte Rose die Hitze, die das Ding ausstrahlte, wie zusätzliche Sonnenglut.

»'tschuldigen Sie, Miß«, sagte Allnutt. Er kniete auf dem Schiffsboden und befaßte sich mit der Maschine, holte einen Kasten voll heißer Asche heraus und schüttete sie in den Fluß, wo es ein ungeheures Gezische und Gespritze gab. Dann schob er neues Holz von dem neben ihm liegenden Stapel in die Feuerung, und bald erschien Rauch über dem Schornstein, und Rose hörte das Rauschen der Flammen. Die Maschine begann zu ächzen und zu zischen – Rose sollte später die Reihenfolge der auftretenden Geräusche noch zur Genüge kennenlernen – und fing dann an, graue Dampfwölkchen auszustoßen. Tatsächlich waren das Bemerkenswerteste an der ganzen Maschine diese anscheinend aus allen Ritzen quellenden Dampfwölkchen. Allnutt spähte auf seine Meßinstrumente, warf noch etwas Holz ins Feuer und hechtete dann um die Maschine herum nach vorn. Grunzlaute ausstoßend und kräftig an der kleinen Winde zerrend, machte er sich daran, den Anker einzuholen, während ihm der Schweiß in Strömen über den Körper lief. Als der Anker sich gelöst hatte und die reißende Strömung das Boot ans Ufer zu drücken drohte, stürzte er wieder zurück zur Maschine. Ein rasselndes Geräusch ertönte, und Rose spürte, wie die Schraubenwelle unter ihr zu rotieren begann. Allnutt stieß das Boot mit einer langen Stange kräftig vom schlammigen Ufer ab, zog die Stange hastig wieder an Bord und stürzte dann nach hinten zum Ruder.

»'tschuldigen Sie, Miß«, sagte er noch einmal. Er schob sie unsanft beiseite und konnte das Ruder gerade noch rechtzeitig herumreißen, bevor das Boot ans Ufer geprallt wäre. Stampfend und rasselnd steuerten sie raus in das reißende braune Wasser. »Denke mir, Miß«, sagte Allnutt, »wir sollten irgendwo hinter einer Insel ein ruhiges Plätzchen auftreiben, wo man uns nicht sehen kann. Dort könnten wir dann beratschlagen, was wir tun sollen.«

»Das wäre sicher das beste«, sagte Rose.

Das Flußbett des Ulanga ist an diesem Punkt seines Verlaufs schwer zu bestimmen. Der Fluß schlängelt und windet sich, seine Ufer sind schlammig, und er ist übersät mit Inseln, die so dicht aneinanderliegen, daß er auf manchen Streckenabschnitten eher wie ein Bündel von Seitenarmen aussieht, die sich durch Haufen dichter Vegetation hindurchquälen. Die AFRICAN QUEEN schob sich langsam gegen die Strömung quer über den breiten Flußarm, in dem sie ihre Reise begonnen hatten. Eine halbe Meile flußaufwärts bot sich am anderen Ufer ein halbes Dutzend schmalerer Arme zur Auswahl an; Allnutt richtete den Bug auf die in der Mitte liegenden.

»Wären Sie so nett, das Ruder zu übernehmen, Miß, und es genau so zu halten, wie es jetzt ist?« fragte Allnutt.

Rose ergriff schweigend die Eisenstange; sie war so heiß, daß sie ihre Hand zu versengen drohte. Doch Rose hielt sie forsch umschlossen und spürte beinahe mit Entzücken, wie die AFRICAN QUEEN gehorsam etwas von ihrem Kurs abwich, wenn sie das Ruder nur ein klein wenig bewegte. Allnutt strotzte schon wieder vor Aktivität. Er hatte die Klappe der Feuerung geöffnet und warf nun noch einige Holzscheite hinein, dann kletterte er mühsam nach vorn zum Vorschiff, stellte sich, um Gleichgewicht kämpfend, auf die Schiffsladung und suchte den Flußarm nach Baumstämmen und Sandbänken ab.

»'ne Spur nach Backbord, Miß«, rief er ihr zu. »Ich meine, ziehen Sie das Ruder etwas auf die Seite dort. Gut so! Ruhig Blut!«

Das Boot tuckerte langsam in einen engen Tunnel aus Blattwerk, das sich von den Ufern her über ihnen geschlossen hatte. Mit einem Hechtsprung über die Ladung setzend, kam Allnutt wieder zurück und stellte die Maschine ab, so daß die Schraubenwelle aufhörte zu rotieren. Dann stürzte er noch einmal ins Vorschiff, und gerade als die Bäume auf Roses Seite sich scheinbar wieder vorwärts zu bewegen begannen, weil die Strömung nun stärker war als die Fahrt, die das Boot jetzt machte, ließ er den Anker unter gewaltigem Gerassel und Geklirr hinunter, und die AFRICAN QUEEN kam fast ohne Ruck in dem in grünes Dämmerlicht getauchten Flußarm zum Stehen. Als der Lärm der Ankerkette verstummt war, umfing sie eine große Stille, die Stille eines tropischen Flusses um die Mittagszeit. Nur das Rauschen und Gurgeln des dahinschießenden Wassers und das Ächzen und Zischen der Maschine waren noch zu hören. Die grüne Kühle hatte etwas Paradiesisches. Und dann plötzlich kamen die Insekten aus dem Dickicht auf den Inseln. Sie kamen in Wolken und fielen erbarmungslos über sie her.

Allnutt kam wieder nach hinten zu den Achtersitzen. Von seiner Oberlippe baumelte eine Zigarette; Rose hatte nicht die leiseste Ahnung, wann er sie angesteckt hatte, doch vervollständigte diese baumelnde Zigarette erst Allnutts Erscheinung. Ohne sie wirkte er unvollkommen. In den folgenden Jahren gelang es Rose nie, sich Allnutts Bild ohne eine – im allgemeinen ausgegangene – Zigarette zu vergegenwärtigen, die zwischen Mundmitte und linkem Mundwinkel an seiner Oberlippe klebte. Ein spärlicher, borstiger Bart, eigentlich nur ein paar Dutzend schwarzer Haare, begann auf seinen eingefallenen Wangen zu sprießen. Er wirkte immer noch rastlos und nervös, wie er da gegen die Fliegen ankämpfte, doch gelang es ihm nun, da sie nicht mehr auf dem Festland waren, besser, seine Unruhe zu beherrschen oder sie zumindest hinter einer scheinbaren Heiterkeit zu verbergen.

»Nun, da wären wir, Miß«, sagte er. »Sicher. *Und* gesund, könnte man wohl sagen. Die Frage ist, wie geht's jetzt weiter?« Rose fielen Entscheidungen nicht leicht, und sie war ein ziemlich wortkarger Typ. Sie schwieg deshalb, wohingegen sich Allnutts Nervosität in einer immer größer werdenden Redseligkeit offenbarte.

»Wir haben jede Menge zu futtern hier, Miß, sind also gut dran, was das angeht. Zweitausend Glimmstengel. Zwei Kisten Gin.

Könnten hier monatelang bleiben, wenn wir wollten. Die Frage ist nur, wollen wir das? Wie lange, glauben Sie, wird dieser Krieg noch dauern, Miß?«

Rose konnte ihn nur schweigend anschauen. Was er mit seiner Rede andeuten wollte, war offensichtlich – er schlug vor, in diesem schlammigen Seitenarm zu bleiben, bis der Krieg zu Ende war und sie gefahrlos wieder auftauchen konnten. Und genauso offensichtlich war es, daß er das für die bei weitem beste Idee hielt, vorausgesetzt, ihre Vorräte reichten aus. Er dachte nicht im entferntesten daran, England zu helfen. Rose war zu erstaunt, um zu antworten, was Allnutts Geschwätzigkeit wieder neue Nahrung gab.

»Das Dumme ist nur«, bemerkte Allnutt, »daß wir nicht wissen, von woher wir Hilfe zu erwarten haben. Ich denke, es wird zum Kampf kommen. Der gute von Anneken scheint jedenfalls ziemlich fest damit zu rechnen, finden Sie nicht auch? Falls unsere Leute vom Meer her kommen, werden sie sich wahrscheinlich entlang der Eisenbahnlinie nach Limbasi vorkämpfen. Aber das würde uns hier nicht viel nützen. Wenn sie es aber doch tun, könnten wir ja hierbleiben und einfach hoch nach Limbasi fahren, wenn es soweit ist. Wenn ich mir's recht überlege, wäre das wohl das beste. Natürlich könnten sie auch von oben, von Britisch-Ost kommen. So hätten sie eine bessere Chance, von Anneken zu schnappen, obwohl es bestimmt kein Kinderspiel sein wird, ihn im Urwald aufzustöbern. Nur, wenn sie das tun, haben wir ihn die ganze Zeit zwischen ihnen und uns. Und genauso ist es, wenn sie von Rhodesien oder Portugiesisch-Ost herkommen. Wir stecken ziemlich tief im Schlamassel, von welcher Seite man's auch betrachtet, Miß.«

Allnutts angeborene Cockney-Schläue, verbunden mit seinen Kenntnissen über das Land, erlaubten ihm, sich beredt über die strategische Lage auszulassen. Und in eben diesem Augenblick zerbrachen sich schwitzende Generäle den Kopf über ganz ähnliche – wenn auch anders formulierte – Erkenntnisse, die ihre Stäbe erarbeitet hatten. Die Invasion Deutsch-Ostafrikas, angesichts eines unter guter Führung stehenden Feindes, war ein Unternehmen, das nicht leichtherzig angegangen werden konnte.

»Eins ist jedenfalls sicher, Miß. Von der Kongo-Seite her werden sie nicht kommen. Nicht mal, wenn die Belgier das wünschten. Es gibt nämlich nur einen Weg von dort, und der führt über den See. Und über den See kommt nichts rüber, solang die LOUISA dort ist.«

Die KÖNIGIN LUISE, deren Namen Allnutt charakteristischerweise zu LOUISA anglisierte, war der Polizeidampfer, den die deutsche Verwaltung auf dem See eingesetzt hatte. Rose konnte sich noch daran erinnern, wie das Schiff vor acht Jahren in Einzelteilen von der Küste auf dem Landweg heraufgebracht worden war. Wie heute war damals das Land auf der Suche nach Trägern und Arbeitern leer gefegt worden, denn es waren Trassen durch den Urwald zu schlagen und riesige Lasten zu schleppen. Der Kessel der KÖNIGIN LUISE mußte unzerlegt transportiert werden, und allein während dieses Unternehmens hatte fast jede Achtelmeile ein Mann im Urwald sein Leben lassen müssen. Doch nachdem das Schiff schließlich montiert und vom Stapel gelassen worden war, hatte es den See in kürzester Zeit von den Kanupiraten gesäubert, die ihn seit undenklichen Zeiten beherrschten. Mit einer Geschwindigkeit von zehn Knoten erwischte es jede Kanuflotte, und mit seiner Sechspfünderkanone räumte es in den Piratendörfern auf. Bald entwickelte sich ein reger Handelsverkehr auf dem See, und in den sumpffreien Ufergebieten breitete sich Landwirtschaft aus. Die KÖNIGIN LUISE verwandelte ihr Schwert in eine Pflugschar und sorgte für einen so reibungslosen Post- und Passagierdienst, daß der größere Teil Deutsch-Ostafrikas nun von der Atlantikküste aus über Belgisch-Kongo zugänglicher war als vom Indischen Ozean her.

Und jetzt gab die KÖNIGIN LUISE eine interessante Lektion in Sachen Seemacht, wenn die bloße Erwähnung ihres Namens genügte, um zwei so gute Kenner des Landes wie Rose und Allnutt zu der Schlußfolgerung zu veranlassen, daß Deutsch-Ostafrika von der Kongoseite her nicht beizukommen war. Keine wie immer geartete Invasion konnte über den See vorgetragen werden wegen eines Hundert-Tonnen-Dampfers mit einem Sechspfünder drauf. Deutschland beherrschte den See so unbestritten wie England die Straße von Dover, und der Vorteil, den die Deutschen aus dieser lokalen Vorherrschaft ziehen konnten, war den beiden in der Barkasse augenblicklich klar.

»Wenn die LOUISA nicht wäre«, sagte Allnutt, »hätten wir hier keine Probleme. Der gute von Anneken könnte sich keinen

Monat halten, wenn sie über den See an ihn herankämen. Doch wie die Dinge liegen ...«

Allnutts Geste deutete an, daß von Hanneken, nach den drei anderen Seiten abgeschirmt durch den Urwald, seinen Widerstand unbegrenzt fortsetzen könnte. Allnutt klopfte leicht auf seine Zigarette, so daß Asche auf seine schmutzige weiße Jacke fiel. Auf diese Weise ersparte er sich die Mühe, die Zigarette aus dem Mund zu nehmen.

»Aber das alles bringt uns kein bißchen schneller nach Hause, was, Miß? Bloß ich weiß w-wahrhaftig nicht, was wir tun könnten.«

»Wir müssen etwas für England tun«, sagte Rose. Sie würde gesagt haben: »Wir müssen das Unsere tun«, hätte sie diese Kriegsfloskel gekannt, die zu dieser Zeit gerade in England aufkam. Doch was sie sagte, bedeutete dasselbe und klang auch nicht melodramatisch im afrikanischen Urwald.

»Donnerwetter!« sagte Allnutt.

Seiner Vorstellung nach war es ratsam, den größtmöglichen Abstand zwischen sich und dem Kriegsschauplatz herzustellen; er hielt es für eine Selbstverständlichkeit, daß dieser Krieg, wie andere Kriege auch, von Leuten geführt wurde, die für diesen Zweck bezahlt und ausgebildet worden waren. Unberührt von der patriotischen Propaganda der Presse, hatte er nicht im entferntesten daran gedacht, sich einzumischen. Selbst seine gezwungenermaßen ausgedehnte Abwesenheit von England hatte seinem Patriotismus nichts hinzugefügt, das über das Schwenken einer billigen Union-Jack-Flagge, wie während seiner Schulzeit am Empire-Tag, hinausgegangen wäre; ja, möglicherweise war sie seinem Patriotismus sogar abträglich gewesen – es wäre taktlos zu fragen, auf welchem Wege und aus welchem Grund ein Engländer dazu kam, in einer deutschen Kolonie auf einer belgischen Bergwerkskonzession als Allroundmechaniker zu arbeiten; solche Fragen stellte man einfach nicht, nicht einmal Missionare oder deren Schwestern taten das.

»Donnerwetter!« sagte Allnutt noch einmal. Etwas Ansteckendes, Beflügelndes ging von dem Gedanken aus, »etwas für England zu tun«.

Für einen Augenblick erregte ihn diese verlockende Vorstellung, dann wischte er sie beiseite. Er war ein Mensch der Maschinenwelt, ein Tatsachenmensch, kein Träumer. Solche Gedanken mochten ein Kind begeistern; sah man näher hin, hatten sie weder Hand noch Fuß. Doch beschloß er mit Rücksicht auf Roses vor Eifer glühendes Gesicht, erst einmal abzuwarten, einfach, um sie bei guter Laune zu halten.

»Jawohl, Miß«, sagte er, »wenn wir was tun *könnten,* wär ich der erste, der sagen würde, tun wir's. Was schwebt Ihnen denn so vor?«

Er stellte diese Frage ganz arglos, in dem festen Glauben, daß es nichts gab, was sie vorschlagen könnte – jedenfalls nichts, was vernünftigen Argumenten standhielt. Und er schien recht zu behalten. Rose nahm ihr kräftiges Kinn in ihre Hand und zog daran. Zwei steile Falten erschienen zwischen ihren buschigen Augenbrauen, während sie krampfhaft nachdachte. Es war absurd, daß zwei Menschen mit einem Boot voll hochexplosiven Sprengstoffs sich nicht in der Lage sahen, gegen einen Feind, in dessen Gebiet sie sich aufhielten, etwas zu unternehmen, und doch schien es so zu sein. Rose versuchte sich an das wenige zu erinnern, was sie über Kriegführung wußte.

Alles, woran sie sich vom Russisch-Japanischen Krieg her erinnern konnte, war, daß die Japaner sehr tapfere Männer waren, die »Banzai!« zu schreien pflegten. Der Burenkrieg war etwas anderes – sie war damals zwanzig gewesen, Samuel war gerade zum Priester geweiht worden, und sie erinnerte sich, daß Khaki eine kleidsame Farbe war, daß die Leute Plaketten mit den Porträts von Generälen trugen und daß die Königin den Männern an der Front Pakete mit Schokolade schickte. Damals hatte sie auch gelegentlich Zeitung gelesen – was für ein Mädchen von zwanzig während einer nationalen Krise entschuldbar war.

Später, nach der »Schwarzen Woche« und nachdem Roberts die unvermeidlichen Siege davongetragen hatte, in Prätoria einmarschiert und im Triumphzug heimgekehrt war, wurde noch jahrelang weitergekämpft. Ein gewisser de Wet war da, »aalglatt« – niemand erwähnte ihn je, ohne dieses Adjektiv zu gebrauchen. Er pflegte Eisenbahnanlagen anzugreifen und in die Luft zu jagen.

Rose richtete sich jäh auf, weil sie einen Augenblick lang geglaubt hatte, des Rätsels Lösung gefunden zu haben. Doch gleich darauf schwand ihre Hoffnung. Es existierte zwar eine Eisenbahnlinie, doch verlief diese von einem Meer, das unter Englands

Vorherrschaft stand, zum Hauptschiffahrtsgebiet auf dem Ulanga bei Limbasi. Die Linie würde den Deutschen jetzt wenig nützen, und um zu einer der Brücken an der Eisenbahnlinie zu gelangen, müßten sie und Allnutt flußaufwärts nach Limbasi fahren, das vielleicht immer noch in deutscher Hand war, und dann zu Fuß weiter, beladen mit all dem Sprengstoff und jeden Augenblick darauf gefaßt, geschnappt zu werden. Rose hatte genügend Märsche durch den Urwald mitgemacht, um erkennen zu können, wie unmöglich diese Aufgabe war, und ihr Sinn für Ökonomie wehrte sich gegen den Gedanken, ein so hohes Risiko bei so zweifelhaftem Nutzen einzugehen. Allnutt konnte ihr die zwiespältigen Gefühle vom Gesicht ablesen.

»Ganz schön harte Nuß, was, Miß?« bemerkte er.

In diesem Augenblick kam Rose die Erleuchtung. »Allnutt«, sagte sie, »dieser Fluß hier, der Ulanga, mündet doch in den See, nicht?«

Die Frage beunruhigte ihn.

»Nun ja, Miß, das stimmt. Doch falls Sie mit dem Gedanken spielen, mit dieser Barkasse hier zum See runterzufahren – dann vergessen Sie ihn mal gleich wieder. Das geht nämlich nicht, ganz einfach.«

»Warum nicht?«

»Stromschnellen, Miß. Felsen und Stromschnellen und enge Felsschluchten. Sie sind noch nicht dort gewesen, Miß. Ich aber. Über eine Strecke von hundert Meilen gibt es dort nichts als Stromschnellen. Warum wohl hat der Fluß dort unten, wo er in den See mündet, einen anderen Namen als hier oben? Dort heißt er Bora. Daran können Sie's sehen. Kein Mensch wußte, daß das ein und derselbe Fluß ist, bis dieser Spengler ...«

»Er kam den Fluß herunter. Daran erinnere ich mich.«

»Ja, Miß. In einem Kanu. Hatte ein halbes Dutzend Suahelis zum Paddeln bei sich. Hat Karten angelegt. Da sind Stellen, wo dieser Fluß hier nicht breiter als zwanzig Meter ist und wo das Wasser runterschießt wie – wie aus dem Wasserhahn, Miß. Ein Kanu kommt dort vielleicht klar, aber diesen alten Kahn kriegen wir nie durch.«

»Wie ist dann die Barkasse überhaupt hierher gekommen?«

»Mit der Eisenbahn, Miß, nehm ich an, wie das ganze andere schwere Zeug. Denke, man hat sie stückweise von der Küste nach

Limbasi raufgeschickt und am Ufer zusammengebaut. Sie haben ja sogar die LOUISA zum See *getragen*, Miß.«

»Ja, daran erinnere ich mich.«

Wegen des heftigen Protests, den Samuel, um der Eingeborenen willen, bei dieser Gelegenheit vorgebracht hatte, war er fast aus der Kolonie ausgewiesen worden. Nun war ihr Bruder tot, und er war der beste Mensch auf Erden gewesen.

Rose war ihr ganzes Leben lang der Führung eines anderen gefolgt – ihrem Vater, ihrer Mutter oder ihrem Bruder. Tapfer hatte sie ihrem Bruder während der endlosen Streitigkeiten mit den deutschen Behörden zur Seite gestanden. Und sie war seine dankbarste, wenn auch nicht kompetenteste Zuhörerin, wenn er in Stimmung war und mit ihr die christliche Lehre diskutierte. Ihm zuliebe hatte sie sich – ziemlich erfolglos – abgemüht, Suaheli und Deutsch und die anderen Sprachen zu lernen, auf diese Weise ihren Anteil an der Strafe abbüßend, welche die Menschheit (wie ihr Samuel versicherte) für die Sünde zu Babel zu erdulden hatte. Sie wäre entsetzt gewesen, hätte ihr jemand gesagt, daß sie sich genauso verhalten hätte, wenn ihr Bruder es vorgezogen hätte, Papist oder Ungläubiger zu sein, doch es wäre die Wahrheit gewesen. Rose entstammte einer gesellschaftlichen Schicht und einer Zeit, in der die Frauen stets der Meinung ihrer Mannsleute waren. Und jetzt dachte sie ganz für sich über etwas nach, das erste Mal in ihrem Leben, wenn man von Haushaltsproblemen absieht.

Es war nicht einfach, sich plötzlich ein eigenes Urteil bilden zu müssen, besonders nicht, wenn dazu gehörte, den Charakter eines Mannes und seine Glaubwürdigkeit abzuschätzen. Durch eine Wolke von Fliegen starrte sie Allnutt, der sich unter ihrem prüfenden Blick sehr unbehaglich fühlte, unverwandt ins Gesicht. In Rose reifte ein Entschluß heran.

Vor zehn Jahren war sie mit ihrem Bruder hier herübergesegelt, auf dem schäbigen, schmutzigen italienischen Frachtschiff, auf dem die Argyll-Gesellschaft Passagen für sie gebucht hatte. Erster Offizier auf dem Schiff war ein etwas zu galanter Italiener. Nicht einmal Roses frostige Altjüngferlichkeit hatte vermocht, ihn auf Abstand zu halten. Mit dreiundzwanzig hatte sie eine Figur, die erst versprach, was sie jetzt, mit dreiunddreißig, erfüllte. Der Erste Offizier konnte den Blick nicht von ihren festen Rundungen abwenden; außerdem war sie die einzige Frau an Bord gewesen. Tatsächlich war sie für lange Zeitabschnitte sogar die einzige Frau in hundert Meilen Umkreis, und er konnte ebensowenig aufhören, sie zu umwerben, wie er hätte aufhören können zu atmen. Er gehörte zu jener Sorte Männer, die selbst einer Bronzefigur noch den Hof machen, solange sich nichts Besseres bietet.

Es war ein merkwürdiges Liebeswerben, es führte nicht einmal zu einem Händedruck – ja, Rose begriff gar nicht, daß sie umworben wurde. Eine der Taktiken jedoch, die der Italiener anwandte, um sich bei ihr einzuschmeicheln, war genial. Ob Gibraltar, Malta, Alexandria oder Port Said, stets ließ er sich wortreich in seinem charmanten, gebrochenen Englisch über das erdumspannende britische Weltreich aus und machte sie auf die großen, grimmig-schönen Schiffe der englischen Kriegsmarine aufmerksam und auf die von den Hecks flatternde weiße Flagge, von der er schwärmte, daß über ihr die Sonne niemals untergehe. Es war eine subtile Methode, sie zu umgarnen, und sie hätte eigentlich mehr Erfolg verdient, als dem bedauernswerten Italiener beschieden war.

Roses Phantasie beherrschte damals das Bild der strengen Linie des Mittelmeergeschwaders, das sich in der vom Ostwind aufgewühlten See den Weg in den Hafen von Valetta erkämpfte, und dazu natürlich der Gedanke an das riesige Empire, dessen schwimmende Wehr dieses Geschwader war, und überhaupt all der Glanz und Zauber der britischen Weltmacht.

Zehn Jahre lang hatte sie solche Gedanken aus Loyalität zu ihrem Bruder verdrängt, der ein Mann des Friedens war und dem Empire nichts Schönes abgewinnen konnte und der auch keinen Grund sah, Geld für Schlachtschiffe auszugeben, solange es noch Hungrige zu nähren und Heiden zu bekehren gab. Nun, da ihr Bruder tot war, drängten diese Gedanken wieder an die Oberfläche. Der Krieg, von dem er behauptet hatte, er werde niemals kommen, war schließlich doch gekommen und hatte ihn getötet. Das Empire war in Gefahr. Schweißgebadet im Heck der AFRICAN QUEEN sitzend, spürte Rose eine Glutwelle von Patriotismus in sich aufsteigen. Sie schlang ihre Hände ineinander und löste sie wieder; auf ihren Wangen zeichnete sich ein rosiger Schimmer gegen die fahle Sonnenbräune ab.

Unruhig erhob sie sich von ihrem Sitz und ging an der Maschine vorbei ins Vorschiff, wo bis hinauf zur Oberkante der Bordwand all das Zeug lag, das zur regelmäßigen vierzehntägigen Lieferung für das halbe Dutzend weißer Männer vom belgischen Bergwerk gehörte. In der Hoffnung auf einen plötzlichen Einfall musterte sie diese Vorräte wie den Inhalt einer Speisekammer, von dem sie die Lösung eines Haushaltsproblems erwartete. Allnutt kam heran und stellte sich neben sie.

»Was ist in den Kisten mit den roten Strichen?« fragte sie.

»Das ist die Sprenggelatine, von der ich Ihnen erzählt habe, Miß.«

»Ist sie nicht gefährlich?«

»Ach was, Miß.« Allnutt war froh über diese Gelegenheit, seinen Gleichmut vor dieser Frau, die allmählich immer bestimmter und herrischer auftrat, demonstrieren zu können. »Das Zeug ist total sicher. Fühlt sich pudelwohl in den Kisten da. Es kann naß werden und richtet keinen Schaden an. Sie können es anzünden, und es brennt einfach nur vor sich hin. Auch wenn Sie mit 'nem Hammer draufschlagen, geht es nicht los – ich glaub's jedenfalls nicht. Was Sie nicht tun dürfen, ist, da drinnen Sprengkapseln hochjagen, Schießpulver zum Beispiel oder Patronen. Aber das woll'n wir ja auch nicht, Miß. Wenn Sie's beunruhigt, werf ich's über Bord.«

»Nein!« sagte Rose bestimmt. »Vielleicht brauchen wir es noch.« Selbst wenn es keine Brücken gab, die man in die Luft jagen konnte, sollte es in Kriegszeiten doch möglich sein, eine befriedigende Verwendungsmöglichkeit für ein paar Zentner Sprengstoff zu finden – in Rose reifte zögernd ein Plan heran, der zwar noch sehr verschwommen war, an dem sie aber trotz Allnutts entschiedener Behauptung, es sei unmöglich, den Fluß hinunterzufahren, festhielt.

Unmittelbar auf dem Schiffsboden, halb von Kisten verdeckt, lagen zwei lange Eisenröhren, abgerundet am einen, kegelförmig am anderen Ende, und am kegelförmigen Ende hatten sie Messinghähne und Manometer.

»Was haben die zu bedeuten?« fragte Rose.

»Das sind die Sauerstoff- und Wasserstoffflaschen. Mit denen können wir wirklich überhaupt nichts anfangen. Sobald wir die Ladung umstauen, werf ich sie über Bord.«

»Nein, das würde ich nicht tun«, sagte Rose. Allerlei unglaublich nebelhafte Erinnerungen schossen ihr durch den Kopf. Sie musterte noch einmal die langen schwarzen Walzen.

»Sie sehen aus wie – Torpedos«, sagte sie schließlich, ganz in Gedanken versunken, und bei diesen Worten nahm ihr spielerischer Plan zusehends Gestalt an. Sie wandte sich an den Cockney-Mechaniker.

»Allnutt«, fragte sie. »Könnten Sie einen Torpedo bauen?«

Allnutt hatte für diese Frage nur ein mitleidiges Lächeln übrig. »Ob ich einen Torpedo bauen kann?« sagte er. »Ob ich –? Ebensogut könnten Sie mich bitten, ein Schlachtschiff zu bauen. Sie wissen nicht, was Sie da sagen, Miß. Sehen Sie, Miß, ein Torpedo . . .« Allnutts kleiner Vortrag über die Beschaffenheit von Torpedos war ziemlich korrekt, und daß er sich unfähig schätzte, einen herzustellen, war sogar absolut korrekt. Torpedos waren das Resultat letzter Verfeinerung menschlicher Erfindungsgabe. Sie kosteten pro Stück mindestens eintausend englische Pfund. Die schöpferische Kraft einer großen Gruppe von Menschen, ausgewählt nach strengsten Kriterien, war dreißig Jahre lang nur darauf verwandt worden, dieses Instrument zur Zerstörung dessen, was dank Tausender anderer Erfinder erbaut worden war, zu vervollkommnen. Um einen Torpedo dazu zu bringen, zielsicher geradeaus und in gleichbleibender Tiefe dahinzujagen, bedurfte es, wie Allnut ausführte, einer Werkstatt voll erfahrener Mechaniker, mit den entsprechenden Werkzeugen und unter der Leitung eines Spezialisten. Niemand konnte im Ernst erwarten, daß Allnutt, allein inmitten des afrikanischen Urwalds und mit nichts als dem Reparaturwerkzeug der AFRICAN QUEEN in den Händen, auch nur den erbärmlichsten Pfusch zustande brachte. Allnutt kam richtig in Fahrt, als er auf die zugehörigen Themen, wie Gyroskop, Preßluftkammern, Steuerruder und Ausgleichsgewichte, zu sprechen kam. Er warf mit Fachausdrücken nur so um sich. Nicht einmal der Wagemut des Cockney-Londoners, alles wenigstens einmal zu versuchen, der noch irgendwo tief in Allnutt schlummerte, konnte ihn dazu bewegen, auch nur die geringste Anstrengung zu unternehmen, einen fortbewegungsfähigen Torpedo zu bauen.

Die Mehrzahl der Fachausdrücke trafen auf taube Ohren. Rose hörte sie, ohne sie richtig aufzunehmen. Ihr Einfallsreichtum war nicht mehr zu bremsen.

»Aber all diese Dinge«, sagte sie, als Allnutts Abhandlung über Torpedos sich schließlich dem Ende näherte, »all diese Gyroskope und so sind doch nur dazu da, das Ding sich bewegen zu lassen, oder?«

»Mhm. Ich glaub schon.«

»Schön«, sagte Rose entschieden, auf dem absoluten Gipfel ihres erfinderischen Höhenfluges angelangt. »Wir haben die AFRICAN QUEEN. Wenn wir nun diese – diese Sprenggelatine vorn ins Schiff packen, mit einer – wie sagten Sie? – Sprengkapsel daran, dann ist das doch ein Torpedo, nicht? Diese Flaschen. Sie könnten am Bug etwas vorstehen, wären mit dem Schießpulverzeug gefüllt, und in den Spitzen, da, wo diese Hähne sind, wären die Sprengkapseln. Wenn wir das Boot gegen die Seite eines Schiffs prallen lassen, würden sie losgehen, genau wie ein Torpedo.«

Fast mischte sich so etwas wie Bewunderung in das nachsichtige Mitleid, mit dem Allnutt Rose jetzt betrachtete. Er hatte Achtung vor originellen Einfällen, und soweit Allnutt sah, war das ganz sicher einer. Er wußte nicht, daß die früheste Konstruktion eines Tropedos vor fünfzig Jahren genau diesem Einfall entsprochen hatte, nur daß man damals vorsichtig genug war, den Sprengstoff an einem über das Schiff hinausragenden Balken zu befestigen, um so die Gefahr für die Mannschaft, von ihrer eigenen Ladung zerrissen zu werden, auf ein Mindestmaß zu beschränken. Allnutt machte in der Tat auch diesen Einwand geltend, während er im Geist die anderen Punkte, die er noch ins Feld führen wollte, entwickelte.

»Nun ja«, sagte er, »angenommen, wir täten das. Und angenommen, wir finden etwas, das wir torpedieren wollen – was das sein sollte, ist mir zwar schleierhaft, weil das hier das einzige Boot auf dem Fluß ist –, aber angenommen, wir torpedieren tatsächlich etwas, was wird dann aus uns? Der alte Kahn hier, wir und alles andere würden ins Jenseits gepustet. Machen Sie sich das mal klar, Miß.«

Rose überlegte mit ungewohnter Schnelligkeit und Klarheit. Sie schätzte Allnutts innerliche Einstellung peinlichst genau ab. Ihr war völlig klar, was sie torpedieren wollte. Was das Gepustetwerden ins Jenseits betraf, wie Allnutt es reichlich profan ausgedrückt hatte, war sie damit völlig einverstanden. Rose glaubte fest daran, daß sie, sollte sie in den Himmel kommen, unermüdlich zur Harfenbegleitung Hosianna singen, eine goldene Krone tragen und – obwohl ihr dieser Aspekt etwas merkwürdig erschien – das alles ungeheuer genießen würde. Und nun, da sie durch die Umstände klipp und klar vor diese Frage gestellt wurde, gestand sie sich ein, daß es so aussah, als würde sie eher in den Himmel kommen als sonstwohin. Sie hatte eifrig die Lehren ihres Bruders befolgt; sie hatte sich bemüht, ein christliches Leben zu führen; vor allem aber wären ihr Krone und Harfe gewiß, wenn dieses Leben als Folge eines Versuchs, dem Empire zu helfen, enden sollte.

Gleichzeitig war ihr jedoch auch klar, daß die Aussicht auf Krone und Harfe Allnutt keineswegs dazu bringen würde, sein Leben aufs Spiel zu setzen, selbst wenn die schwache Chance bestand, daß dieses Ende seine früheren Sünden aufwiegen würde – was Rose allerdings ziemlich bezweifelte. Um sich seine notwendige Mitarbeit zu sichern, mußte sie also zu einer List greifen. Sie tat das in einer Weise, als habe sie ihr Leben lang nichts anderes getan.

»Ich habe nicht gemeint«, sagte sie, »daß wir in der Barkasse sein sollten. Könnten wir nicht alles vorbereiten und sie dann – wie sagen Sie dazu? – unter Volldampf setzen und dann einfach die Barkasse auf das Schiff lenken und losschicken. Ginge das nicht?«

Allnutt versuchte, sich seine Belustigung nicht anmerken zu lassen. Er spürte, daß es sinnlos war, diese Frau auf sämtliche Mängel in dem Plan hinweisen zu wollen, auf die Tatsache zum Beispiel, daß der Kessel der AFRICAN QUEEN die Zeiten längst hinter sich hatte, da er »Volldampf« vertrug, und daß ihre Schiffsschraube, wie alle einfachen Schiffsschrauben, dazu neigte, das Boot im Kreis zu bewegen, was das Zielen zur Glückssache machen würde, und daß die vier Knoten Geschwindigkeit, die die AFRICAN QUEEN erreichte, völlig unzureichend waren, um sich irgendeinem Schiff unbemerkt zu nähern. Außerdem gab es nichts zu torpedieren, so daß die törichten Vorschläge dieser Frau ohnehin überflüssig waren. Er konnte also ebensogut darauf eingehen.

»Das könnte vielleicht klappen«, sagte er bedeutsam.

»Und würden diese Flaschen gute Torpedos abgeben?«

»Ich glaub schon, Miß. Sie sind dickwandig genug, um Druck

zu speichern. Ich kann das Gas entweichen lassen und sie mit dem Gelatinedynamit füllen. Die Sprengkapsel dranzumachen, ist kein Problem. Eine Revolverpatrone genügt.«

Allnutt erwärmte sich für das Thema und ließ seiner Phantasie freien Lauf.

»Wir könnten Löcher in das Vorderschiff schneiden, die Flaschen durchstecken und vorn rausgucken lassen, damit sie möglichst nahe an der Wasserlinie explodieren. Man müßte sie mit Brettern unten einwandfrei befestigen. Es könnte hinhauen, Miß.«

»In Ordnung«, sagte Rose. »Wir werden zum See hinunterfahren und die LOUISA torpedieren.«

»Reden Sie keinen Quatsch, Miß. Das ist völlig ausgeschlossen. Ehrlich. Ich hab's Ihnen schon mal gesagt. Wir können nicht den Fluß hinunterfahren.«

»Spengler konnte es.«

»In einem Kanu, Miß, mit . . .«

»Das beweist, daß wir es auch schaffen könnten.«

Allnutt stieß einen übertriebenen Seufzer aus. Er war sich völlig im klaren darüber, daß nicht die geringste Chance bestand, die AFRICAN QUEEN heil durch die Stromschnellen des Ulanga zu bringen. Im Gegensatz zu Rose wußte er den Unterschied zwischen einem gewandten Kanu mit einem halben Dutzend erfahrener Paddler und einer schwerfälligen Barkasse wie der AFRICAN QUEEN richtig zu würdigen. Wenn auch Rose keine Ahnung hatte, er kannte die entsetzliche Kraft und den furchterregenden Anblick von Wasser, das mit hoher Geschwindigkeit dahinschießt.

Andererseits jedoch vertrat – ja schlechthin war – Rose die öffentliche Meinung. Mochte Allnutt sich selbst vielleicht eingestehen, daß er ein Feigling war und keinen Finger für England krumm zu machen gedachte, vor der Außenwelt war er zu diesem Geständnis nicht bereit. Außerdem, er war kein Mann, der gern auf eigene Faust handelte, wiewohl er sich gelegentlich in seinem Leben dazu gezwungen gesehen hatte. Ehe er für sich selbst plante oder Vorsorge trug, vertraute er sich lieber fremder Leitung an, die ihn antrieb. Er riß sich nicht gerade um Verantwortung und überließ die Führerschaft gern den Leuten, die es danach drängte, und sei es der häßlichen Schwester eines toten Missionars, den er nicht sonderlich geschätzt hatte. Auch daß er hier in Ostafrika saß, verdankte er letztlich diesem Zug zum Sich-treibenlassen.

Das war die eine Seite. Andererseits kam ihm Roses Plan wie der Traum einer Irren vor. Er glaubte nicht im mindesten daran, daß es ihnen gelingen könnte, den Ulanga hinunterzufahren, ebensowenig hielt er das Torpedieren der KÖNIGIN LUISE für möglich. Das einzige, was ihm an dem ganzen Vorhaben einigermaßen realistisch erschien, war die Konstruktion der Torpedos. Er traute sich durchaus zu, Zündkapseln zu basteln, die auch funktionieren würden, und zweifelte nicht daran, daß zwei mit hochexplosivem Sprengstoff gefüllte Gasflaschen enormen Schaden anrichten könnten; da jedoch nicht die geringste Aussicht bestand, sie auch einzusetzen, erlaubte er seinen Gedanken nicht, länger bei diesem Thema zu verweilen.

Er rechnete damit, daß nach der Erfahrung mit ein oder zwei kleineren Stromschnellen der bloße Anblick einer größeren die Frau zur Besinnung bringen würde, und dann würden sie sich irgendwo ein angenehmes, ruhiges Plätzchen suchen und – wie es sein Wunsch war – abwarten. Sollte er sich darin täuschen, blieb noch die Hoffnung auf einen unspektakulären, sanften Schiffbruch, wodurch sich das Problem von selbst lösen würde. Auch könnte die wenig zuverlässige Maschine der AFRICAN QUEEN endgültig ihren Geist aufgeben, was sie – welch glücklicher Gedanke – mit etwas Nachhilfe sogar ganz sicher tun würde. Und überhaupt lagen noch zweihundert Meilen gut befahrbaren Flußlaufes vor ihnen, ehe die Stromschnellen kamen, und Allnutts Temperament neigte dazu, sich über das, was länger als eine Woche voraus lag, nicht den Kopf zu zerbrechen.

»Ganz wie Sie wollen, Miß«, sagte er resignierend. »Nur geben Sie mir dann nicht die Schuld. Das ist alles.«

Er warf seine erloschene Zigarette über Bord in das reißende braune Wasser und holte eine andere aus der Fünfzig-Stück-Dose in der Seitentasche seiner gräulichweißen Jacke. Gemächlich ließ er sich neben der Maschine nieder, legte die Füße auf einen Holzstoß und zündete die neue Zigarette an. Er inhalierte tief und stieß den Rauch genießerisch wieder aus. Dann ließ er die Glut langsam schwächer werden, bis sie erlosch. Die Zigarette hing von seiner Oberlippe schlaff herunter, und seine Augenlider taten es ihr nach. Sein wandernder Blick ging zu Roses Füßen und von ihren Füßen an ihrem weißen Drillichkleid hoch. Plötzlich wurde ihm bewußt, daß Rose noch immer vor ihm stand, als erwartete sie etwas von ihm. Er schreckte zusammen und hob seine Augen.

»Los, kommen Sie«, sagte Rose. »Wollen wir jetzt nicht aufbrechen?«

»Was, jetzt gleich, Miß?«

»Ja, jetzt gleich. Beeilen Sie sich.«

Allnutt sah sich wieder vor harte Tatsachen gestellt. Seiner Meinung nach genügte es, daß er der Dame zugestimmt, daß er ihr aus Höflichkeit rechtgegeben hatte. Allnutt gedachte, allenfalls morgen zu starten, falls die Götter es schlecht mit ihnen meinten, aber falls sie ihnen wohlgesonnen waren, erst nächste Woche. So überstürzt aufzubrechen, nach einer halben Stunde Pause, um die deutsche Kriegsmarine zu torpedieren, schien ihm eine Zumutung oder doch zumindest widernatürlich.

»Es ist höchstens noch zwei Stunden hell, Miß«, sagte er, die Lichtverhältnisse auf dem Fluß taxierend.

»In zwei Stunden können wir noch einen ziemlichen Weg hinter uns bringen«, sagte Rose und preßte die Lippen fest zusammen. Etwa so hatte ihre Mutter immer zu sagen gepflegt: »Wer den Pfennig nicht ehrt, ist des Talers nicht wert.« Das war in den Tagen, als sie den kleinen Gemischtwarenladen in dem Industriestädtchen im Norden Englands betrieben.

»Muß erst den alten Kessel wieder zum Kochen bringen«, sagte Allnutt, stand jedoch auf und machte sich in gewohnter Weise an der Maschine zu schaffen.

In der Feuerung war noch Glut; wenige Minuten nachdem sie mit Holz gefüllt und die Klappe geschlossen war, begann es da drinnen munter zu rauschen, und bald darauf fing die Maschine an zu ächzen und zu zischen und Dampf auszustoßen. Allnutt hatte alle Hände voll zu tun mit den verschiedenen Arbeiten, die er nach der Flucht seiner beiden schwarzen Gehilfen nun selbst verrichten mußte – das Einholen des Ankers, das Abstoßen vom Ufer, das Ingangsetzen der Schiffsschraube, und das alles möglichst gleichzeitig. Das Klima war ohnehin so, daß schon bei der geringsten Anstrengung der Schweiß ausbrach, Allnutts Herumspringen ließ ihn in Strömen fließen; sein schmutziges Jackett war zwischen den Schulterblättern tropfnaß. Und als sie schließlich unterwegs waren, machte die ständig notwendige Bedienung des Kessels und der Maschine ein Abkühlen unmöglich.

Rose beobachtete seine Handgriffe. Sie war eifrig bestrebt, alles über dieses Boot zu lernen. Sie übernahm das Ruder und machte sich daran, steuern zu lernen. Während der ersten paar Minuten des Unterrichts dachte sie bei sich, daß es eine typisch männliche Einrichtung war, die verlangte, das Ruder nach rechts zu bewegen, wenn das Boot nach links steuern sollte; aber unter Allnutts Anleitung sah sie bald sogar einen Sinn in dem Gebrauch der Ausdrücke »Backbord« und »Steuerbord« – früher hatte Rose immer den Verdacht gehegt, daß die Ursache für diese spezielle Sitte in der seltsamen Vorliebe der Männer für steifes Zeremoniell und großes Getue zu suchen sei.

Zu Beginn der Reise war ein gutes Maß an Steuermanövern nötig; es war aufregend und interessant, sich durch die Seitenarme zwischen den Inseln hindurchzuschlängeln. Überall waren Baumstümpfe und im Wasser halb verdeckt treibendes Gestrüpp, das sich um die Schiffsschraube wickeln konnte, außerdem galt es, Untiefen und morastigen Sandbänken auszuweichen. Erst als schon einige Minuten verstrichen waren und sie bereits ein paar Meilen zurückgelegt hatten, hatte Rose, dank einer leicht befahrbaren Flußstrecke, Muße zum Nachdenken, und da wurde ihr schockartig bewußt, daß sie die Missionsstation, auf der sie zehn Jahre lang geschuftet hatte, das Grab ihres Bruders, ihr Heim, ja alles, was ihre Welt ausmachte, hinter sich gelassen hatte, und das, ohne auch nur einen Gedanken daran zu verschwenden.

In diesem Moment hätte sie beinahe eine gewisse Gefühlswallung übermannt. Ihre Augen wurden feucht, und sie schniefte ein bißchen. Sie zieh sich der Herzlosigkeit. Doch ihre Schwäche wurde augenblicklich von einer anderen Aufwallung hinweggefegt. Sie dachte an die KÖNIGIN LUISE, die ihre Flagge mit dem eisernen Kreuz frech auf dem See zur Schau stellte, ohne je durch ein Schiff mit der weißen Flagge der britischen Kriegsmarine herausgefordert zu werden, sie dachte an das Empire, das Hilfe brauchte, und sie dachte an den Tod ihres Bruders, den es zu rächen galt. Zudem waren ihr – typisch Frau – noch die Grobheiten und Beleidigungen durch die Beamten der Kolonie gut im Gedächtnis, die Samuel geduldig hatte über sich ergehen lassen; auch sie mußten gesühnt werden. Außerdem war in Rose – obwohl sie selbst nichts davon ahnte – ein unbändiges Verlangen nach Abenteuer, das sie geduldig unterdrückt hatte, solange ihr Bruder noch lebte und während all der monotonen Jahre auf der Missionsstation. Rose war sich nicht bewußt, daß sie die Freiheit, die der Tod ihres Bruders ihr beschert hatte, in vollen Zügen genoß. Sie wäre vor Reue zerflossen, hätte sie das erkannt.

Auf jeden Fall ging der Moment der Schwäche vorüber, sie umfaßte das Ruder mit noch festerem Griff und spähte mit zusammengekniffenen Augen angestrengt über die spiegelnde Wasserfläche. Allnutt überschlug sich beinahe bei seinen Bemühungen um die Maschine. All die grauen Dampfwolken, die aus ihr quollen, zeugten von dem hohen Alter dieses Teils der Maschinerie und von der Vernachlässigung, die ihm widerfahren war. Jahrelang war das schlammige Flußwasser direkt in den Kessel gepumpt worden, was dazu geführt hatte, daß die Wasserröhren an den Stellen, wo sich noch kein Kesselstein gebildet hatte, von Rost zerfressen waren.

Die wasserzuführende Pumpe hatte die Angewohnheit, plötzlich zu blockieren, und natürlich immer in kritischen Augenblikken, das erforderte ständige Kontrolle, wenn verhindert werden sollte, daß der gesamte Kessel vor die Hunde ging. Allnutt mußte sie manchmal fieberhaft von Hand bedienen, und gewisse Anzeichen sprachen dafür, daß er oder seine Negergehilfen es in der Vergangenheit an der notwendigen Aufmerksamkeit fehlen lassen und die warnende Aussage des Wasserstandsanzeigers mißachtet hatten, mit dem Erfolg, daß die Leitungen an den Verbindungsstellen undicht waren. Praktisch jede war irgendwann einmal ausgebessert worden, und zwar auf jene behelfsmäßige, unzulängliche Weise, an die sich die Menschen unter afrikanischer Sonne in ruhigen Zeiten so rasch gewöhnen; einige waren gelötet, die meisten jedoch nur mit nichts anderem als Blech, Mennige und Draht geflickt worden.

Infolgedessen mußte das Manometer sorgfältig beobachtet werden. In der unglaublich fernen Vergangenheit, als die Maschine neu gewesen war, vertrug der Kessel einen Dauerdruck von etwa zwanzig Pfund pro Quadratzentimeter, damit lief die Barkasse zwölf Knoten in der Stunde. Wenn jetzt der Druck auf über vier anstieg, zeigte die Maschine unverkennbare Anzeichen der Auflösung, und mehr als vier Knoten waren nicht drin. Allnutt stand daher vor der heiklen Aufgabe, den Druck genau in diesem Bereich zu halten, weder höher noch tiefer, was eine ständige »leichte Diät« des Feuers erforderte und eine Vertrautheit mit den Verschrobenheiten des Manometers, die nur durch langes und ausdauerndes Studium erworben werden konnte. Diese Aufgabe wurde nicht gerade durch die Tatsache erleichtert, daß das Brennmaterial Holz dazu neigte, den Abzug mit Asche zu verstopfen – Allnut mußte das Schüren des Feuers wie ein Schachspieler planen und immer mindestens sechs Schritte vorausdenken. Er hatte zu berücksichtigen, wie sich das Leeren des Aschebehälters auf den Zug auswirkt, mußte die unterschiedliche Brennbarkeit jeder der etwa sechs verschiedenen Holzarten und den beträchtlichen Einfluß direkter Sonneneinstrahlung auf den Kessel beachten und außerdem damit rechnen, daß das Sicherheitsventil klemmte (irgend jemand hatte einmal etwas Schweres darauf fallen lassen, und alle Bemühungen seither hatten es nicht wieder dahin gebracht, daß man sich darauf verlassen konnte), und schließlich war die Wahrscheinlichkeit mit einzukalkulieren, daß seine Aufmerksamkeit jeden Moment von einer anderen Katastrophe in Anspruch genommen wurde.

Das Schmieren zum Beispiel erfolgte jetzt keineswegs mehr automatisch; durch die Öffnungen oben an den Zylindern mußte Öl nachgefüllt werden, und ständig verlangten mindestens zwei Lager umgehende Kühlung und Schmierung. All das hatte zur Folge, daß Allnutt, sobald die AFRICAN QUEEN Fahrt machte, so emsig umhersprang wie ein Eichhörnchen im Käfig. Es war schon erstaunlich, daß er die Barkasse vom Bergwerk zur Missionsstation allein hinuntergebracht hatte, nachdem seine Besatzung geflohen war, denn von da an mußte er das Boot nicht nur steuern, sondern auch noch selbst nach Baumstümpfen und Sandbänken Ausschau halten.

»Das Holz wird knapp«, sagte Allnutt und sah von seiner Arbeit auf. Sein graues, rußverschmiertes Gesicht war von Schweißspuren durchzogen. »Wir müssen bald vor Anker gehen.«

Rose blickte zum fernen Ufer hinüber, wo die Sonne sich auf die Baumwipfel gesenkt hatte.

»In Ordnung«, sagte sie widerwillig. »Suchen wir was, wo wir die Nacht verbringen können.«

Begleitet vom kläglichen Gerassel der Maschine fuhren sie weiter, bis der Fluß sich wieder in mehrere Arme teilte. Allnutt warf einen letzten prüfenden Blick auf seine Maschine und hastete zum Vorschiff.

»Hier rum, Miß«, rief er und winkte mit dem Arm. Rose riß das Steuerruder herum, und sie schossen in einen schmalen Arm hinein.

»Noch mal rum«, sagte Allnutt. »Sachte! Dort drüben ist ein kleinerer Arm. Steuern Sie dort rein. Ruhig! In dieser Stellung halten!«

Sie fuhren jetzt stromaufwärts durch einen engen Flußarm, überdacht von Bäumen, deren Wurzeln, ein wirres, von den braun dahinschießenden Wassermassen blankgewaschenes Korbgeflecht, die Ufer überzogen. Die AFRICAN QUEEN machte gegen die reißende Strömung kaum noch Fahrt. Allnutt ließ den Anker herunter, kam zurück gerannt und stellte den Dampf ab. Nur ein leichter Ruck war zu spüren, als sich die Barkasse in ihrer Vertäuung einpendelte.

Rose war diesmal ganz bei der Sache gewesen, und sie war stolz, daß sie die Manöver verstanden hatte – normalerweise interessierte sie dergleichen nicht; wenn sie mit dem Zug unterwegs war, versuchte sie nie, die Eisenbahnsignale zu verstehen, und selbst dem italienischen Ersten Offizier war es niemals gelungen, in ihr Interesse am Schiffsbetrieb zu wecken. Heute jedoch hatte sie die Bedeutung von alldem begriffen. In dem engen Flußarm mit dem dahinschießenden Wasser mußte das Boot mit dem Bug stromaufwärts ankern, weil sich der Anker im Vorschiff befand. Zwar vermochte Rose sich nicht so recht vorzustellen, was bei dieser Strömung mit einem Boot geschah, das quer zwischen den Ufern festsaß, immerhin aber erlaubte sie sich die Vermutung, daß es nicht ohne einen ziemlichen Schaden abgehen würde. Allnutt stand einen Augenblick aufmerksam beobachtend da, um sicherzugehen, daß der Anker gefaßt hatte, und ließ sich dann aufseufzend auf die Achtersitze sinken.

»Menschenskind«, sagte er, »das ist eine Arbeit, was, Miß? Könnte jetzt einen Drink gebrauchen.«

Aus dem Fach neben ihr brachte er erst einen und dann noch einen zweiten schmutzigen Emailbecher zum Vorschein.

»Auch was zu trinken, Miß?« fragte Allnutt.

»Nein«, sagte Rose, kurz angebunden. Sie wußte instinktiv,

daß sie gleich mit etwas konfrontiert werden würde, was Samuel immer als Rum bezeichnet hatte. Angewidert sah sie ihm zu. Unter der Bank, auf der er saß, zog Allnutt eine Holzkiste hervor, und aus dieser Kiste holte er eine mit einer wasserklaren Flüssigkeit gefüllte Flasche. Er schickte sich an, ein gehöriges Quantum davon in das Blechgefäß zu gießen. »Was ist das?« fragte Rose.

»Gin, Miß«, sagte Allnutt. »Und wir haben nur das Flußwasser zum Verdünnen.«

Roses Kenntnisse waren, was schärfere Getränke betraf, ziemlich verschwommen. Das erste Mal, daß sie an einem Tisch gesessen hatte, an dem etwas Derartiges kredenzt wurde, war auf dem italienischen Dampfer gewesen; sie erinnerte sich an die höflich unterdrückte Belustigung der Offiziere, als sie und ihr Bruder steif abgelehnt hatten, den purpurnen Rotwein zu trinken, der zu jeder Mahlzeit gereicht wurde. Während der Zeit, als ihr Bruder Priester in England war, hatte sie Erörterungen zum Thema Alkohol und seiner üblen Auswirkungen beigewohnt; in der Pfarrgemeinde gab es sogar einige verwahrloste Subjekte, die davon abhängig waren und die sie manchmal zu überzeugen versucht hatte, davon abzulassen. In der Missionsstation hatte Samuel sich zehn Jahre lang bemüht, seine farbigen Schäfchen vom Genuß des Bieres abzuhalten, das sie seit undenklichen Zeiten brauten – Rose wußte, wie fruchtlos seine Bemühungen gewesen waren. Und für manche Feste brauten sie noch stärkeres Zeug, und danach waren sie sinnlos betrunken und stießen schreckliche Töne aus, und am nächsten Morgen hatten alle fürchterliches Schädelbrummen, aber nicht einmal das Schädelbrummen versöhnte Samuel, so daß er seiner Gemeinde den Sündenfall der vergangenen Nacht vergeben hätte.

Auch die wenigen weißen Männer tranken sämtlich – allerdings war Rose unter dem Einfluß von Samuels bildhaften Auslassungen bis zu diesem Augenblick des Glaubens gewesen, daß deren Gesöff ein gräßlicher Stoff namens Rum sei und nicht dieser unschuldig aussehende Gin. Rum, die gottlose Vereinigung mit eingeborenen Frauen und die brutale Aushebung der Eingeborenen als Arbeitskräfte waren der dreiköpfige Feind, gegen den Samuel angekämpft hatte. Nun auf einmal sah sich Rose mit der ersten dieser Sünden konfrontiert. Trinken machte aus Männern Verrückte. Trinken zerstörte ihre Körper und verdarb ihre Seelen.

Trinken bedeutete Verderben in dieser und ewige Verdammnis in der anderen Welt.

Allnutt hatte mit dem zweiten Becher Wasser aus dem Fluß geschöpft und goß es jetzt in den Gin, wobei er vorsichtig, wenn auch ziemlich erfolglos, zu verhindern suchte, daß zuviel Kram aus dem Fluß mit in sein Getränk geriet. Rose beobachtete ihn dabei mit wachsendem Abscheu. Sie wollte protestieren, an Allnutts besseres Ich appellieren, ja ihm sogar den schrecklichen Becher aus der Hand reißen, und doch rührte sie sich nicht, verhielt sich ganz still. Vielleicht war es der ihr eigene gesunde Menschenverstand, der sie zurückhielt. Allnutt trank das gräßliche Zeug und schmatzte mit den Lippen.

»Schon besser«, sagte er.

Er setzte den Becher ab, aber er begann nicht, sich wie ein Irrer aufzuführen, Lieder zu gröhlen oder im Boot herumzutorkeln. Statt dessen öffnete er die von seiner Sündhaftigkeit noch feuchten Lippen und sprach Worte, die Rose die Tore zum Paradies aufschwingen ließen.

»Jetzt kann ich mich ums Abendessen kümmern«, sagte er. »Wie wär's mit einer Tasse Tee, Miß?«

Tee! Hitze, Durst, Erschöpfung und Aufregung hatten Rose sehr zugesetzt. Sie war schlapp und müde, und ihr Hals schmerzte. Die plötzliche Aussicht auf eine Tasse Tee versetzte sie in zitternde Erregung. Wohl an die zwölf Tassen Tee täglich hatten Samuel und sie all die Jahre getrunken. Heute hatte sie noch überhaupt keinen Tee gehabt – sie hatte auch noch nichts gegessen, doch bedeutete ihr das im Moment gar nichts. Aber Tee! Eine Tasse Tee! Zwei Tassen Tee! Ein halbes Dutzend großer Becher Tee, stark, köstlich, belebend! Vor ihren Augen schwebten rosarote Bilder eines Tee-Abends – welch eine herrliche Ausschweifung, selbst das Frühjahrsfest der Aussaat im Dorf bei der Missionsstation nahm sich dagegen wie ein blasser Schatten aus.

»Ich hätte gern eine Tasse Tee«, sagte sie.

»Das Wasser in der Maschine kocht noch«, sagte Allnutt und rappelte sich hoch. »Dauert keine Minute.«

Das Büchsenfleisch, das sie aßen, war in der Hitze zu einer fettigen, dickflüssigen Masse geworden. Das Brot der Eingeborenen war schwarz und ungenießbar. Aber der Tee war wunderbar. Zwar mußte sie ihn mit gesüßter Kondensmilch trinken, die sie haßte – in der Missionsstation hatten sie Kühe gehabt, bis von Hanneken sie requirierte –, doch nicht einmal das schmälerte ihr Vergnügen. Sie trank ihn stark, Becher um Becher, wie sie es sich vorgenommen hatte, ohne einen Gedanken an seine Wirkungen in ihrem Innern, auf ihre Magenwände; wahrscheinlich ähnelte ihr Magen schon jener Trinkerleber, die sie bei einem Lichtbildervortrag der Heilsarmee gesehen hatte. Sie stürzte einen Becher nach dem anderen hinunter. Einen Moment lang schoß ihre Körpertemperatur in die Höhe, fühlte sie sich fieberheiß, doch dann brach angenehm der Schweiß aus – nicht der klebrige, juckende Schweiß, der sie den ganzen Tag begleitet hatte, sondern ein wohltuendes, kühlendes Naß, begleitet von einem Gefühl der Entspannung und des Wohlbefindens.

»Diese Belgier oben beim Bergwerk tranken nie Tee«, sagte Allnutt und hielt die Kondensmilchbüchse schräg über seinen Becher mit der schwarzen Flüssigkeit. »Wissen nicht, was gut ist.«

»Ja«, sagte Rose, und ein ausgesprochen freundschaftliches Empfinden für Allnutt stieg in ihr auf. Ohne Hast schlug sie nach den Moskitos.

Als das dürftige Steingutgeschirr abgewaschen und verstaut war, stand Allnutt auf und sah sich um; die Dämmerung setzte ein.

»Sie haben doch keine Krokodile in diesem Seitenarm gesehen, Miß, oder?« fragte er.

»Nein«, sagte Rose.

»Die finden hier keine seichten Stellen«, sagte Allnutt. »Außerdem ist die Strömung zu stark.«

Er hüstelte etwas befangen.

»Ich möchte gern baden, bevor ich mich hinhaue«, sagte er.

»Ich auch.«

»Ich geh ins Vorderschiff und nehm mein Bad dort. Werd mich an der Ankerkette festhalten«, sagte Allnutt. »Bleiben Sie hier hinten und tun Sie, was Ihnen beliebt, Miß. Wenn wir beide nicht hinsehen, macht es nichts aus.«

Rose war sich bewußt, daß sie sich völlig im Freien splitternackt auszog, und ein paar Meter von ihr entfernt war ein Mann, der das gleiche tat, und zwischen ihnen befand sich lediglich ein mäßig dicker Schornstein. Doch irgendwie spielte es keine Rolle. Rose wurde gewahr, daß sie aus den Augenwinkeln sah, wie sich eine ganz weiße Gestalt über den Bug der Barkasse schwang, und kurz darauf vernahm sie das Geräusch gewaltigen Planschens und Strampelns; Allnutt nahm sein Bad. Sie saß nackt auf der niedrigen Bordwand des Hecks und ließ ihre Beine langsam ins Wasser hinunter. Die schnelle Strömung umsprudelte sie köstlich kühl, zerrte an ihren Knöcheln und lockte sie tückisch weiter. Sie ließ sich vollends über Bord gleiten, hielt sich am Boot fest und trieb in ganzer Länge auf der Wasseroberfläche. Es war wie im Paradies – unvergleichbar schöner als ihr abendliches Bad in der Missionsstation, in einer mit lauwarmem Wasser gefüllten flachen Blechwanne und mit der ständigen Angst im Nacken, durch einen Spalt oder eine Ritze in der Wand von ein paar forschenden Augen der ewig neugierigen Eingeborenen beobachtet zu werden.

Dann ging sie daran, sich wieder hochzuziehen. Es war nicht leicht, bei dem Sog der Strömung und der Höhe der Bordwand, doch eine letzte Anstrengung ihrer kraftvollen Arme brachte sie weit genug hoch, um zappelnd über den Bootsrand zu kommen. Erst da wurde sie sich bewußt, daß sie ganz ruhig in Erwägung gezogen hatte, Allnutt um Hilfe zu rufen, und obwohl sie das Gefühl hatte, jetzt eigentlich entsetzt über sich sein zu müssen, gelang ihr das nicht. Sie kramte ein Handtuch aus der Blechkiste mit ihrer Kleidung, trocknete sich ab und zog sich wieder an. Es war schon fast dunkel, dunkel genug jedenfalls, um ein Glühwürmchen am Ufer sichtbar werden zu lassen und den Urwald so weit zum Schweigen zu bringen, daß das dahinschießende Wasser des Flusses jetzt an den Ufern lauter zu schäumen schien.

»Sind Sie fertig, Miß?« rief Allnutt, der sich anschickte, nach hinten zu kommen.

»Ja«, sagte Rose.

»Sie schlafen besser hier im Heck«, sagte Allnutt, »falls es regnet. Ich hab ein paar Decken hier. Es sind keine Flöhe drin.«

»Wo werden Sie schlafen?«

»Vorn, Miß. Ich kann mir aus den Kisten eine Art Bett machen.«

»Was, auf dem – dem Sprengstoff?«

»Ja, Miß. Wird ihm wohl nichts ausmachen.«

Das hatte sie mit ihrer Frage auch nicht gemeint. Ja, Rose sperrte sich etwas gegen die Vorstellung, daß da einer auf ein paar Zentnern Sprengstoff schlief, die ausreichten, um eine Stadt in

Schutt und Asche zu legen – oder eine Schiffsseite aufzureißen. Doch verdrängte sie das Seltsame dieses Gedankens; alles war jetzt seltsam.

»In Ordnung«, sagte sie kurz.

»Decken Sie sich gut zu«, sagte Allnutt warnend. »Gegen Morgen wird es immer ziemlich kalt auf dem Fluß – sehn Sie nur den Nebel.«

Ein weißer Dunstschleier schwebte bereits über dem Wasser.

»In Ordnung«, sagte Rose noch einmal.

Allnutt ging wieder zurück ins Vorschiff, und Rose machte sich an ihre kurzen Vorbereitungen für die Nacht. Sie gestattete sich nicht, an die Körper – schwarze oder weiße, saubere oder schmutzige – zu denken, die mit diesen Decken schon in Berührung gekommen waren. Sie legte sich auf die harten Schiffsplanken, zog die Decken über sich und schob ein Kissen aus Kleidungsstücken unter ihren Kopf. Und in diesem Kopf sah es aus wie in einem wirbelnden Strudel, kreiste ein wildes Durcheinander von Gedanken. Ihr Bruder war erst heute morgen gestorben, und doch schien das schon mindestens einen Monat zurückzuliegen. Die Erinnerung an sein weißes Gesicht saß tief, war aber irgendwie ungenau. Unter den geschlossenen Augenlidern wurden ihre Netzhäute hartnäckig von Bildern fließenden Wassers heimgesucht, das um Baumstümpfe quirlte, über flachen Grund sprang und hell in der Sonne glitzerte, wo der Wind darüberhin spielte. Sie dachte an die KÖNIGIN LUISE, die Herrscherin des Sees. Sie dachte an Allnutt, der nur ein oder zwei Meter von ihrem jungfräulichen Bett entfernt lag, erinnerte sich, wie sein nackter Körper über die Bordwand der Barkasse verschwand. Und sie dachte abermals an den toten Samuel, und der darauffolgende Entschluß, seinen Tod zu rächen, überraschte sie beinahe beim Einschlafen. Unruhig wälzte sie sich herum. Die Fliegen stachen teuflisch. Sie dachte an Allnutts schlaff herabhängende Zigarette und daran, wie sie ihn dazu gebracht hatte, mit ihr weiterzufahren. Sie dachte an das Spiel von Licht und Schatten auf dem Wasser, als sie zum ersten Mal vor Anker gegangen waren. Und mit diesen wechselnden Bildern vor ihren geschlossenen Augen schlief sie, völlig erschöpft, endgültig ein.

3.

Rose brachte es tatsächlich fertig, den größten Teil der Nacht hindurch zu schlafen. Es war Regen, was sie schließlich weckte, Regen, Donner und Blitz. Sie brauchte eine kleine Weile, bis ihr wieder einfiel, wo sie sich befand, als sie da in der Dunkelheit auf den fürchterlich harten Bodenplanken erwachte. Um sie herum lärmte das Inferno. Der Regen ergoß sich in Strömen, wie man sie nur im zentralen Afrika erlebt. Er trommelte auf das Sonnensegel über ihr und stürzte in kleinen Wasserfällen von den Baumkronen in den Fluß. Die Blitze tauchten selbst diesen dunklen Seitenarm in grelles Licht, und der Donner rollte fast ununterbrochen. Ein warmer Wind fegte über das Wasser und trieb die Barkasse ein Stück flußaufwärts, und jedesmal, wenn er für einen Moment nachließ, trug die Strömung das Boot wieder zurück, bis sich die Ankerkette spannte, und dann gab es ein Rucken wie bei einem schwachen Erdbeben. Plötzlich spürte Rose den warmen Regen auf ihrem Gesicht, der Wind blies ihn unter das Sonnensegel, und dann wurde dieses dürftige Dach undicht und ließ rings um sie her unzählige Katarakte auf die Bodenplanken prasseln.

Alles schien gleichzeitig zu geschehen – eben noch schliefen sie, und im nächsten Augenblick fühlte sie sich durchnäßt und unbehaglich, und die Barkasse riß an der Ankerkette. Mittschiffs bewegte sich etwas, und die grellen Blitze enthüllten einen klatschnassen, kläglichen Allnutt, der, sein Bettzeug hinter sich herziehend, auf sie zukroch. Winselnd wie ein kleiner Hund kam er an ihre Seite getappt. Vom Segeldach schoß ein Schwall Wasser in seinen Nacken.

»Verdammt!« sagte er und wechselte abrupt seinen Platz. Ein glücklicher Zufall verhinderte, daß dort, wo Rose lag, einer dieser Wasserfälle herunterkam; sie spürte nur den vom Wind mitgeführten Regen und die Spritzer von den Bodenplanken. Aber das war der einzige Ort unter dem Segel, der so gut geschützt lag. Allnutt verbrachte viel Zeit damit, von einer Stelle zur anderen zu wechseln, doch das gnadenlos durch das Sonnendach rinnende Wasser machte ihn überall ausfindig. Rose hörte das Klappern seiner Zähne, als er in ihre Nähe kam, und für einen Augenblick war sie versucht, ihren Arm auszustrecken und ihn wie ein Kind an sich zu ziehen. Sie errötete insgeheim, als sie sich bei diesem

Gedanken ertappte, denn schließlich war Allnutt ebensowenig ein Kind wie sie.

Statt dessen setzte sie sich auf und fragte:

»Was können wir nur tun?«

»N-nichts, Miß«, sagte Allnutt unglücklich, aber entschieden.

»Können Sie nicht irgendwo unterkriechen?«

»Nein, Miß. Aber das hier wird nicht mehr lang dauern.«

Allnutt sprach mit der kleinmütigen Ergebenheit, die von lebenslangem Pech zeugte. Er wechselte von einem Wasserstrom zum nächsten. Samuel hätte unter den gleichen Umständen eine Spur schlechter Laune gezeigt – Rose maß Männer grundsätzlich an Samuel, weil sie keinen anderen Mann so gut kannte.

»Sie Ärmster!« sagte Rose.

»Armer Kerl« oder »armer Junge« hätte vielleicht kameradschaftlicher oder mitfühlender geklungen, aber Rose hatte noch nie von einem Mann als »Kerl« oder »Junge« gesprochen.

»Es tut mir so leid«, sagte Rose, doch Allnutt rutschte nur voller Unbehagen zu einem anderen Platz.

Dann plötzlich zog das Unwetter ab, so schnell, wie es gekommen war. In einem Land, wo innerhalb einer Stunde fast dreißig Millimeter Regen fallen, bedeuten sechstausend Millimeter jährlich lediglich zweihundert Stunden Regen im Jahr. Für eine Weile schwankten noch die Bäume über ihnen hin und her, und der Wind rauschte in ihren Kronen, dann gab auch er Ruhe, und ein Lichtschimmer über dem Fluß wurde sichtbar. In der Stille der Dämmerung übertönte wieder das durch die Baumwurzeln tosende Wasser jedes andere Geräusch. Der Tag brach unvermittelt an, und diesmal waren die Sonne und die Hitze wohltuend und belebend und nicht wie sonst von tyrannischer Bosheit. Rose und Allnutt richteten sich auf; der ganze Flußarm dampfte wie eine Wäscherei.

»Was ist noch zu tun, bevor wir weiterfahren?« erkundigte sich Rose. Es kam ihr nicht in den Sinn, irgend etwas anderes tun zu wollen, als weiterzufahren. Allnutt kratzte seinen sprießenden Bart. »Hab kein Holz mehr«, sagte er. »Muß welches ranholen. Hier gibt's ne Menge totes Zeug, könnt ich mir denken. Außerdem müssen wir den Kahn auspumpen. Das Boot leckt sowieso überall, und nach diesem Regen . . .«

»Zeigen Sie mir, wie man das macht.«

Rose wurde mit der Handpumpe vertraut gemacht, die so alt und wenig tauglich war wie alles andere an Bord. Theoretisch schob man den unteren Teil der Pumpe durch den Spalt zwischen der Bordwand und den Bodenplanken und bewegte dann den Schwengel auf und ab mit dem Ergebnis, daß das Wasser unter den Planken hochgesaugt wurde und durch ein Rohr über Bord abfloß. Und wenn man das Boot zu der Seite abkippte, auf der sich die Pumpe befand, konnte man es leidlich trocken bekommen, doch Allnutts Pumpe sorgte dafür, daß das zur Schwerstarbeit wurde. Sie blockierte, verweigerte den Dienst, quietschte, blieb stecken und quetschte die Hände, die sie bedienten, und das alles geschah mit einem Sinn für Überraschungen, der ans Diabolische grenzte. Rose haßte diese Pumpe schließlich, wie sie noch nie etwas gehaßt hatte. Allnutt zeigte ihr, wie sie die Arbeit anpakken mußte.

»Gehen Sie los und holen Sie das Holz«, sagte Rose, während sie die Pumpe in die Speigatt setzte und sich anschickte, den Schwengel zu betätigen. »Ich mache das hier allein.«

Allnutt brachte eine Axt zum Vorschein, die verrostet war und jämmerlich aussah wie der ganze Kahn. Mit dem Bootshaken zog er das Heck näher ans Ufer und sprang mit dem Hecktau in der Hand an Land. Er verschwand im Unterholz, bei jedem Schritt vorsichtig um sich blickend, für den Fall, daß es hier Schlangen gab, während Rose an der Pumpe weiterarbeitete. Nichts auf Erden war ähnlich genial ausgedacht, um das Gefühl morgendlicher Frische zu vertreiben. Roses Gesicht rötete sich zusehends, und während sie sich wieder mit dem launenhaften Monstrum abplagte, begann der Schweiß an ihr herabzurinnen. Ab und zu erschien Allnutt am Ufer und warf eine neue Ladung auf den wachsenden Stoß abgestorbener Äste am Anlegeplatz, und dann, sich am Hecktau haltend, begann er mit der heiklen Aufgabe, das Heizmaterial an Bord zu hieven, wobei er gefährlich schwankend auf dem schlüpfrigen, unebenen Untergrund stand.

Rose ließ ihre Arbeit an der Pumpe liegen, um ihm zu helfen – inzwischen schwappte nur noch sehr wenig Wasser unter den Bodenplanken –, und als das gesamte Holz an Bord war und hoch aufgeschichtet im Mittschiff lag, schöpften sie Atem und sahen sich an.

»Wir sollten jetzt aufbrechen«, sagte Rose.

»Und Frühstück?« fragte Allnutt und spielte dann seine Trumpfkarte aus: »Tee?«

»Den trinken wir während der Fahrt«, sagte Rose. »Wir wollen jetzt aufbrechen.«

Vielleicht war Rose schon immer eine Frau voller Tatendrang und Entscheidungsfreude gewesen, aber sie hatte, seit sie erwachsen war, stets unter dem Einfluß ihres Bruders gestanden. Und Samuel war ja nicht einfach nur ein Mann, sondern dazu noch ein Priester, und er hatte folglich das doppelte – wenn nicht gar vierfache – Recht, die Geschicke der Frauen in seiner Familie zu lenken. Rose hatte sich immer damit begnügt, seinen Ratschlägen zu folgen und sich an sein Urteil zu halten.

Um so heftiger war nun, wo sie allein war, der Umschwung. Sie stand im Begriff, einen Plan auszuführen, der ganz allein ihr Plan war, und sie erlaubte niemandem, dies zu verhindern oder zu verzögern. Der Drang, etwas zu tun, war wie ein Fieber in ihr ausgebrochen. Damit soll der patriotische Eifer, der sie ebenfalls beflügelte, keinesfalls geschmälert werden. Sie war so fest entschlossen, England zu helfen, und darin so sicher und unerschütterlich, daß sie nie weiter darüber nachdachte. Stärker bewußt war ihr das Motiv, den Tod ihres Bruders zu rächen, und noch stärker wohl das brennende Verlangen, die zehn Jahre ständiger Beleidigungen durch die deutschen Beamten zu tilgen, die der sanftmütige Samuel so widerspruchslos hingenommen hatte. Es war der Gedanke an diese Kränkungen und Beleidigungen, der ihr das Rot in die Wangen trieb, sie das Ruder fester packen ließ und sie zu erneuter Eile antrieb.

Allnutt zuckte philosophisch die Achseln, so, wie er es an seinen belgischen Arbeitgebern oben beim Bergwerk beobachtet hatte. Die Frau war ein bißchen verrückt, aber wie die Dinge vorläufig noch lagen, war es unangenehmer, mit ihr zu streiten, als ihr nachzugeben; Allnutt war nicht selbstkritisch genug, um zu erkennen, daß die meisten Schwierigkeiten in seinem Leben aus seinen Versuchen resultierten, Schwierigkeiten aus dem Weg zu gehen. Wie üblich kniend in Gebetshaltung, machte er sich daran, das Feuer zu entfachen, und während der Kessel sich aufheizte, widmete er sich der nimmer endenden Aufgabe, alles mögliche zu schmieren. Als der Kessel zu ächzen und zu gurgeln begann, warf er Rose einen fragenden Blick zu, den sie mit einem Nicken beantwortete. Rose war gespannt, wie Allnutt die Barkasse aus dem schmalen Seitenarm, in dem sie verankert lag, wieder herausbugsieren würde.

Die Angelegenheit erforderte viel Betriebsamkeit von Allnutt. Zunächst mühte er sich an der Ankerwinde ab, ohne Erfolg, die Strömung war zu stark, um das schwere Boot zum Anker zu ziehen. Deshalb setzte er die Schiffsschraube in Gang, bis die AFRICAN QUEEN gegen die Strömung Fahrt machte, stürzte dann nach vorn, machte den Anker locker und kurbelte ihn hoch. Er fuhr jedoch nicht weiter – es gab keine Anhaltspunkte dafür, daß die ganze Strecke bis hinauf zum Hauptarm passierbar war, und einige dieser Nebenarme waren mehrere Meilen lang. Statt dessen kam er zurück und drosselte die Maschine so weit, bis die Barkasse von der Strömung leicht zurückgetrieben wurde, obwohl die Maschine ihr entgegenarbeitete.

Man mußte jetzt umdenken beim Steuern, so, als sei das Heck zum Bug geworden. Allnutt überließ die Maschine sich selbst und hastete zurück, um Rose das Ruder aus der Hand zu nehmen; er konnte sich so weit noch nicht auf sie verlassen. Vorsichtig steuerte er die AFRICAN QUEEN flußabwärts, bis sie die Gabelung erreichten, wo sie auf den Lauf des breiteren Seitenarms stießen. Dann rannte er ins Mittschiff, schaltete die Maschine auf Rückwärtsfahrt, rannte wieder zurück zum Ruder und ließ das Heck flußaufwärts drehen, während er den Bug scharf im Auge behielt, um ihn von der Strömung nicht gegen das Ufer drücken zu lassen. Sobald der Bug außer Gefahr war, drohte dem Heck die gleiche Katastrophe. Allnutt stürzte abermals zur Maschine, schaltete sie auf Vorausfahrt und jagte wieder zum Ruder, um das Boot auf Kurs zu halten, während es flußabwärts in Fahrt kam.

Es war eine gute Bootsmannsleistung; selbst Rose mit ihrer begrenzten Erfahrung konnte das erkennen, wenn ihr auch einige Manöver verborgen blieben – beispielsweise das behutsame Balancieren zwischen den Strudeln und der Strömung in einer Biegung und der schwierige Einsatz der Schiffsschraube während der Drehung. Sie nickte und lächelte ihm anerkennend zu, doch Allnutt hatte keine Zeit, Applaus entgegenzunehmen. Denn von der Maschine kamen Gefahrensignale, und Allnut mußte Rose das Steuer übergeben, um mittschiffs nach dem Rechten zu sehen.

Von Rose geschickt gesteuert, setzte die AFRICAN QUEEN

ihre gewichtige Fahrt den Fluß hinunter fort. Sie befanden sich im bedeutendsten Seitenarm dieses Streckenabschnitts, einem hundert Meter breiten Flußlauf, der ernstere navigatorische Schwierigkeiten nicht erwarten ließ. Rose vermochte bereits das häßliche, V-förmige Gekräusel auf der Wasseroberfläche zu deuten, das einen unmittelbar darunter liegenden Baumstumpf verriet, ebenso unruhiges Wasser, das auf Untiefen hinwies, und sie erkannte jetzt auch, wie zweckmäßig der geringe Tiefgang der AFRICAN QUEEN war. Man konnte sicher sein, daß jedes Hindernis, über dem die Wasseroberfläche keine Veränderung zeigte, ohne Schaden von ihr überwunden wurde. Allerdings konnte da der Wind einen Strich durch die Rechnung machen, eine steife Brise konnte die Oberfläche in wildbewegte kleine Wellen verwandeln, die alle diese Warnsignale auslöschten.

Im Augenblick wehte kein Wind. Alles war in bester Ordnung. Der Flußarm verlief zwischen sumpfigen, unbewohnten Inseln, es bestand also keine Gefahr, vom Ufer aus beobachtet zu werden, das Navigieren war einfach, und die Maschine der AFRICAN QUEEN zeigte sich besonders hilfsbereit. Die Barkasse legte Meile um Meile ohne nennenswerte Zwischenfälle zurück. Allnutt verließ die Maschine sogar für ein paar Minuten, in denen er das Frühstück vorbereitete. Er brachte Rose ihre Portion, und sie bemerkte nicht einmal, wie schmutzig und ölverschmiert seine Hände waren. Das Ruder in der Hand, aß und trank sie und fühlte sich ziemlich glücklich. Unterstützt von einer vier Knoten schnellen Strömung, glitt die Barkasse in schmeichelhaftem Tempo zwischen den Ufern dahin und meisterte auf geradezu faszinierende Weise die Biegungen. Ganz unbewußt lernte Rose einiges über Wasser, das sich in Bewegung befand, über Wirbel und Strudel – Kenntnisse, die ihr später sehr nützlich sein sollten.

Die Hitze wurde stärker, und je höher die Sonne stieg, desto weniger konnte Rose die Barkasse im Schatten der riesigen Bäume am Ufer halten. Das direkte Sonnenlicht, dem sie schließlich ausgesetzt waren, traf sie wie ein Keulenschlag, und sogar hinten auf den Achtersitzen spürte Rose jetzt auch die verheerende Hitze des Feuers und des Kessels.

Allnutt tat ihr leid, und sie hatte Verständnis für seine die Hygiene mißachtende Angewohnheit, ungefiltertes Flußwasser zu trinken. Auf der Missionsstation hatte sie dafür gesorgt, daß jeder

Tropfen Wasser, den sie und Samuel tranken, erst gefiltert und dann abgekocht wurde, aus Furcht vor Hakenwürmern, Typhus und all den anderen Plagen, die Wasser mit sich führen kann. Jetzt war das freilich anders. Sie saß immerhin unter dem zerfransten Segel und fand dort wenigstens etwas Schatten. Aber Allnutt arbeitete in der glühenden Sonne.

Tatsächlich jedoch gehörte Allnutt zu jenen Männern, die sich hatten daran gewöhnen müssen, bei unmöglichen Temperaturen zu arbeiten. Er hatte als Maschinenwart auf Handelsschiffen gearbeitet, die das Rote Meer befuhren, in Maschinenräumen mit Temperaturen über sechzig Grad; die freie Luft über dem Ulanga war selbst unter direkter Sonneneinstrahlung weit weniger drükkend als viele der Dünste, mit denen er vertraut war. Es kam ihm nicht in den Sinn, sich über diese Seite seines Lebens zu beklagen, ja es bereitete ihm sogar ein ästhetisches Vergnügen, dafür zu sorgen, daß die elende alte Maschine sich bewegte.

Etwas später endete der Seitenarm, vereinigte sich wieder mit dem Hauptstrom. Die Ufer traten zurück, als sie in den imposanten Fluß einfuhren, eine stattliche halbe Meile breit und unter einem wolkenlosen Himmel leuchtend blau, wie es schien, obwohl sein Wasser immer noch das gleiche schmutzige Braun zeigte, sobald man über die Bordwand hinunterblickte. Allnutt waren diese offenen Strecken nicht sympathisch. Irgendwo an den Ufern des Flusses war von Hanneken mit seiner Truppe; vielleicht gab es überall Vorposten, die die ganze Gegend überwachten. Nur wenn sie sich ihren Weg zwischen Inseln suchte, konnte die AFRICAN QUEEN der Überwachung entgehen. Besorgt stand Allnutt auf der Bordwand und suchte die Ufer nach einer Öffnung ab.

Rose war sich zwar seiner Unruhe und deren Ursache bewußt, teilte jedoch nicht seine Gefühle. Sie war völlig sorglos. Sie hielt es nicht im entferntesten für möglich, daß sie irgend etwas an der Durchführung ihrer Mission hindern könnte. Eine Gefangennahme durch von Hanneken war ein Ding, an das sie einfach nicht glauben konnte – und selbstverständlich war sie auch frei von den Befürchtungen, die Allnutt plagten, wenn er daran dachte, was von Hanneken mit ihnen tun würde, wenn er sie in der AFRICAN QUEEN erwischte, zwei Ausländer, die offensichtlich nichts Gutes im Schilde führten. Doch sie fügte sich Allnutts überspannter Phantasie; sie zog die AFRICAN QUEEN herum und richtete den Bug auf das entferntere Ufer der Biegung, wo am Fuße eines dichtbewaldeten Steilufers die Spitze einer schmalen Insel sichtbar wurde – Rose kannte den Fluß inzwischen gut genug, um zu wissen, daß der Seitenarm hinter der Insel mit einiger Sicherheit Zugang zu einem neuen Netz kleinerer Flußarme bot, die sich zwischen dicht nebeneinanderliegenden Inseln hindurchschlängelten und die erst nach mindestens zehn Meilen wieder in den Hauptstrom münden würden.

Die AFRICAN QUEEN schipperte gewichtig über den Fluß. Ihre Schraubenwelle war nicht mehr so ganz gerade, und von den zahlreichen Berührungen mit Hindernissen unter Wasser waren die Flügel der Schraube verbogen, so bewegte sich die Barkasse ziemlich geräuschvoll, vibrierte unter den Stößen der Welle, aber Rose hatte sich inzwischen an den Lärm und das Vibrieren gewöhnt, bemerkte es nicht einmal mehr. Sie erhob sich und blickte aufmerksam nach vorn, als sie sich der Öffnung in den Seitenarm näherten. Sie war sich des dramatischen Anblicks, den sie bot, voll bewußt, wie sie so dastand, sonnenverbrannt, mit zusammengebissenen Zähnen, die Augen zusammengekniffen, hochaufgerichtet in der prallen Sonne, die Hand am Ruder des schäbigen alten Kahns. Sie war ganz darauf konzentriert, nach Baumstümpfen und anderen Hindernissen Ausschau zu halten.

Sie glitten aus der grellen Sonne in den wohltuenden Schatten des schmalen Seitenarms. Das Kielwasser der Barkasse begann unmittelbar hinter ihnen in gräulichbraunen Wellen ans Ufer zu schlagen; die vor ihnen wuchernden Wasserpflanzen verneigten sich in feierlichem Nacheinander, sobald das Boot sie erreichte, richteten sich neben ihnen wieder auf, um gleich darauf im schmutzigen Schaum des Kielwassers zu verschwinden.

Der Seitenarm, in dem sie sich befanden, ging plötzlich in drei Arme über. Rose hatte rasch zu entscheiden, welcher davon am ehesten befahrbar schien. Dann kamen sorgenvolle Augenblicke, als der schmale Arm sich weiter verengte und die Strömung reißender wurde, so daß es so aussah, als würden sie nach alldem nun doch nicht weiterkommen. Ihre Besorgnis schwand erst, als der Arm plötzlich in einen Flußlauf mündete, dessen Breite und behäbiges Dahinfließen für einige Zeit ein ruhiges Vorankommen verhieß.

Diese Flußläufe hier zwichen den Inseln waren Orte der Stille.

Selbst die Vögel und Insekten schienen in der dampfenden Hitze zu schweigen. Weit und breit gab es nur hohe Bäume, verschlungenes Unterholz, aufstrebende Schlingpflanzen und das Ufer überziehende nackte Baumwurzeln. Das Scheppern der AFRICAN QUEEN schien der erste hier jemals vernommene Laut zu sein, und als auch dieses Geräusch verstummte, weil sie vor Anker gegangen waren, um ihren Vorrat an Brennholz aufzufüllen, sprach Rose nur mit flüsternder Stimme, ehe es ihr gelang, die Macht dieses Schweigens von sich abzuschütteln.

Dieser erste Tag war typisch für all die Tage, die sie auf dem Fluß verbrachten, bevor sie die Stromschnellen erreichten. Natürlich gab es auch Zwischenfälle. Es kam vor, daß der Seitenarm, den sie gerade hinunterfuhren, durch ineinander verschachtelte Baumstämme versperrt wurde und sie rückwärts vorsichtig die Strecke wieder hinunterfahren mußten, bis sie einen anderen Flußarm fanden. Ein anderes Mal mündete ihr Arm in ein weites, fast stehendes Gewässer, umgeben von sumpfigen Inseln und voll von Wasserrosen und Schlingkraut, das sich um die Schiffsschraube wickelte und das Boot tatsächlich zum Stehen brachte. Allnutt mußte sich halbnackt ausziehen und ins Wasser springen, wo er die Schraube mit einem Messer von ihren Fesseln befreite. Anschließend trieb er die Barkasse mit der Bootsstange vorwärts, und bei jedem Stoß in den lockeren Schlick auf dem Grund stieg ein Schwall Blasen hoch und verbreitete in der Sonnenglut einen erbärmlichen Gestank.

Vielleicht war dieser Zwischenfall an dem nachfolgenden Ärger mit der Schiffsschraube schuld, deren Reparatur sie einen halben Tag lang aufhielt.

Zuweilen öffnete der Himmel nun auch am Tage seine Schleusen und entsandte kataraktartige Regengüsse, die das Boot bis über die Bodenplanken unter Wasser setzten, was zur Folge hatte, daß Rose sich stundenlang mit jener bösartigen Handpumpe abplagen mußte. Die Zeit der Herbstregenfälle war gekommen. Rose dankte nur dem Himmel, daß es nicht Frühling war, denn während des Frühlings hielten die Unwetter viel länger an und waren heftiger als die Gewitter, die sie jetzt zu ertragen hatten. Zum erstenmal in ihrem Dasein lebte Rose wirklich. Sie war sich dessen kaum bewußt, obwohl ihr Körper es ihr bestätigte, wenn sie einen Moment innehielt und hineinhorchte. Sie hatte zehn

Jahre in Ostafrika verbracht, doch nie in diesen zehn Jahren richtig gelebt. Ihre Missionsstation war ein trostloser Ort. Rose las keine Abenteuerbücher, so hätte sie vielleicht erfahren können, wie aufregend das tropische Afrika war. Samuel war kein unternehmungslustiger Mensch gewesen – er hatte sich nicht einmal, wie es sich eigentlich für einen Missionar geziemte, für Botanik, Philologie oder Ethnologie interessiert. Etwas einfallslos, wenn auch verbissen, war er bemüht gewesen, die Heiden zu bekehren, freilich nicht so erfolgreich, daß es über zehn Jahre hin für Gespräche beim Abendessen gereicht hätte. Aber es war das einzige in seinem Leben, was ihn interessiert hatte (kein Wunder, daß von Hannekens Requirierung ihm das Herz gebrochen hatte), und deshalb war es auch Roses einziges Interesse – ein recht mäßiges zudem.

Auch einen Haushalt in einem ostafrikanischen Dorf zu führen, war viel langweiliger, als es in einer geschäftigen Provinzstadt Englands gewesen wäre, dazu kam noch, daß Ostafrika die langweiligste Kolonie auf dem ganzen Kontinent war. Weiße gab es nur wenige, und das Mandatsgebiet des Kaisers beschränkte sich auf die Randgebiete des Landes, einige Flecken am Meer, am See, am Oberlauf des Ulanga, wo sich das Goldbergwerk befand, und entlang der Eisenbahn, die von der Suaheli-Küste aus ins Landesinnere führte. Abgesehen von den paar Beamten, die sich den Missionaren gegenüber natürlich so benahmen, wie es von Militärs und Beamten zu erwarten war, die sich reinen Zivilisten ohne Rang und Namen und zudem noch Ausländer, gegenübersahen, abgesehen davon also hatte Rose keine weißen Männer zu Gesicht bekommen außer Allnutt: Einer Übereinkunft mit der belgischen Gesellschaft zufolge brachte er ihre monatlichen Lieferungen an Vorräten und Post von Limbasi herunter, und sein Kommen hing je nachdem davon ab, ob die AFRICA QUEEN fahrtüchtig war oder ob es an den Maschinen im Bergwerk etwas zu tun gab, was seine Anwesenheit erforderte.

Und Samuel hatte Rose nicht einmal gestattet, sich nach Allnutts Besuchen zu erkundigen. Briefe, die kamen, waren immer an ihn gerichtet, und Allnutt war ein Sünder, der oben beim Bergwerk in gottloser Liaison mit einer Negerin lebte. Zwar mußten sie ihm Essen und Gastfreundschaft gewähren, wenn er kam, und in ihre Gebete die Bitte für seine Erlösung einflechten, doch dabei ließen sie es bewenden. Jene zehn Jahre waren eine von Hitze gepeinigte monotone Zeit gewesen.

Wie anders war es jetzt. Da war das große Unternehmen, zum See vorzudringen und ihn von der Vorherrschaft der Deutschen zu befreien; das allein war schon genug, um jeden bei guter Laune zu halten. Und um den Tag auszufüllen, war da der Fluß, breit, voller Überraschungen und immer wieder anders. Es gab keine Monotonie auf einem Fluß mit versteckten Baumstümpfen und anderen Hindernissen, mit Windungen und Seitenarmen, Strudeln und Wirbeln. Vielleicht waren für Rose diese Tage glücklichen Tätigseins eine Entschädigung für dreiunddreißig Jahre passiver Trübsal.

4.

Eines Abends war Allnutt schweigsam und in sich gekehrt, als brüte er über irgendeinem geheimen Kummer. Rose bemerkte seine trübe Stimmung und sah ein- oder zweimal prüfend zu ihm hinüber. Als sie an diesem Abend ihren Tee tranken, war nichts zu spüren von einem Gefühl der Kameradschaft. Und als sie ihren Tee getrunken hatten, holte Allnutt doch tatsächlich die Ginflasche hervor, schenkte sich einen Drink ein, den zweiten an diesem Tag, trank und füllte seine Tasse erneut, nach wie vor schweigend und mürrisch. Er nahm noch einen Drink, und es schien, als verstärke das Trinken seinen Mißmut noch. Voll Unruhe beobachtete Rose sein Tun. Instinktiv spürte sie, daß sie etwas unternehmen mußte, um die Moral ihrer Besatzung aufzurichten. Es lag Ärger in der Luft, und dieses düstere, schweigsame Trinken würde ihn nur noch schlimmer werden lassen.

»Was ist los, Allnutt?« fragte sie sanft. Sie war aufrichtig bekümmert darüber, daß der kleine Cockney so unglücklich war, ganz abgesehen von ihren Gedanken an die Auswirkungen, die diese Stimmung auf den Erfolg ihres Unternehmens haben könnte.

Allnut schenkte sich nur nochmals ein und schaute verdrossen auf die zerlumpten Segeltuchschuhe an seinen Füßen. Rose kam herüber und trat näher zu ihm.

»Sagen Sie's mir«, sagte sie nochmals in sanftem Ton, und dieses Mal antwortete Allnutt.

»Wir fahren nicht mehr weiter den Fluß runter«, sagte er. »Wir sind weit genug gekommen. Alles Quatsch, diese Fahrt zum See.«

Zwar gebrauchte Allnutt nicht das Wort »Quatsch«, doch obwohl Rose das Wort, das er benutzte, nicht geläufig war, erriet sie doch, daß es etwas Ähnliches bedeuten mußte. Rose war erschüttert – nicht über die Ausdrucksweise, sondern über die Einstellung. Sie hatte geglaubt, gegen jedweden Einwand von Allnutt gewappnet zu sein, doch hätte sie nie damit gerechnet, daß derartige Gedanken durch seinen Kopf gingen.

»Nicht weiterfahren?« sagte sie. »Aber Allnutt! Natürlich müssen wir das!«

»So verdammt natürlich ist das gar nicht«, sagte Allnutt.

»Ich kann mir gar nicht vorstellen, was der Grund ist«, sagte Rose völlig aufrichtig.

»Der Fluß ist der Grund, darum geht's. Und Shona.«

»Shona!« wiederholte Rose. Endlich hatte sie eine vage Vorstellung von dem, was Allnutt beunruhigte.

»Wenn wir morgen weiterfahren«, sagte Allnutt, »sind wir abends bei den Stromschnellen. Aber bevor wir zu den Stromschnellen kommen, müssen wir an Shona vorbei. Ich hatte es bis gestern abend ganz vergessen.«

»Aber in Shona wird uns doch gar nichts passieren.«

»Ach ja? Wirklich nicht? Woher wissen Sie das so genau? Wenn die Deutschen irgendwo an diesem Fluß Beobachtungsposten haben, dann garantiert in Shona. Dort führt die Straße aus dem Süden über den Fluß. Dort war eine Nigger-Fähre, bevor die Deutschen hier aufkreuzten. Garantiert haben sie dort einen Wachtrupp. Da können Sie Gift drauf nehmen! Und da kann man sich auch nicht dran vorbeischleichen. Ich war dort, mit dieser alten AFRICAN QUEEN hier. Ich weiß, wie der Fluß dort aussieht. Eine einzige große Biegung. Keine Seitenarme oder so was. Man blickt ungehindert von einer Seite zur anderen, außerdem liegt Shona auf einem Berg direkt am Fluß.«

»Es wird ihnen aber nicht gelingen, uns aufzuhalten.«

»Wird ihnen nicht gelingen –! Reden Sie kein dummes Zeug, Miß. Die haben doch Gewehre. Sogar Maschinengewehre. Vielleicht auch Kanonen. Der Fluß ist dort kaum eine halbe Meile breit.«

»Dann fahren wir eben nachts dran vorbei.«

»Das hat auch keinen Sinn. Die Stromschnellen fangen nämlich direkt unterhalb von Shona an. Bei diesem Berg, auf dem Shona liegt, beginnen die Felsen, zwischen denen der Fluß verläuft. Falls wir im Dunkeln an Shona vorbeifahren würden, müßten wir auch im Dunkeln die Stromschnellen hinunter. Und ich fahr nicht im Dunkeln irgendwelche Stromschnellen runter. Ich fahr überhaupt keine Stromschnellen runter, ich nicht. Wir hätten gar nicht so weit runterkommen sollen. Es ist alles ein hirnverbrannter Unsinn. Sogar hier könnten die uns finden, falls sie mit einem Kanu von Shona aus raufkommen würden. Morgen kehr ich um und fahr zurück zu dem Seitenarm, in dem wir gestern waren. Das ist der sicherste Ort für uns.«

Allnutt hatte alle Scham und falsche Bescheidenheit abgeschüttelt. Lieber war er in Roses Augen ein Feigling, als daß er bei Shona unter Beschuß geriet oder die unmögliche Fahrt durch die Felsenschluchten des Ulanga riskierte. Mit dem Hokuspokus war jetzt ein für allemal Schluß. Und zur Bekräftigung seines Entschlusses trank er unverdünnten Gin.

Rose war bleich vor Zorn und Enttäuschung. Sie versuchte, ruhig zu bleiben, bat, schmeichelte ihm, doch Allnutt war keinen Argumenten mehr zugänglich. Er schwieg einfach und unternahm keinen Versuch, Roses drängende Bitten abzuwehren, er beantwortete sie lediglich mit stumpfer Gleichgültigkeit. Erst bei Einbruch der Dunkelheit, als Rose ihn einen Lügner und eine Memme nannte – und Rose, mit ihrem bisher so wenig aufregenden Leben, hatte solche Worte noch nie zuvor gegen jemanden gebraucht –, erst da antwortete er schließlich:

»Selber Memme«, sagte er. »Sie sind keine Dame. Nein, Miß. Genau das würde meine alte Mutter zu *Ihnen* sagen. Wenn meine Mutter Sie hören könnte ...«

Wenn ein Mann, der unverdünnten Gin trinkt, von seiner Mutter zu spechen beginnt, ist jedes Wort verlorene Mühe, argwöhnte Rose. Steif zog sie sich auf die Achtersitze zurück, während Allnutts kleine Orgie ihren Fortgang nahm. Sie befand sich in einem kleinen Boot, allein mit einem Betrunkenen – eine entsetzliche Situation. Angespannt saß sie im Dunkeln, bereit, um ihr Leben oder ihre Tugend zu kämpfen, und überzeugt, daß eines von beiden noch vor Morgengrauen in Gefahr geraten würde. Jede ungeschickte, polternde Bewegung Allnutts in der Dunkelheit ließ sie hochfahren. Wenn Allnutt seinen Becher umstieß oder sich einen frischen Drink einschenkte, saß sie mit geballten Fäusten da, in der Gewißheit, daß er sich auf einen Angriff vorbereitete. Als Allnutt völlig benebelt unter der Bank nach der Kiste mit Gin tastete, um sich eine neue Flasche zu holen, dachte sie einige schreckliche Minuten lang, er komme zu ihr gekrochen.

Doch Allnutt war in seiner Trunkenheit weder liebebedürftig noch gewalttätig. Die Erwähnung seiner Mutter trieb ihm die Tränen in die Augen. Er weinte in Erinnerung an sie, und später beweinte er das Schicksal der stämmigen Carrie, das war sein Name für die Suaheli sprechende Negerin, die seine Geliebte oben beim Bergwerk war und die jetzt Gott weiß wo im Troß von Hanneken steckte. Schließlich beklagte er sein eigenes Auswandern, und dann schluchzte er, unterbrochen von heftigem Schluckauf, bei dem Gedanken an die Freunde seiner Jugend in London. Später begann er unglaublich unmusikalisch ein Lied zu singen, das seiner Stimmung entsprach:

»Grüße mir den Leicester Square recht schön,
Das süße Piccadilly auch und Mayfair,
Empfiehl mich den Leuten dort, sei fair,
Sie werden mich sicher versteh-ehn.«

Er zog den letzten Ton so in die Länge, daß er vergaß, was er gerade sang, und nach zwei, drei fruchtlosen Anläufen, es mit der gleichen sorglosen Begeisterung noch einmal zu versuchen, ließ er vom Singen ab. Vor sich hin murmelnd erörterte er das Thema Schlaf, und wirklich drang bald darauf sein Schnarchen durch die Dunkelheit an Roses angespannt lauschendes Ohr. Sie hatte sich schon fast völlig entspannt, als ein dumpfer Schlag und enormes Geklirr aus Allnutts Richtung sie erneut in helle Aufregung versetzten. Seinen verdrießlichen Ausrufen entnahm sie jedoch, daß er nur samt Becher, Flaschen und anderem von der Bank auf die Bodenplanken gefallen war; zwei Minuten später schnarchte er schon wieder glückselig vor sich hin. Rose saß stocksteif und still da und nährte ihren Groll gegen ihn, und der üble Geruch des verschütteten Gins erfüllte die Nachtluft.

Widerwille und Verzweiflung ließen sie nicht zur Ruhe kommen. In diesem Augenblick hatte sie alle Hoffnung verlassen. Was sie von Männern wußte – in ihrem Fall von Samuel und ihrem Vater –, sagte ihr, daß, wenn ein Mann sich zu etwas entschloß, er auch dabei blieb, und keine Macht auf Erden würde ihn dazu bewegen, davon abzugehen. Sie glaubte nicht, daß Allnutt jemals dazu bewegt, überzeugt oder soweit eingeschüchtert werden könnte, den Versuch zu wagen und an Shona vorbeizufahren, und dafür haßte sie ihn. Zum ersten Mal hatte sie sich ganz einer Sache verschrieben, und nun stand Allnutt ihr im Wege, und nichts führte an ihm vorbei. Rose vergeudete keine Zeit damit, müßigen Träumen nachzuhängen und phantastische Pläne zu schmieden, wie sie etwa Allnutt loswerden und die AFRICAN QUEEN auf eigene Faust weiterbringen könnte; sie war vernünftig genug und sich ihrer eigenen Grenzen in ausreichendem Maße bewußt, um so etwas nicht einmal eine Sekunde lang in Erwägung zu ziehen.

Gleichzeitig brodelten in ihr jedoch Groll und Empörung, selbst gegen das gottgleiche männliche Geschlecht. Dreißig Jahre lang hatte sie sich ganz selbstverständlich den despotischen Entscheidungen der Männer unterworfen, aber dieser Fall hier lag anders. Sie wünschte leidenschaftlich, die Reise fortzusetzen; sie zweifelte nicht, daß sie es tun mußte. Gewissen und Neigung bewogen sie gleichermaßen, Allnutt die Sinnesänderung zu verübeln. Es gab nichts mehr, wofür sich zu leben lohnte, wenn es ihr nicht gelang, die AFRICAN QUEEN hinunter zum See zu bringen und England zu helfen; und das war so offensichtlich eine heilige Mission, daß sie überzeugt davon war, eine Todsünde auf sich zu laden, wenn sie sie nicht zu Ende führte. Ihre bitteren Gefühle Allnutt gegenüber verstärkten sich noch.

Im Laufe der Nacht beschloß sie, Allnutt seine Willkür heimzuzahlen. Sie biß die Zähne aufeinander und kaute an ihren Fingernägeln – obwohl der Pantoffel ihrer Mutter sie im Alter von zwölf Jahren vom Nägelkauen kuriert hatte –, während sie sich schwor, Allnutt das Leben zur Hölle zu machen. Zwar hatte Rose noch nie in ihrem Leben versucht, die Hölle loszulassen, doch fühlte sie sich nun in ihrem leidenschaftlichen Zorn dazu veranlaßt. Sie schob das Kinn nach vorn in die Dunkelheit und preßte die Lippen zusammen, bis ihr Mund nur noch ein dünner Strich war, und von ihren Nasenflügeln zu den Mundwinkeln verliefen zwei tiefe Furchen. Jeder, der Gelegenheit gehabt hätte, Rose in diesem Augenblick zu sehen, hätte sie für eine Xanthippe gehalten, eine

Frau mit dem Naturell eines Satans. Nun, da Samuel tot war, wollte Rose nichts mehr von Geduld, Resignation, Nächstenliebe, Versöhnlichkeit oder irgendeiner anderen dieser passiven christlichen Tugenden wissen.

Es besserte nicht gerade ihre Verfassung, daß sie eine unbequeme Nacht verbringen mußte. Gepeinigt von Schmerzen und Krämpfen wechselte sie mehrmals die Stellung. Aber selbst wenn sie es gewollt hätte, konnte sie sich nicht zwischen den Achtersitzen zur Ruhe legen, denn dort lag Allnutt, wie hingegossen, und streckte alle viere von sich. Andererseits war sie nicht bereit, sich nach vorn durchzukämpfen, um Allnutts übliche Bettstatt zwischen den Sprengstoffkisten aufzusuchen. So saß sie leidend auf der harten Bank, auf der sie schon den ganzen Tag gesessen hatte und gegen die nun selbst ihr wohlgeformtes, gut gepolstertes Hinterteil protestierte. Sie schlief bis gegen Morgen, unruhig und häufig aufschreckend, doch tat dieser Schlaf nichts dazu, ihre kalte Wut zu besänftigen.

Die Morgendämmerung enthüllte ihr den wie eine Leiche auf den Bodenplanken liegenden Allnutt. Sein Gesicht, das der sprießende Bart noch nicht ganz verdeckte, hatte eine schmutziggraue Farbe, und aus seinem offenen Mund kamen leise, aber unangenehme Laute. Er bot wahrlich keinen erfreulichen Anblick. Rose stand auf und stieg über ihn hinweg; sie hätte ihn mit dem Fuß weggestoßen, aber sie wollte keinen Allnut wecken, der gegen das, was sie vorhatte, nur heftig protestiert hätte. Sie zog die Kiste mit Gin hervor, nahm eine Flasche heraus und entfernte den Aluminiumverschluß. Er war von jener praktischen Sorte, für die man keinen Korkenzieher benötigte. Sie goß den Inhalt über Bord, ließ die Flasche hinterherplumpsen und nahm sich die nächste vor.

Als das Gegluckse der aus dem Flaschenhals strömenden Flüssigkeit zum drittenmal an sein Ohr drang, murmelte Allnutt etwas vor sich hin, öffnete dann die Augen und versuchte, sich aufzusetzen.

»Jesus!« sagte er. Nicht der Anblick dessen, was Rose gerade tat, war der Grund für diesen Ausruf, denn noch wußte er nicht, woher das Geräusch rührte, das ihn geweckt hatte. Allnutts Schädel war ein einziger Klumpen rotglühenden Schmerzes. Außerdem schien er an den Bodenplanken festgenagelt, so daß jeder Versuch, ihn anzuheben, Qualen bereitete. Dazu kam noch, daß seine Augen sich gegen das Licht wehrten; als er sie öffnete, verstärkten sich die Qualen. Er schloß die Augen und stöhnte; sein Mund war wie ausgedörrt, und der Hals tat ihm weh.

Allnutt war kein Trinker, aber sein schmächtiger Körper vertrug keinen Alkohol. Möglicherweise hatte diese mangelnde Alkoholverträglichkeit etwas mit seiner ungeklärten Anwesenheit in Deutsch-Ostafrika zu tun. Eine einzige durchzechte Nacht versetzte ihn sofort in diesen kläglichen Zustand, dem Erbrechen nah, blaß und zitternd und bereit zu schwören, daß dies das letzte Mal gewesen sei – und tatsächlich willens, mindestens einen Monat lang nicht mehr zu trinken.

Rose ignorierte sein Stöhnen und Wimmern. Sie warf ihm nur einen zornerfüllten Blick zu und goß den Inhalt der letzten Flasche aus der Kiste über Bord. Dann ging sie nach vorn und holte die zweite Kiste mit Gin zwischen den gestapelten Vorräten hervor. Mit Allnutts bevorzugtem Schraubenzieher bewaffnet, begannen ihre kräftigen Fäuste zerrend und stemmend, die Kiste zu öffnen. Als sich der Kistendeckel splitternd und krachend von den Nägeln löste, drehte sich Allnutt zur Seite, um sie wieder anzusehen. Unendlich mühsam erreichte er eine sitzende Position und preßte dann die Hände gegen die Schläfen, von denen er glaubte, sie würden mit weißglühenden Hämmern bearbeitet. Völlig verständnislos starrte er Rose mit seinen schmerzenden Augen an.

»Allmächtiger!« stieß er kläglich hervor. Rose verschwendete weder Zeit noch Mitgefühl an ihn; gelassen fuhr sie fort, Gin über Bord zu schütten. Allnutt kam auf die Knie, indem er sich mit den Armen an der Bank hochzog. Beim zweiten Versuch gelang es ihm, seine Knie auf die Bank zu bekommen, und von dort hing er dann mit dem Körper über der Bordwand. Rose dachte, daß er in den Fluß fallen könnte, aber sie scherte sich keinen Deut darum.

Er beugte sich zu dem gurgelnden braunen Wasser hinunter und begann hastig zu trinken. Dann ließ er sich auf die Bank zurückfallen und erbrach prompt das ganze Wasser, das er getrunken hatte; und danach fühlte er sich besser. Das Licht tat jetzt seinen Augen nicht mehr weh.

Rose ließ die letzte Flasche in den Fluß fallen und vergewisserte sich, daß keine mehr in der Kiste war. Sie kehrte wieder zu den Achtersitzen zurück und ging dabei in greifbarer Nähe an Allnutt vorbei, anscheinend ohne seine Gegenwart zu bemerken. Sie nahm aus ihrer Blechkiste ihre Toilettensachen, hob eine der Dekken auf und ging damit wieder ins Vorschiff. Ehe es Allnutt gelang, seinen Kopf in diese Richtung zu drehen, war die Decke zwischen Verspannung und Schornstein befestigt und Rose gegen fremde Blicke abgeschirmt. Als sie die Decke wieder abnahm, war ihre Toilette offensichtlich beendet; sie faltete die Decke zusammen, immer noch ohne ihn zu beachten, machte sich dann ein Frühstück und begann es in aller Ruhe zu verzehren. Als sie ihr Frühstück beendet hatte, räumte sie alles fort und kam zurück ins Heck, auch jetzt noch ohne ihn eines Blickes zu würdigen oder das Wort an ihn zu richten. Anscheinend völlig in ihre Arbeit vertieft, sortierte sie die schmutzige Wäsche aus ihrer Blechkiste und machte sich daran, sie an der Bordwand zu waschen. Anschließend klammerte sie jedes Stück zum Trocknen an das Segel über ihr. Als sie damit fertig war, setzte sie sich hin und tat nichts; Allnutt blieb weiterhin unbeachtet. In der Tat war dies der Beginn des Großen Schweigens.

Rose war keine bessere Methode eingefallen, Allnutt das Leben zur Hölle zu machen – sie ahnte nicht, daß es die wirksamste Methode war. Rose waren jene seltenen Momente eingefallen, in denen Samuel es für richtig erachtet hatte, böse mit ihr zu sein und ihr das Licht seiner Beachtung und den Zauber seiner Konversation zu entziehen, manchmal ganze vierundzwanzig Stunden lang. Rose erinnerte sich noch gut, zu welch furchtbarem Ort der Bungalow dann wurde und wie sehr Samuels Schweigen an ihren Nerven zerrte, bis schließlich der gesegnete Augenblick der Vergebung kam. Zwar wagte sie nicht zu hoffen, in Punkto eisiges und unversönliches Verhalten es Samuel gleichtun zu können, doch würde sie ihr Bestes geben, zumal es ihr sowieso nicht möglich war, mit dem verhaßten Allnutt zu sprechen. Sie glaubte nicht, daß sie eine Begabung zum Keifen besaß, aber keifen wäre die einzige andere praktikable Methode gewesen, Allnutt das Leben zur Hölle zu machen.

Solange der Morgen dauerte, schien Allnutt seine Isolierung nicht sonderlich zu bemerken. Seine elende Gemütsverfassung und sein geschundener Körper waren zu sehr davon in Anspruch genommen, die Nachwirkungen zu überwinden, die der Konsum von eineinhalb Flaschen hochprozentigen Alkohols in tropischem

Klima bei ihm hervorgerufen hatte. Doch als Stunde um Stunde verging und etliche Schlucke Flußwasser viel dazu beigetragen hatten, seine physiologischen Prozesse zu normalisieren, wurde er unruhig. Seiner Meinung nach hatte er inzwischen verdient, daß man ihm sein jüngstes Trinkgelage verzieh; außerdem war es ihm unerträglich, nicht so viel sprechen zu können, wie er gewohnt war. Er dachte, Roses Zorn rühre von seiner Trunkenheit her; in seinem desolaten Zustand maß er dagegen seiner Weigerung, die Reise fortzusetzen und an Shona vorbei und die Stromschnellen hinunter zu fahren, keine große Bedeutung bei.

»Donnerwetter, ist das eine Bullenhitze?« sagte er. Rose reagierte nicht.

»Was wir jetzt wieder brauchen könnten, wär ein Gewitter«, sagte Allnutt. »Das kühlt einen wenigstens ne Minute ab, auch wenn diese kleinen Biester danach ärger stechen als vorher.«

Rose fiel ein, daß sie noch ein paar Knöpfe annähen mußte. Sie holte das betreffende Kleidungsstück und ihr Nähzeug hervor und machte sich ruhig an die Arbeit. Bei ihrer ersten Bewegung hatte Allnutt geglaubt, sie sei im Begriff, seine Existenz ein wenig zur Kenntnis zu nehmen, und er war enttäuscht, als der Zweck dieser Bewegung sich ihm offenbarte.

»Bringen Ihre Sachen wieder schön in Ordnung, was, Miß?« sagte er.

Einer nähenden Frau steht eine mächtige Waffe zur Verfügung, wenn sie sich im Zweikampf mit einem Mann befindet. Ihr gesenkter Kopf erlaubt ihr, ihren Gesichtsausdruck zu verbergen, ohne den Gedanken aufkommen zu lassen, sie tue nur so. Es ist außerdem die leichteste Sache der Welt für sie, dabei völlige Versunkenheit in ihre Arbeit vorzutäuschen, während sie in Wirklichkeit aufmerksam zuhört. Und selbst wenn sie die Fassung verliert oder einen Augenblick des Nachdenkens benötigt, kann sie immer noch Zeit gewinnen, indem sie etwa zur Schere greift. Im übrigen gibt es Männer – und Allnutt war so ein Exemplar –, die äußerst irritiert sind, wenn man unwichtigen Dingen wie Nähen mehr Aufmerksamkeit schenkt als ihrer faszinierenden Persönlichkeit.

Allnutt brauchte nur wenige Minuten, um sich einzugestehen, daß er die erste Runde des Kampfes verloren hatte.

»Bekomme wohl keine Antwort von Ihnen, was, Miß?« sagte er

und fuhr dann, als sie noch immer keine Notiz von ihm nahm, fort: »Tut mir leid, was da gestern nacht passiert ist. Scheue mich nicht, das zu sagen, Miß. Vielleicht war der Gin schuld daran, war so schön zur Hand, vielleicht auch die Hitze oder sonstwas, na, jedenfalls habe ich einen Tropfen zuviel getrunken. Haben's mir ja schon ganz schön gegeben, wie Sie den ganzen Rest weggeschüttet haben, stimmt's nicht, Miß? Bei allem, was recht ist.«

Rose ließ durch keinerlei Zeichen erkennen, ob sie zugehört hatte, obwohl ein besserer Psychologe als Allnutt sicherlich Rückschlüsse gezogen hätte aus ihrer Art, den Faden um den Knopf zu zwirbeln, und aus der Entschiedenheit, mit der sie nähte. Allnutt verlor die Geduld.

»Machen Sie doch, was Sie wollen, Sie psalmensingende alte Kuh«, sagte er, warf angeekelt seinen Zigarettenstummel über Bord und trottete in Richtung Vorschiff – als er aufstand, machte Roses Herz einen Satz, denn sie glaubte, nun wolle er körperliche Gewalt anwenden. Glücklicherweise trat seine wahre Absicht zutage, bevor sie Zeit gehabt hatte, ihrem ersten Impuls folgend die Näharbeit aus der Hand zu legen, um sich zu verteidigen. Augenblicklich verwandelte sich ihr leichtes Zusammenschrecken in eine Bewegung, mit der sie prüfte, ob der Knopf gut in das Knopfloch paßte.

Von Kindesbeinen an hatte Allnutt von seinen aus den Slums stammenden Eltern immer zu hören bekommen und auch geglaubt, daß das ideale Leben darin bestände, einmal nichts, aber auch gar nichts tun zu müssen und reichlich mit Essen versorgt zu sein. Diese ideale Kombination war ihm jedoch bis zum heutigen Tag noch nicht begegnet. Er hatte noch nie vor der Notwendigkeit gestanden, sich mangels Arbeit irgendwie zerstreuen zu müssen, und in seiner Freizeit hatte er immer Kameraden um sich gehabt. Einsamkeit war für ihn ähnlich qualvoll wie Verantwortung, und deshalb hatte er auch die beträchtlichen Mühen nicht gescheut und war hinunter zur Missionsstation gefahren, zu Rose und Samuel, als seine Negerbesatzung ihn beim Bergwerk im Stich gelassen hatte. In ein neun Meter langes Boot eingepfercht zu sein, zerrt an den Nerven, vor allem, wenn sie so strapaziert waren wie die von Allnutt. Er fuhrwerkte im Vorschiff herum, bis er auch Rose auf die Nerven ging; doch schaffte es Rose, die Fassung zu bewahren.

Es dauerte nicht lange, bis Allnutt, der rastlos im Boot umherwanderte, sich dazu entschloß, die Maschine zu überholen. Schon lange nicht mehr war dieser Maschine eine Aufmerksamkeit zuteil geworden, wie sie Allnut ihr heute zukommen ließ. Sie wurde geschmiert, gereinigt und gehätschelt, und einige der notdürftigen Rohrverbindungen wurden durch etwas wirksamere ersetzt. Wenig später stellte Allnutt fest, daß er völlig schmutzig war, worauf er sich sorgfältig wusch, und dabei fiel ihm dann etwas anderes ein, und er ging zu seinem Spind, holte seinen Rasierapparat hervor, befreite ihn von der dicken Fettschicht, die ihn vor Rost schützen sollte, und begann dann, sich zu rasieren. Aus reiner Bequemlichkeit hatte er, als der Krieg ausgebrochen war, aufgehört, sich zu rasieren, und so war jener melodramatische Bart entstanden. Das Abrasieren eines solchen Barts war schmerzhaft, doch Allnutt stand es durch, und als er damit fertig war, strich er befriedigt über seine babyglatten Wangen. Er schmierte Maschinenöl in sein zerzaustes Haar und widmete sich seiner Frisur, bis ihm die ideale Haartracht mit einer künstlerisch anmutenden Stirnlocke gelungen war. Mit äußerster Sorgfalt verstaute er seine Sachen wieder in seinem Spind und setzte sich hin, um sich zu erholen. Fünf Minuten später war er wieder auf den Beinen, wanderte auf der beengten Fläche auf und ab und fragte sich, was er jetzt wohl anfangen könne. Um ihn herum herrschte die Stille des Flusses; schon das allein ging ihm auf die Nerven.

5.

Vielleicht hätte ein Mann mit stärkerer Willenskraft oder mehr Intelligenz, als Allnutt besaß, das Duell mit Rose gewonnen. Doch kamen bei ihm zu viele Nachteile zusammen. Er konnte keine Schachprobleme im Kopf lösen oder müßigen Gedanken über die militärische Lage in Europa nachhängen oder das Für und Wider der Vorherrschaft des Empire erwägen oder stückweise Verse von Shakespeare zusammenklauben, an die er sich vielleicht erinnerte. Er kannte überhaupt keine Verse von Shakespeare, auch nicht bruchstückhaft, und sein Geist war niemals mit zusammenhängendem Denken vertraut gemacht worden, so daß er hilflos war in einer Situation, in der man nichts anderes tun konnte als denken. Schließlich war es das Geräusch des Flusses, das unablässige Gurgeln, mit dem das Wasser die Wurzeln der Bäume umspülte, das seinen letzten Widerstand brach.

Allnutt hatte mehrere Versuche unternommen, wieder mit Rose ins Gespräch zu kommen, doch war es ihm nur einmal geglückt, ihr eine Antwort zu entlocken.

»Ich hasse Sie«, hatte sie bei dieser Gelegenheit gesagt. »Sie sind ein Lügner und eine Memme, und ich werde nie mehr mit Ihnen sprechen.«

Damit hatte sie sich alles von der Seele geredet. Schon Allnutts erster Versöhnungsversuch hatte sie in Erstaunen versetzt. Alles, was sie zu erreichen gehofft hatte, war, sich zu rächen, es Allnutt büßen zu lassen, daß ihr Plan gescheitert war. Sie hätte nie für möglich gehalten, daß es ihr auf diese Weise gelingen könnte, ihn gefügig zu machen. Sie ahnte nicht, welch mächtige Waffe ihr zur Verfügung stand, und sie hatte auch noch nie mit einem Mann zu tun gehabt, der keinen starken Willen besaß. Obwohl äußerlich von sanfter Wesensart, konnten ihr Vater und ihr Bruder äußerst halsstarrig sein. Erst als Allnutt um Verzeihung bat, dämmerte ihr, daß es ihr gelingen könnte, ihn sich zu unterordnen. Inzwischen vermochte sie auch die Monotonie des Flusses und deren mögliche Wirkung auf Allnutt besser abzuschätzen.

Ihre einzige Sorge war, daß Allnutt gewalttätig werden könnte. Sie war darauf vorbereitet, alles, was er ihr sagen würde, auch unfeine Ausdrücke, die er vielleicht gebrauchen mochte, ungerührt über sich ergehen zu lassen, doch bei dem Gedanken an körperliche Gewalt wurde ihr fraglos unwohl. Sie war jedoch eine energische Frau und steckte unauffällig das Stilett aus ihrer Arbeitstasche in den Gürtel. Falls er versuchen sollte, sie zu vergewaltigen (Rose gebrauchte für sich nicht das Wort »vergewaltigen«; sie dachte: »ihr das anzutun«), würde sie damit auf ihn losgehen; es hatte eine scharfe Spitze.

Sie hätte sich jedoch keine Sorgen zu machen brauchen. Der Gedanke an körperliche Gewalt, selbst einer Frau gegenüber, war Allnutt völlig fremd. Vielleicht hätte die Lage anders ausgesehen, wäre noch Gin dagewesen, um ihm den nötigen Anreiz zu geben, doch glücklicherweise war der ganze Gin im Fluß gelandet.

So, wie Rose ihre Macht unterschätzt hatte, so hatte Allnutt sein Vergehen unterschätzt. Zuerst hatte er geglaubt, daß Rose böse mit ihm sei, weil er sich gestern betrunken hatte. Ihr Plan, weiter den Fluß hinunter zu fahren, war so lächerlich und phantastisch, daß er kaum einen Gedanken daran verschwendete, als das Schweigen einsetzte; erst allmählich begriff er, daß es Rose ernst damit war und daß sie gar nicht daran dachte, ihn eines Wortes oder Blickes zu würdigen, ehe er nicht einwilligte, mitzumachen. Diese Erkenntnis bewog ihn, nach seinen anfänglichen Entschuldigungen nun zu trotzen und weitere vierundzwanzig Stunden Folterqualen durchzustehen.

Denn es waren wirklich Folterqualen, von einer Finesse, die nur Menschen von Allnutts Temperament nachempfinden konnten, die ähnliches erlitten hatten. Es gab nichts zu tun, als dem Gurgeln des Flusses zwischen den Wurzeln der Bäume zu lauschen und die Angriffe der Insekten in der drückenden Hitze zu erdulden. Allnutt konnte in der engen kleinen Barkasse nicht einmal umherlaufen. Stille war eines der Dinge, die er nicht ertrug; seine auf lärmenden Straßen verbrachte Kindheit und sein späteres Leben, das sich in Fabrikhallen und Maschinenräumen abgespielt hatte, hatten ihn dafür nicht vorbereitet. Doch die Stille war nur ein geringer Teil der Folter; was Allnutt noch stärker peinigte, war Roses Gegenwart und diese Art, ihn einfach zu ignorieren – das ärgerte ihn maßlos. Vielleicht hätte er die Stille des Flusses noch erduldet, wäre nicht dieser ständige Verdruß über Roses schweigsame Gegenwart hinzugekommen. Das traf ihn an einer empfindlichen Stelle, seiner Eitelkeit, wenn man so will, oder seinem Selbstbewußtsein.

Endlich beeinträchtigte es sogar Allnutts Schlaf, und das war das sicherste Zeichen dafür, wie sehr er litt. Schlaflosigkeit, das war ein völlig neues Phänomen für Allnutt, und es beunruhigte ihn erheblich. Die Tage ohne körperliche und geistige Beschäftigung, eine leicht gestörte Verdauung und aufs äußerste gereizte Nerven sorgten schließlich dafür, daß Allnutt eine ganze Nacht lang keinen Schlaf fand. Er wand und wälzte sich auf seinem unbequemen Lager über dem Sprengstoff, setzte sich auf und rauchte eine Zigarette nach der anderen, rollte sich wieder zusammen und versuchte erfolglos, erneut einzuschlafen. Er war überzeugt, daß ihm ernsthaft etwas fehle. Und am nächsten Morgen, angesichts der Gefahr eines weiteren entsetzlich leeren Tages, streckte er die Waffen.

»Raus mit der Sprache, was haben Sie vor, Miß«, sagte er. »Sagen Sie's, und wir machen's. Zufrieden, Miß?«

»Ich möchte weiter den Fluß hinunterfahren«, sagte Rose.

Wieder zogen furchterregende Visionen vor Allnutts Augen vorüber, er sah Maschinengewehre und Felsen und Strudel, sah sich ertrinken, gefangengenommen von den Deutschen und dann seinen Tod im Urwald nach Krankheit und Erschöpfung. Vor alledem bangte ihm, aber er spürte auch, daß er es keine Minute länger in diesem Seitenarm aushalten würde. Er geriet in Panik, er wollte weg hier, nur weg, um jeden Preis.

»In Ordnung, Miß«, sagte er. »Also los.«

Wenig später dampfte die AFRICAN QUEEN aus dem Seitenarm in den Hauptfluß. Eine breite, imposante Wasserfläche bot sich ihrem Blick, heftiger Wind herrschte, wie lange nicht, und über die gesamte Breite des Flusses liefen langgezogene, stetige Wellen, etwa einen halben Meter hoch. Die AFRICAN QUEEN nahm sie, wie es sich gehörte, mit über den Bug sprühendem Wasser, das zischend auf dem Kessel verdampfte.

Strahlend vor Zufriedenheit saß Rose am Ruder. Sie waren wieder unterwegs, um England zu helfen. Die Zeit monotonen Nichtstuns war vorbei. Wind und Wellen paßten zu ihrer Stimmung. Möglich sogar, daß der Gedanke, sich in Gefahren zu stürzen, ihre Zufriedenheit noch steigerte.

»Dort drüben ist der Berg, auf dem Shona liegt«, schrie Allnutt gestikulierend Rose zu. Rose nickte nur kurz, und Allnutt beugte sich leise fluchend wieder zum Feuer hinunter. Selbst als sie losgefahren waren, hatte Allnutt noch Hoffnung gehabt. Er war sich nicht ganz sicher gewesen, wie weit voraus Shona lag. Es hätte noch leicht etwas passieren können, was zu einer Verzögerung geführt hätte, bevor sie dort angelangt wären. Tatsächlich hatte er vorgehabt, im richtigen Moment ein Wasserrohr platzen zu lassen, die nötigen Reparaturen hätten sie für einige Zeit festgenagelt, ehe sie endgültig das Wagnis unternahmen. Doch nun war Shona unerwarteterweise schon in Sicht; sollte die Maschine jetzt ihren Geist aufgeben, würde die Strömung sie geradewegs darauf zutreiben, und es gab dort an beiden Uferseiten keinerlei Schutz. Man würde sie augenblicklich gefangennehmen, und so entsetzlich die Wahl auch war, neigte Allnutt doch dazu, lieber sein Leben aufs Spiel zu setzen, als gefangengenommen zu werden. Er begann fieberhaft dafür zu sorgen, daß die Maschine ihr Bestes gab.

Mittschiffs lag das Holz aufgeschichtet, das sie an diesem Morgen gesammelt hatten; Allnutt kauerte sich hinter den Holzstoß und hoffte, daß er einer Kugel standhalten würde. Er überzeugte sich, daß Stücke verdorrten Holzes griffbereit lagen, die sofort auflodern und Hitze erzeugen würden, um zusätzlichen Dampf zu haben, wenn es darauf ankam. Er warf einen Blick auf die Meßgeräte. Die AFRICAN QUEEN schepperte majestätisch den Fluß hinunter, eine zarte Rauchwolke kam aus ihrem Schornstein, über das Vorschiff flog Sprühwasser, und hinter ihr schäumte weißes Kielwasser.

Die Askaris auf den Hügeln sahen sie kommen und rannten los, um den weißen Kommandanten des Ortes zu holen. Der eilte zu den Lehmmauern (Shona ist eigentlich nur ein befestigtes Dorf), stieg zur Brustwehr hoch und starrte durch seinen Feldstecher auf die herannahende Barkasse. Er grunzte erleichtert und setzte das Glas wieder ab; das war die AFRICAN QUEEN, die einzige Barkasse auf dem Ulanga, und Hanneken hatte ihm befohlen, besonders scharf nach ihr Ausschau zu halten. Man hatte sie aus den Augen verloren – vermutlich verbarg sie sich für einige Zeit in einem der Seitenarme –, und man wollte sie haben. Der deutsche Hauptmann der Reserve war froh, sie kommen zu sehen. Vermutlich waren die englischen Missionare und der Mechaniker es leid, sich zu verstecken, oder ihre Vorräte waren ausgegangen, und jetzt kamen sie, um sich zu ergeben.

Zweifellos war das ihre Absicht, denn eine Meile weiter flußabwärts, eigentlich gleich hinter der nächsten Biegung, endete der schiffbare Lauf des Flusses, dort begannen die Stromschnellen. Die Barkasse wäre eine nützliche Ergänzung seiner Ausrüstung; er würde in ihr wesentlich bequemer reisen als auf den Urwaldpfaden. Und sollte es den Engländern je gelingen, über den alten Karawanenweg drüben das Ufer zu erreichen, wäre sie eine große Hilfe bei der Verteidigung des Flußübergangs. Außerdem wäre die Meldung von ihrem Aufgreifen eine willkommene Abwechslung in den ewig gleichlautenden Berichten, die er mit Boten an von Hanneken zu schicken hatte.

Er war wirklich froh, sie hier herunterkommen zu sehen. Er stand da und beobachtete sie, ein weißes Pünktchen auf dem breiten Fluß. Ganz offensichtlich wußten die Leute in dem Boot nicht, wo die beste Anlegestelle war. Sie hielten sich an der Außenseite der Flußbiegung, in der schnellen Strömung, nahe dem gegenüberliegenden Ufer. Anscheinend hatten sie die Absicht, stromabwärts, hinter dem Ort anzulegen. Dort war nur ein schmaler Streifen sumpfigen Gestrüpps – es war dumm von ihnen. Wenn sie anliefen, wollte er ihnen die Anweisung geben, wieder flußaufwärts zu der Kanu-Anlegestelle zu fahren, wo er hinkommen und sie in Augenschein nehmen konnte, ohne sich zu beschmutzen und ohne über Felsen klettern zu müssen.

Er ging hinüber zur angrenzenden Seite der Stadt, um die weitere Fahrt auf der Barkasse in der Flußbiegung verfolgen zu können. Die Narren hielten sich immer noch an die Außenseite der Biegung. Sie zeigten keinerlei Zeichen, überhaupt anlaufen zu wollen. Er legte die Hände an den Rand seines Helms, denn sie waren jetzt zwischen ihm und der Sonne, und das grelle Licht blendete stark. Sie liefen also doch nicht an, um sich zu ergeben. Der Himmel mochte wissen, was sie vorhatten, doch was immer es auch war, sie mußten aufgehalten werden. Er erhob die Stimme zu einem Gebrüll, worauf seine Askaris, ein Dutzend an der Zahl, herangetrabt kamen, die Patronengurte über der nackten Brust und ihre Martini-Gewehre in der Hand. Er erteilte ihnen ihre Befehle, auf die sie mit glückseligem Grinsen reagierten, denn sie liebten es, Patronen abzufeuern, es war für sie ein Vergnügen, das die starre deutsche Disziplin ihnen die meiste Zeit vorenthielt. Sie steckten Patronen in die Läufe und zogen den Abzug durch. Einige legten sich hin, um zu zielen. Andere blieben stehen und zielten, wie es ihnen ihr Instinkt gebot. Der Unteroffizier leierte die geheimnisvollen, ihm unverständlichen Worte herunter, die ihnen befahlen, erst zu zielen und dann zu schießen. Es krachte ziemlich holprig, als die Salve kam.

Der Hauptmann der Reserve blickte durch sein Fernglas. Die Barkasse gab durch keinerlei Zeichen zu erkennen, daß sie ihren Kurs änderte, sie fuhr gleichmäßig weiter, obwohl die Narren da drüben die Salve sicher gehört hatten und zumindest einige Kugeln irgendwo in ihrer Nähe eingeschlagen sein mußten.

»Noch eine«, schnarrte er, worauf eine zweite Salve losdonnerte, und noch immer war kein Kurswechsel der Barkasse in Richtung Stadt zu erkennen. Die Sache wurde ernst. Sie waren jetzt fast in Höhe der Stadt und näherten sich dem am weitesten entfernten Ufer der Flußbiegung. Er riß einem der Askaris das Gewehr aus der Hand und warf sich mit dem Bauch auf den Boden des Wehrgangs. Jemand gab ihm eine Handvoll Patronen, er lud durch und zielte. Die Barkasse befand sich jetzt direkt vor der Sonne, und das grell glänzende Wasser erschwerte das Zielen. Es war nicht leicht, das weiße Sonnensegel des Bootes im Visier zu behalten.

Tausend Meter waren eine weite Entfernung für ein Martinigewehr mit ausgeleiertem Lauf. Er feuerte, lud nach, feuerte wieder und wieder. Aber die Barkasse setzte ihren Weg stetig fort. Als er abermals das Gewehr auf sie richtete, schob sich etwas zwischen ihn und die Barkasse; es waren die Bäume auf dem weiter entfernt liegenden Berggipfel. Sie waren um die Biegung herum verschwunden. Fluchend sprang er auf die Beine und rannte, gefolgt von seinen Askaris, mit dem Gewehr in der Hand schwerfällig den Wehrgang entlang. Schwitzend stolperte er über die Lichtung, auf der das Dorf stand, und den steilen Pfad hinauf durch den Wald auf die andere Seite. Ungestüm kletternd, bis er glaubte, sein Herz zerspringe, brach er endlich auf dem felsigen Gipfel durch das Unterholz, von wo aus er den letzten Streckenabschnitt des Flusses vor den Stromschnellen überblicken konnte. Die Barkasse hatte beinahe schon sein Ende erreicht, sie drehte eben, um den richtigen Kurs zu bekommen. Der Hauptmann der Reserve legte das Gewehr an die Schulter und drückte hastig zweimal ab, obwohl er, außer Atem, wie er war, keine Chance hatte, zu treffen. Dann verschwand die Barkasse in der Felsschlucht, und es gab nichts mehr für ihn zu tun.

Dennoch stand er minutenlang da und starrte hinunter zwischen die Felsen. Von Hanneken würde äußerst wütend sein, wenn er vom Verlust der Barkasse erfuhr, doch was hätte er sonst noch tun sollen? Gerechterweise konnte niemand von ihm erwarten, daß er das vorhersah. Kein vernünftiger Mensch würde eine dampfbetriebene Barkasse in die Stromschnellen hineinmanövrieren, und zur Ausbildung eines Reserveoffiziers gehört nicht, sich auf Fälle von Wahnsinn vorzubereiten. Die armen Teufel waren wahrscheinlich schon tot, zerschmettert beim Aufprall auf die Felsen; die Barkasse konnte man auf jeden Fall abschreiben. Es war nicht einmal an die Bergung von Wrackteilen zu denken, denn die hohen Felsen, zwischen denen der Fluß verlief, hingen über und waren unbezwingbar, und keine fünf Kilometer hinter Shona war das Land so zerklüftet und dicht bewaldet, daß der untere Lauf des Ulanga der am wenigsten bekannte und am wenigsten erforschte Teil Deutsch-Ostafrikas war. Nur Spengler – auch so ein ausgemachter Narr – hatte ihn bezwungen.

Der Hauptmann der Reserve beabsichtigte nicht, es auch nur zu versuchen; zu diesem Ergebnis kam er, als er von der Felsspitze abstieg. Und als er schweißgebadet nach Shona zurückging, war er noch unentschlossen, ob er diesen Vorfall überhaupt in seinem Bericht an von Hanneken erwähnen sollte. Es würde nur Ärger geben, wenn er es tat; und von Hanneken war ein Tyrann. Vielleicht war es besser, Stillschweigen über die Angelegenheit zu bewahren. Die Barkasse war verloren und die armen Teufel tot. Jener Wurm von einem Missionar und seine pferdegesichtige Frau! Oder war sie seine Schwester? Schwester! Natürlich. Und der englische Mechaniker, der in dem belgischen Bergwerk arbeitete. Er hatte ein Gesicht wie eine Ratte. Die Welt würde sie nicht allzu sehr vermissen. Trotzdem taten ihm die armen Teufel leid.

Als er durch das Tor wieder Shona betrat, war er sich immer noch nicht im klaren, ob er von Hanneken von dem Vorfall in Kenntnis setzen sollte oder nicht. Die Askaris würden natürlich klatschen, doch würde viel Zeit vergehen, bis der Klatsch an von Hannekens Ohr drang.

6.

Die Flüsse Afrikas sind fast alle über Strecken unbefahrbar, sei es wegen Wasserfälle oder wegen Stromschnellen. Soweit sie ins Meer münden, fließen sie vom zentralen Hochland hinunter ins Flachland an der Küste, doch der Ulanga zählt nicht zu dieser Kategorie. Sein Lauf führt ins Landesinnere, auf die Großen Seen zu, und seine Stromschnellen markieren die Schwelle zum Zentralafrikanischen Graben. Im Zentrum Afrikas war irgendwann ein riesiges Gebiet, länger als breit, weit unter das Niveau des Hochlands abgesunken, es bildete eine tiefe Mulde von einer Gesamtfläche annähernd so groß wie Europa. Hier findet man die Großen Seen mit ihrem eigenen Flußsystem und hier letztlich auch den Ursprung des Nils.

Über weite Strecken sind die Schwellen dieser Mulde recht steil, doch hat der Ulanga, wie es sich für einen so stattlichen Fluß gehört, sein Flußbett ausgespült und verkürzt, so daß seinen Lauf nirgendwo ein wirklicher Wasserfall unterbricht; seine Stromschnellen zeugen von Schichten härteren Gesteins, die nicht so weit abgetragen wurden wie die weicheren Partien des Flußbetts. Als natürliche Folge davon fließt der Ulanga auf seinem Weg vom Hochland ins Tal häufig zwischen Steilwänden durch tiefe Schluchten, in die kein Sonnenstrahl dringt; oben ist rauhes, zerklüftetes Land, unberührt und auf keiner Karte verzeichnet. Man würde in dieser Landschaft kaum einen Fluß vermuten.

Bei Shona beginnt das Flußbett abzufallen, und da hier die letzte Gelegenheit ist, den Fluß mit einem Floß oder Kanu zu überqueren, führt die alte Route der Sklavenkarawanen am Rand des Zentralafrikanischen Grabens hier über den Ulanga. Und so wurde Shona zum Handelsplatz am Kreuzungspunkt von Karawanenweg und Flußweg. Die Wahl seiner Lage oben auf der Felsspitze mit Blick über den Fluß bis dorthin, wo die Schlucht tatsächlich anfängt, war natürlich auf die Notwendigkeit zurückzuführen, sich vor Sklavenräubern zu schützen, die, sogar bereit, ihre eigenen Väter zu verkaufen, wenn sie sich einen Profit davon versprachen, nie abgeneigt waren, auch Geschäftspartner zu entführen, falls diese sorglos genug waren, dagegen keine geeigneten Vorkehrungen zu treffen.

Rose steuerte die AFRICAN QUEEN an der Peripherie der großen Flußbiegung entlang, an der Shona liegt. Es war günstig, daß sie auf diesem Kurs nicht nur in der schnellsten Strömung blieben, sondern auch den größtmöglichen Abstand zum Dorf einhielten. Sie blickte über das weite Wasser zum Steilufer hinüber. Der Wald endete auf halber Höhe des Hanges; in der Nähe der Bergspitze sah sie hohe rote Mauern und über ihnen die Strohdächer der Hütten ganz oben auf dem Berg. Es war zu weit entfernt, um Einzelheiten zu erkennen. Jedenfalls schien nichts darauf zu deuten, daß man ihr Kommen bemerkt hatte. An den Ufern war kein Lebenszeichen auszumachen; und während sie weiter den Fluß hinunterfuhren, wurden beide Ufer rasch höher und steiler und bildeten schließlich fast senkrechte Felswände, die unten kümmerlicher Pflanzenwuchs säumte.

Sie blickte auf die roten Mauern oben am Berg; sie glaubte, dort Bewegung zu erkennen, doch bis dorthin war es eine halbe Meile, und sie war sich ihrer Sache nicht sicher. Vielleicht hatte von Hanneken auch hier die Bewohner vertrieben, wie er es am ganzen Fluß entlang getan hatte, um eine tote Zone zwischen sich und die möglicherweise anrückenden Engländer zu legen. Sie befanden sich jetzt praktisch der Stadt genau gegenüber, und noch immer war nichts geschehen. Ein Blick auf das nahe Ufer zeigte ihr, mit welcher Geschwindigkeit sie sich vorwärtsbewegten. Der Fluß hatte bereits ein viel höheres Tempo; die Nähe der Stromschnellen machte sich bemerkbar.

Plötzlich war ein merkwürdiges, vielstimmiges Geräusch in der Luft, wie schnell dahinfliegende Bienen, begleitet von einem Ton, der sich anhörte wie zerreißendes Papier. Rose hatte gerade noch Zeit, ihn zu registrieren, bevor sie den nachfolgenden Knall der Gewehre vernahm, die diesen Ton verursacht hatten. Das Echo der Salve hallte von Klippe zu Klippe wider und wurde schwächer, je länger es anhielt.

»Jetzt haben sie uns!« sagte Allnutt, während er im Mittschiff aufsprang. Sein Gesicht war vor lauter Aufregung ganz schief. Rose hatte keine Zeit, ihn zu beachten. Sie blickte angespannt geradeaus auf die Wasserwirbel. Sie steuerte die AFRICAN QUEEN in der schnellsten Strömung, dicht an jenem Streifen zurückwirbelnden Wassers vor dem Ufer.

Eine zweite Salve kam, die sie ebenfalls ungeschoren ließ. Rose schob das Ruder hinüber, um mehr zur Flußmitte zu gelangen und so die entgegengesetzte Biegung zu nehmen, die rasch näher kam. Allnutt stand immer noch im Mittschiff; er hatte völlig vergessen, hinter dem Holzstoß in Deckung zu gehen. Rose zog das Ruder herum, um in die Biegung zu kommen, und war so versunken in ihr Tun, daß sie nicht einmal die Kugel bemerkte, die während dieses Manövers nahe an ihr vorbeizischte. Einen Augenblick später lag über dem ganzen Boot plötzlich ein harfenähnlicher Ton, und Allnutt drehte sich mit einem Satz um. Das Spannseil des Schornsteins war an der Steuerbordseite kurz über der Bordwand gerissen, sein langes Ende hing am Schornstein herab. Noch während Allnutt das alles registrierte, war ein metallischer Knall zu hören, und zwei Löcher zeigten sich hoch oben am Schornstein. Rose hatte das Ruder wieder in die andere Richtung gedreht, um die Barkasse hinter der Flußbiegung auf geraden Kurs zu bringen. Und dann verschwand Shona hinter der Landspitze, und Allnutt schüttelte gegen den unsichtbaren Feind höhnisch die geballten Fäuste und brüllte aus vollem Hals.

»Kümmern Sie sich um die Maschine!« schrie Rose.

Sie flogen jetzt nur so dahin, denn der Fluß wurde schmaler und die Strömung mit jedem Meter reißender. Der Wind konnte die Wasseroberfläche hier, zwischen den Steilhängen, nicht erreichen. Sie war überwiegend eben und glänzend wie eingeöltes Metall, doch da und dort waren unheilvolle Furchen und gekräuselte Flächen, welche die verborgenen Unebenheiten des Flußbettes verrieten. Rose steuerte vorsichtig durch die ebenen Partien des Flusses. Sie stellte fest, daß sie jetzt beim Steuern großen Spielraum brauchte; die Strömung war so stark, daß das Boot bei jeder Drehung mit der Breitseite auf derartige Hindernisse zuraste. Unmittelbar vor ihnen tauchte wieder eine Biegung auf, allem Anschein nach eine sehr scharfe. Sie legte das Ruder herum; fand dann, daß sie keine gute Sicht hatte, sprang auf die Bank und klemmte dabei mit ihrem rechten Knie das Ruder fest. Mit der linken Hand griff sie nach oben und riß die zerfetzte Segeltuchplane von ihren Pfosten. Keiner von den beiden registrierte die letzten beiden Schüsse, die der deutsche Hauptmann der Reserve in diesem Moment auf sie abfeuerte.

Die AFRICAN QUEEN glitt um die Kurve und schlingerte und rollte und hob und senkte sich, als sie auf die Strudel stieß, die sie hier erwarteten. Doch die stete Umdrehung ihrer Schiffsschraube trieb sie hindurch; es war Allnutts Aufgabe, dafür zu sorgen, daß die Barkasse genug Fahrt machte, um sie durch die Wirbel zu bringen und um Rose zu ermöglichen, ihren Kurs der nachfolgenden Strömung anzugleichen.

Im Fluß tauchten jetzt Felsen auf, von weiß brodelndem Wasser umspült; Rose sah sie mit erschreckender Geschwindigkeit auf sich zurasen. Jetzt galt es, blitzschnell zu entscheiden, um den richtigen Kurs einzuschlagen, und doch konnte Rose selbst in diesem wildbewegten Augenblick nicht umhin, festzustellen, daß das Wasser seine braune Farbe verloren hatte und jetzt von glasklarem Grün war. Sie zog das Ruder herum, und die Felsen sausten vorüber. Etwas weiter unten war der Fluß fast völlig blockiert von Felsen. Sie sah eine Durchfahrt, breit genug für das Boot, und steuerte darauf zu. Vor ihr erstreckte sich ein langes grünes Gefälle reißenden Wassers. Und gerade als die AFRICAN QUEEN ihr Heck anhob, um sich hineinzustürzen, sah sie, daß am unteren Ende der Fahrrinne ein tückischer schwarzer Felsen eben noch über die Wasseroberfläche ragte – er würde den ganzen Boden des Bootes wegreißen, wenn sie mit ihm in Berührung kämen. Für den Bruchteil einer Sekunde hielt sie die Barkasse noch auf geradem Kurs, bis dieser Kanal eine Spur breiter wurde, dann warf sie sich gegen das Ruder, um das Boot herumzureißen. Die Barkasse schwankte und schüttelte und wand sich wie ein lebendiges Wesen, als Rose das Ruder herumlegte, um sie wieder auf geraden Kurs zu bringen. Eine bange Sekunde lang schien es, als würden die Strudel ihre Anstrengungen zunichte machen, doch die Maschine tat unverdrossen ihre Arbeit, und die Schiffsschraube zwang das Boot durch das Wasser. Nur um Haaresbreite kamen sie durch die Lücke, und das Vorschiff schlingerte, als Rose mit dem Ruder kämpfte und sie in die reißenden Wirbel am Ende dieser Stromschnelle hineinschossen. Einen Moment später war es vergleichsweise ruhig, sie waren in der schnellen tiefen Strecke unmittelbar dahinter, und Rose hatte Zeit, sich mit der Rückseite ihres linken Unterarms den strömenden Schweiß vom Gesicht zu wischen.

Die Luft war voller Sprühwasser, war erfüllt von dem Brausen des rasenden Flusses, dessen Getöse durch die nahen Steilhänge zu beiden Seiten noch verstärkt wurde. Für Allnutt war dieser Lärm fürchterlich, ebenso das Schlingern und Stoßen des Bootes, aber er hatte keine Zeit, sich umzusehen. Er mußte die Maschine in Gang halten. Er wußte besser noch als Rose, wie sehr ihr Leben davon abhing, daß sie genügend Fahrt zum Manövrieren machten. Es kam darauf an, den Kesseldruck ausreichend hoch und doch unterhalb der Gefahrenzone zu halten. Außerdem mußte er Wasser nachpumpen und für die Schmierung der Maschine sorgen. Ihm war klar, daß sie verloren waren, wenn er sie stoppen müßte, und sei es nur für eine Sekunde.

Deshalb beugte er sich in panischer Angst über seine Arbeit, während das Boot unter seinen Füßen sprang, schwankte und bockte, schlimmer als das widerspenstigste Pferd, und während kurze Blicke auf vorbeischießende Felsen ihn ahnen ließen, wie groß ihre Geschwindigkeit war.

»Vater unser der Du bist im Himmel . . .« sprach Allnutt vor sich hin, während er die Klappe der Feuerung zuschlug. Er hatte seit seiner Schulzeit nicht mehr gebetet.

Es dauerte nur ein paar Sekunden, bis sie die nächste Stromschnelle erreichten, wie die letzte eine Strecke voll widerlicher Felsen, brodelnder Strudel und grüner abschüssiger Gefälle wildbewegten Wassers, wo das Auge schnell und das Gehirn noch schneller sein mußte und wo es einer ruhigen, kräftigen Hand und eines entschiedenen Willens bedurfte. Nach etwa der Hälfte der Strecke war das Wasser in wildem Aufruhr; an solchen Stellen wird das Auge zwangsläufig langsamer, um keinen der eben noch vom Wasser überspülten Felsen zu übersehen, die den Tod bedeuten können. Rose bezwang das wahnsinnige Gewirbel wie eine Walküre. Sie war hochgestimmt und innerlich aufgewühlt – eine Verfassung, in die sie bisher nur die besten Predigten ihres Bruders versetzt hatten. Ihr Verstand arbeitete rasch und mit der Präzision einer Maschine. Sie zwang die AFRICAN QUEEN, ihrem Willen zu folgen und sicheren Kurs durch die sich türmenden Gefahren zu nehmen. Wo sich die dahinschießenden Strömungen schnitten, schoß Gischt in riesigen Schwaden hoch.

Weiter unten raste der Fluß mit unglaublicher Geschwindigkeit ungehindert eine schmale Schlucht entlang, vorbei an Felswänden. Rose fand in diesem Moment relativer Untätigkeit Zeit zum Nachdenken, und sie kam zu dem Ergebnis, daß dies hier fast so schön sein mußte wie die Reise in einem Automobil – ein Vergnügen, dessen sie sich noch nie erfreut, nach dem sie sich aber oft schon gesehnt hatte.

Sie konnte sich freilich nicht lange entspannen, denn nicht weit voraus mündete die Schlucht in eine Biegung, die so scharf war, daß es aussah, als stürze der Fluß direkt auf die Felswände zu. Rose mußte sich darauf einstellen und sich innerlich wappnen, jenseits der Biegung liegenden, jetzt noch den Blicken verborgenen Gefahren zu begegnen. Sie behielt die Felswand an der Innenseite der Biegung scharf im Auge und steuerte nahe an sie heran. Auf diese Weise begann die AFRICAN QUEEN schon zu drehen, noch ehe sie die Biegung erreichten, was sich als sehr günstig erwies. Die Gewalt der Strömung trug das Boot zur gegenüberliegenden Wand hinüber, als wäre es nur ein Stück Holz, während Rose mit ihrer ganzen Kraft das Ruder herüberzog.

Zwar kam das Vorschiff herum, doch sah es kurze Zeit so aus, als würde das Heck gegen die Felsen gedrückt. Die Schiffsschraube kämpfte mit der Strömung, und das Boot behauptete gerade noch seinen eigenen Kurs, doch weiter abwärts schien es sein eigenes Kielwasser wieder zur Mitte des Flusses zu tragen, so daß Rose blitzschnell das Ruder herumreißen mußte, und kaum waren sie auf gerader Strecke, hieß es abermals manövrieren, durch Felsen hindurch, die das Wasser in wirbelnden weißen Schaum verwandelten.

Etwas später sah sie, daß Allnutt ihr etwas zurief. Im Tosen des Flusses drang seine Stimme nicht zu ihr durch. Mit halbem Auge ängstlich auf seine Meßgeräte schielend, hielt er ein Holzscheit hoch und deutete in Richtung Ufer. Es war eine Warnung, daß ihr Brennmaterial knapp wurde, und ohne das waren sie hilflos. Sie nickte, obwohl sie im nächsten Moment schon wieder den Blick abwenden und vor ihnen nach Felsen Ausschau halten mußte. Sie schossen abermals durch eine Kette von Stromschnellen und dann durch eine Schlucht, die den normalerweise eine halbe Meile breiten Fluß auf fünfzehn Meter zusammenpreßte; sie schienen mit Zuggeschwindigkeit dahinzufliegen. Es war höchste Zeit, daß sie eine Stelle fanden, um anzuhalten, doch diese rasende Strecke bot über sechs Meilen keine Chance, vor Anker zu gehen. Allnutt stand da und fuchtelte weiter mit seinem Holzscheit herum. Rose winkte ungeduldig ab. Sie war sich ihrer Lage ebenso sehr bewußt wie er; diese ständige Demonstration war überflüssig. Sie jagten weiter, und Rose stand mit verbissenem Gesicht am Ruder.

Dann sah sie das, was sie suchte. Vor ihr verlief eine Felsenkette fast quer über den Strom, unterbrochen lediglich in der Mitte. Das Wasser war dort aufgestaut und schoß als gewaltiger grüner Schwall durch die Öffnung. Rechts und links hinter diesem natürlichen Damm war das Wasser glatt – zumindest gab es dort keine sichtbaren Felsen, und zum Ufer hin kreisten von Schaum gestreifte Strudel. Rose steuerte die AFRICAN QUEEN auf die Öffnung zu. Das Boot stieg hoch, als es in das aufgestaute Wasser kam, senkte dann den Bug, hob das Heck und schoß das Gefälle hinunter. Unten erwarteten es hohe, grüne Wellen, die festzustehen schienen, unbeweglich, hart und unnachgiebig. Die Barkasse prallte krachend dagegen. Grüne Wassermassen schäumten über das kurze Vordeck ins Boot. Jeder mit etwas weniger Gottvertrauen als Rose hätte geglaubt, daß die AFRICAN QUEEN dazu verurteilt war, ihren Bug tiefer und tiefer zu senken, während der reißende Schwall hinter ihnen gegen das aufgerichtete Heck drückte, bis sie schließlich überflutet wären. Doch im letzten Augenblick begann das Boot zu schlingern, wälzte sich herum und schüttelte sich los wie ein fettes Schwein, das aus einem Schlammloch klettert. Und genau in dem Augenblick, als das Boot sich befreit hatte, warf sich Rose mit ihrem ganzen Gewicht gegen das Ruder, während ihr Hirn wie eine Rechenmaschine blitzschnell Strömungen und Strudel kalkulierte. Die Barkasse beschrieb einen Bogen, verharrte einen Moment, als das Ruder herumgenommen wurde, und stieß nach vorn in einen Strudel und gleich darauf in einen zweiten.

»Anhalten!« schrie Rose.

Ihre Stimme schnitt wie ein Messer durch das Toben des Wassersturzes, und Allnutt gehorchte benommen.

Es war gut kalkuliert. Der noch verbleibende Weg führte durch den Rand des Strudels in den schmalen Streifen langsam dahinfließenden Wassers am Fuß des Felsendamms. Die Barkasse legte sich an diesen natürlichen Pier fast ohne Stoß, und gleich darauf befestigte ein zitternder Allnutt Taue an den Felsen, ein gutes halbes Dutzend, um ganz sicherzugehen, während die AFRICAN QUEEN gelassen in diesem einen Streifen ruhigen Wassers lag. Nicht weit von ihrem Heck schäumte der wütende Ulanga über den Kamm des Dammes, und flußabwärts tobte er um den nächsten Haufen von Felsen. Oberhalb des Damms rieb er sich an seinen Ufern und schlug gegen die Felsen, die Rose gerade bezwungen hatte. Rings um sie her herrschte frenetischer Lärm, und die Luft war voller Sprühwasser, aber sie hatten endlich ihre Ruhe.

»Donnerwetter!« sagte Allnutt und sah sich um. Nicht einmal er selbst konnte das Wort hören, als er es aussprach.

Und Rose stellte fest, daß ihr die Knie zitterten, sie verspürte ein eigenartiges, leeres Gefühl im Magen und einen so schmerzhaften, überwältigenden Drang, ihre Blase zu entleeren, daß es ihr gleichgültig war, ob Allnutt ihr dabei zusah oder nicht.

Ihre Gedanken sprangen von einer Reaktion blitzschnell zur nächsten, doch trotz Hunger und Erschöpfung erfüllte beide ein wilder Stolz. Niemand konnte einen halben Tag damit zubringen, in rasender Schußfahrt durch Stromschnellen zu sausen, ohne daß sich ein Hochgefühl einstellte. Das Gefühl, etwas geleistet zu haben, regte sich sogar in Allnutt. Vor lauter Aufregung wurde er geschwätzig. Er redete ununterbrochen auf Rose ein, obwohl sie kein Wort von dem verstehen konnte, was er sagte, und er lächelte und nickte und gestikulierte, erfüllt von einem höchst ungewöhnlichen Wohlbehagen. Diese tiefe Schlucht war kühl und wohltuend. Hoch über ihnen wuchsen Bäume bis dicht an den Rand der Felswände, so daß das Licht, das zu ihnen herunterdrang, durch ihre Blätter fiel und grün und beruhigend war. Zum ersten Mal waren sie nicht der erbarmungslosen Hitze und dem Sonnenglast Afrikas ausgesetzt. Es gab auch keine Insekten – und keine Furcht vor der Entdeckung durch die Deutschen.

Schockartig wurde Allnutt plötzlich klar, daß erst an diesem Morgen noch auf sie geschossen worden war; es schien, als seien seitdem Wochen vergangen. Er mußte sich umdrehen und einen Blick auf die herunterhängende Schornsteinverspannung werfen, um sich zu vergewissern, daß ihm sein Gedächtnis keinen Streich spielte, und automatisch ging er hinüber, um das zerschossene Drahtseil wieder zusammenzuspleißen. Und damit begann wieder die Arbeit an Bord. Rose brachte jene bösartige Handpumpe in die entsprechende Position und begann, das Wasser rauszupumpen; es schwappte über die Bodenplanken, wenn sie sich bewegten. Das Pumpen erwies sich in jener erholsamen Kühle als weit weniger beschwerlich als in der Hitze über dem Oberlauf des Flusses. Selbst die Pumpe, von der man eigentlich hätte annehmen sollen, daß sie keiner Wandlung fähig sei, benahm sich entgegenkommender.

Allnutt kletterte aus dem Boot und machte sich auf die Suche nach Brennholz, und bald waren alle diesbezüglichen Zweifel zerstreut. Treibholz war im Überfluß vorhanden. Überschwemmungen hatten an den Steilwänden auf Felsplateaus Holz in riesigen Mengen zurückgelassen, darunter viel von der trockenen, morschen Art, die der heiklen Verdauung der AFRICAN QUEEN am besten bekam. Allnut schleppte es massenweise hinunter zum Boot, und wie um den Vorrat noch zu ergänzen, war das Wasser oberhalb des Dammes zum Uferende hin voll von Ästen und Stammholz, das der Fluß heruntergeschwemmt und hier angesammelt hatte. Allnutt fischte eine enorme Menge davon heraus und breitete es auf den Felsen aus; am nächsten Morgen würde es trocken genug sein, um es, vermischt mit dem anderen Zeug, für das Feuer zu verwenden.

Rose durfte wirklich von Glück sagen, daß sie die AFRICAN QUEEN zur Hand hatte. Die Dampfbarkasse war bei all ihren Mängeln ein selbstgenügsames Vehikel. Keine Trägerkolonne im Urwald konnte sich mit ihr messen. Hätte sie einen Verbrennungsmotor besessen, hätte sie nicht einmal für eine Zweitagesreise genügend Treibstoff mit sich führen können. So dagegen versorgte sie sich mit dem notwendigen Wasser aus dem Fluß und fand den ebenfalls notwendigen Brennstoff überall am Ufer. So war sie frei von den beiden überwältigenden Schwierigkeiten, die gegenwärtig die EMDEN im Indischen Ozean lähmten und die KÖNIGSBERG dazu verurteilten, nutzlos und unbeweglich im Rufiji-Delta vor Anker zu liegen. Aus der Sicht des Kapitäns eines Kreuzers war Rose in einer äußerst glücklichen Lage. Sie hatte die Probleme mit ihrer Besatzung bewältigt, und der im Bug aufgetürmte Bestand an Vorräten zeigte bis jetzt noch kaum ein Zeichen von Abnahme. Sie hatte lediglich mit navigatorischen Schwierigkeiten zu kämpfen, die ihr die Felsen und Stromschnellen des unteren Ulanga bereiteten.

Zum gegenwärtigen Zeitpunkt machten sich weder Rose noch Allnutt Gedanken über künftige navigatorische Schwierigkeiten. Sie waren zufrieden mit dem, was sie an diesem Tag geleistet hatten. Sie frohlockten auch nicht über die besonderen Vorzüge der AFRICAN QUEEN. Das unaufhörliche Brausen des Wassers in ihren Ohren ließ sie kaum einen klaren Gedanken fassen und machte eine Unterhaltung unmöglich. Sie grinsten sich nur gegenseitig an, um ihre Zufriedenheit zu zeigen, aßen riesige Mengen und tranken Tee aus großen Bechern mit Unmengen von Kondensmilch und Zucker – Rose stellte nach den Aufregungen des Tages eine ungeheure Gier nach Zucker bei sich fest und machte auch, bedeutsamerweise, keinen Versuch, diese Gier zu bekämpfen. Sie hatte im Augenblick ganz vergessen, daß jegliche Begierde des Körpers Anlaß zu Mißtrauen geben und als Verführung des Teufels behandelt werden sollte.

Freiheit, Verantwortung, das Leben an der frischen Luft und der Vorgeschmack auf Erfolg bewirkten Wunder in ihr. Zwar hatte sie zehn Jahre in Afrika gelebt, doch eingesperrt in einem dunklen Bungalow, mit kaum einem anderen Gesprächspartner als Samuel, hatten diese zehn Jahre ihre Entwicklung nicht mehr gefördert als zehn Jahre in einem Nonnenkloster. Ihr ganzes Leben lang hatte sie sich unterwerfen müssen, und Unterwerfung läßt wenig Spielraum für die Persönlichkeitsentwicklung. Außerdem konnte keine Frau mit Roses Erziehung zehn Tage lang mit einem Mann – selbst einem Mann wie Allnutt – in einem kleinen Boot verbringen, ohne daß sich ihr Horizont erweiterte, die rauhen Ecken sich abschliffen und sie etwas menschlichere Züge bekam. Diese letzten zehn Tage hatten sie förmlich aufblühen lassen.

Ihre vollen Brüste, die begonnen hatten herabzuhängen, je mehr sie zur Altjüngferlichkeit neigte, waren jetzt wieder fest und hoch, und sie konnte sie ohne Mißbehagen von oben betrachten und sehen, wie sie das Oberteil ihres weißen Drillichkleides ausbeulten. Schon in diesen zehn Tagen hatte ihr Körper viel dazu getan, Fett dorthin zu befördern, wo es erwünscht war, und dort zu beseitigen, wo es nichts zu suchen hatte. Ihr Gesicht war voller geworden, und wenn sich in der heftigen Sonne auch kleine Fältchen um ihre Augen gebildet hatten, so paßten sie doch gut zu ihrer gesunden Bräune und verliehen der reifen Weiblichkeit ihres Körpers eine pikante Note. Sie trank ihren Tee in großen Schlukken, hielt ihn dann im Mund in einer Art, die sie vor einem Monat noch entsetzt hätte.

Als ihre Mägen gefüllt waren, zeigten die Aufregungen und Anstrengungen des Tages ihre Wirkung. Die Augen fielen ihnen fast zu, und ihre Köpfe sanken herab, während sie noch das Geschirr auf den Knien hatten. Die köstliche Kühle der Schlucht trug ihren Teil dazu bei. Hier unten zwischen den hohen Felswänden brach die Dunkelheit ganz unmerklich herein; wieder einmal waren sie an einem Ort, wo Zwielicht herrschte. Rose sank tatsächlich schon in tiefen Schlaf, als Allnutt noch dabei war, das Geschirr wegzuräumen. Ihre müden Ohren registrierten kaum noch das ungeheure Getöse des Wassers. Drei Nächte hatte sie nur sehr schlecht geschlafen, da sie sich Sorgen wegen Allnutt gemacht hatte. Nun hatte sie das Gefühl, sich um nichts mehr sorgen zu müssen; und obwohl sie immer noch von dem leidenschaftlichen Wunsch beseelt war, ihre Mission zu erfüllen, fühlte sie sich im Moment doch äußerst zufrieden. Sie lächelte, als sie sich jetzt anschickte zu schlafen, und sie lächelte auch noch, als sie schon schlief – begleitet vom schmetternden Lied des Ulanga.

In einem ähnlichen Zustand köstlicher Traumverlorenheit lag Allnutt auf den Sprengstoffkisten. Erschöpfung, natürliches Unvermögen und das Brausen des Flusses trugen dazu bei, daß er nicht mehr in der Lage war, einen klaren Gedanken zu fassen; außerdem hatte am Tag zuvor Roses Benehmen ihm eine schlaflose Nacht beschert. Es war kaum zu glauben, daß sich das alles wirklich erst eine Nacht zuvor zugetragen haben sollte. Ihm kam es mehr wie eine Kindheitserinnerung vor. Nach Bereinigung dieser Geschichte waren sie dann weiter den Fluß hinunter und an Shona vorbeigefahren. Donnerwetter, sie hatten die Deutschen aber gelackmeiert. Die armen Burschen dort oben kamen erst auf die Idee zu schießen, als sie schon an der Stadt vorbei waren. Die müssen völlig platt gewesen sein, als sie die alte AFRICAN QUEEN vorbeirauschen sahen. Ganz sicher hatten sie nicht damit gerechnet, daß jemand versuchen würde, diese Schluchten hinunterzufahren. Dachten nicht, daß das einer könnte. Na, jetzt wußten sie's besser. Auch Allnutt lächelte, im Verein mit Rose, als er zur Musik des Ulanga langsam eindämmerte.

Es wäre eine reizvolle Aufgabe für die Psychologie, herauszubekommen, warum Allnutt auf den weiten Strecken des Ulanga, in den tosenden Schluchten und unter den Gewehrsalven der deutschen Askaris in Roses Gesellschaft zu einer gewissen Männlichkeit – nicht viel, aber ein wenig – gefunden hatte, während ihm das doch in den Elendsvierteln seiner Jugend, in den Heizräumen, Fabrikhallen und Bordellen und in der lässigen Atmosphäre der für die Weißen bestimmten Kasinos der Ulanga-Goldfelder versagt geblieben war. Die Erklärung liegt möglicherweise in der Tatsache, daß Allnutt bei diesem Unternehmen bis jetzt gerade so viel Gefahr gekostet hatte, um Gefallen daran zu finden, daß er sie also paradoxerweise liebte, obwohl er sie doch haßte. Bald sollte sich Überdruß einstellen.

7.

Am nächsten Morgen schien es fast, als sei der Zeitpunkt dafür schon gekommen. Auf vergangene Gefahren zurückzublicken, ist etwas völlig anderes, als unmittelbar bevorstehenden Gefahren ins Auge zu sehen. Allnutt schaute auf das tosende Wasser und zur felsigen Stromschnelle, die sie als nächstes zu überwinden hatten, und fühlte Angst in sich aufsteigen. Er hatte ein schlechtes Gefühl in der Magengrube, wie bei einem Brechreiz, und ein merkwürdiges Kribbeln an der Rückseite seiner Beine und unter seinen Fußsohlen. Schon auf den nächsten fünfzehn Metern konnte es passieren, daß das Boot mit den Felsen kollidierte und in Stücke zerschmettert wurde, während die rasende Strömung ihn und Rose fortriß, zermalmte und sie schließlich ertranken. Beinahe spürte er schon, wie das Wasser die Luft an seinen Nasenlöchern abschnürte, als er darüber nachdachte. Jeglicher Appetit auf Frühstück war ihm vergangen.

Es lag jedoch ein gewisser Trost in dem Wissen, daß ihnen nichts anderes übrigblieb, als weiterzufahren. Falls sie blieben, wo sie waren, würden sie verhungern, sobald ihre Vorräte aufgebraucht waren. Der einzig mögliche Weg irgendwohin führte die Schlucht hinunter. Außerdem war es schwer, bei dem furchtbaren Getöse des Wassers klar zu denken. Allnutt machte Dampf im Kessel, schichtete Brennholz im Boot auf und löste die Taue, alles mit einem Gefühl der Unwirklichkeit, als sei er von dem Ganzen gar nicht betroffen.

Rose nahm ihren gewohnten Platz ein und ergriff das Ruder. Sie prüfte die Strudel des Seitenwassers, in dem sie lagen, und blickte die Stromschnelle hinunter, die sie erwartete. Sie war völlig furchtlos. Das Beben ihres Busens rührte von ihrer gehobenen Stimmung und ihrer Aufregung her – allein der Griff zum Ruder ließ ihr Herz schneller schlagen. Mit ihrem Arm gab sie Allnutt Anweisungen; sie streckte ihn über Bord, und Allnutt stieß die Barkasse vorsichtig mit dem Bootshaken ab; sie winkte ihn zu sich heran, worauf er die Maschine ein bis zwei Umdrehungen lang auf Rückwärtsfahrt einstellte, gerade genug, um das Vorschiff klarzubekommen. Sie beobachtete die Wirbel und die langsame Rückwärtsbewegung der Barkasse in Richtung auf das durch den Felsendamm schießende Wasser. Dann deutete sie winkend nach vorn, und Allnutt setzte die Schiffsschraube in Bewegung. Die AFRICAN QUEEN nahm langsam Fahrt auf, während die Schraubenwelle unten vibrierte. Rose nahm das Ruder herum; die Barkasse kreiste im Strudel, schlingerte dann in den Hauptstrom und flog im nächsten Moment mit der Strömung abwärts; der Wahnsinn dieses Tages hatte begonnen.

Jene Fähigkeit, blitzschnell zu denken, ergriff wieder Besitz von Rose, als sie den Hauptstrom erreichten. Sie nahm ihren Weg durch die Felsen der Stromschnellen, als sei es ein Kinderspiel. Es war für sie kinderleicht geworden, das um die Felsen aufgestaute weiße Wasser zu beobachten, dabei die Geschwindigkeit der Strömung und die Geschwindigkeit des Bootes im Wasser zu berechnen, den günstigsten Zeitpunkt für ein Ausweichmanöver abzuschätzen und zu berücksichtigen, wie stark der Rückstoß des Wassers von dem Felsen sein würde, an dem sie gerade vorbeifuhren, um ihre Annäherung an den nächsten planen zu können. Die großen, unveränderlichen Wellen, die auf einen unter Wasser liegenden Felsbrocken hinwiesen, registrierte sie schon im Unterbewußtsein. Sie entschied ganz automatisch, wie nah sie an ihn heranfahren konnte und wie sich der Strudel auswirken würde.

Später, als der Fluß wieder ruhig dahinströmte, bemerkte Rose, daß sie sich, im Gegensatz zum ersten Tag, nicht halb so gut an die Einzelheiten dieses zweiten Tages zwischen den Stromschnellen erinnern konnte. Jene ersten Stromschnellen hatten sich unauslöschlich in ihr Gedächtnis gegraben. Sie konnte sich an jede Biegung, jeden Felsen, jeden Strudel erinnern; wenn sie die Augen schloß, sah sie alles leibhaftig vor sich. Die Erinnerungen an den zweiten Tag waren viel unklarer und verschwommener. Nur diese ersten Stromschnellen waren Rose noch genau im Gedächtnis. An die nachfolgenden dagegen erinnerte sie sich lediglich als an eine lange Folge tosenden weißen Wassers. Da war Sprühwasser, das ihr Gesicht benetzte, da waren einige heikle Biegungen – wie viele, vermochte sie nicht mehr zu sagen. Sie hatte sich an all das zu sehr gewöhnt.

Und dennoch blieb in ihr das Hochgefühl. Es war eine reine Freude, durch diese Wellen zu brechen. Ohne auch nur einen Gedanken daran zu verschwenden, daß das zerbrechliche Gefüge der AFRICAN QUEEN durch einige jener Stöße und Erschütterungen ernsthaft Schaden nehmen könne, fand Rose es einfach nur großartig, die Barkasse in die starren, unnachgiebigen Wellen zu steuern, die entstanden, wenn zwei Strömungen aneinanderstießen, und zu fühlen, wie das Boot unter ihr bockte und schlingerte, und die Gischt vom Bug heranfliegen zu sehen. Das schönste Gefühl aber bot das Anheben des Hecks, wenn die AFRICAN QUEEN den Scheitelpunkt einer jener langen, ziemlich hohen Abstürze grünen Wassers erreicht hatte und ihn dann herunterraste, Tod und Zerstörung, die sie unten erwarteten, gleichermaßen vor Augen. Gegen Nachmittag wurden die Stromschnellen allmählich seltener und hörten dann ganz auf. Der Fluß wurde eine Spur breiter, die Felswände der Schlucht waren nicht mehr ganz so hoch, aber noch fast senkrecht. Zwischen diesen Wänden brauste der Fluß mit ungeheurer Geschwindigkeit, doch völlig ungehindert dahin. Nun war Zeit, nachzudenken und alles zu genießen, den Nervenkitzel auszukosten, wie man die AFRICAN QUEEN um die Flußbiegung gleiten ließ, wo sie von der Strömung weit hinausgetragen wurde, bis das andere Ufer in Ellbogennähe kam. Als ihm die plötzliche sanfte Fahrweise auffiel, löste sich Allnutt aus seiner starren Konzentration auf die Maschine und hob den Kopf. Er beobachtete mit Staunen, wie zu beiden Seiten die Felswände vorüberflogen, und staunte über die schwindelerregende Art, mit der sie um die Flußbiegungen schlitterten. Etwas wohltuend Unheimliches ging davon aus. Das enge Gefühl in der Brust, das ihn beschlich, als er dies alles beobachtete, vermittelte ihm ein seltsam befriedigendes Gefühl. Er war erfüllt von dem Stolz, etwas erreicht zu haben.

Den Liegeplatz, der ihnen vorschwebte, fanden sie schließlich auf diesem von Stromschnellen freien Teil des Flusses. Ein Nebenfluß des Ulanga mündete an dieser Stelle ein – nicht wie gewöhnlich, sondern als zwei wilde Sturzbäche, die sich den Abgrund hinunterstürzten und nach einem Fall von etwa fünfzehn Metern auf das Wasser schlugen. Rose fand gerade noch Zeit, es zu bemerken, um unter einem Sprühregen von Gischt, der sie völlig durchnäßte, daran vorbeizusteuern, als sie sah, daß die Schlucht direkt vor ihnen, wo die Strömung das felsige Ufer an einer Stelle ausgewaschen hatte, an welcher das Gestein vermutlich weniger hart war, etwas weiter wurde und ihnen die Unterstützung eines Gegenstrudels beim Anlegen anbot. Sie erhob die Stimme, um Allnutts Aufmerksamkeit auf sich zu ziehen, signalisierte ihm, auf halbe Kraft zu gehen und dann auf Rückwärtsfahrt. Allnutts Bootshaken half bei dem Manöver, und die AFRICAN QUEEN kam unterhalb des steilen Ufers sanft zum Stillstand. Allnutt vertäute das Boot, während Rose sich umblickte.

»Wie wunderschön!« rief sie unwillkürlich aus.

Sie hatte die Schönheit um sich herum vorher gar nicht bemerkt; sie hatte nur auf den Gegenstrudel geachtet. Sie waren in einem Gebiet vor Anker gegangen, das zu den schönsten Winkeln Afrikas gehören mußte. Die hohen Ufer hier waren keine steilen Abstürze, und auf unzähligen Felsvorsprüngen wucherten blau und violett blühende Pflanzen, die in schimmernden Girlanden an den Felsen herabhingen. Vom Kamm bis zum Wasser hinunter war die Felswand vom mystischen Blau dieser Pflanzen bedeckt. Etwas flußaufwärts schäumte der kleine Nebenfluß die Felswand hinab. Ein Sonnenstrahl lugte über den Rand der Schlucht und verwandelte das aufsteigende Sprühwasser in einen Regenbogen. Das Geräusch des herabstürzenden Flusses war nicht ohrenbetäubend; für Ohren, die das Tosen der Stromschnellen des Ulanga gewohnt waren, war es nur eine angenehme Begleitmusik zum frohen Gesang des unbeirrt dahinschießenden Flusses. Es war kühl und angenehm hier unten am felsigen Ufer, mit dem klaren und grün dahinströmenden Wasser neben ihnen. Die Felsen waren dort, wo man sie durch die Blumen sehen konnte, rot, braun und grau und wirkten wie blank geputzt. Es gab keinen Staub und keine einzige Fliege, und es war nicht wärmer als an einem Sommernachmittag in England.

Rose hatte noch nie zuvor Gefallen an Naturschönheiten gefunden. Samuel hatte es nie getan. Hätte in ihrer Mädchenzeit in England der Anblick einer mit Sternhyazinthen übersäten Wiese ihren Busen erbeben lassen und ihr die Kehle zugeschnürt (vielleicht hatte Rose nie eine Wiese mit Sternhyazinthen gesehen, was durchaus möglich ist), so hätte sie dies mit Argwohn registriert, als Zeichen einer Frivolität, die an Lüsternheit grenzte. Und Samuel war in solchen Dingen beschränkt und sah sie nur von der praktischen Seite.

Aber Rose war nun befreit von Samuels freudloser, griesgrämiger Weltanschauung; eine Freiheit, die um so heimtückischer von ihr Besitz ergriff, als sie sich ihrer nicht bewußt war. Im Heck stehend, ließ sie die zarte Schönheit des Ganzen auf sich einwirken und genoß lächelnd das Farbenspiel des Regenbogens unter dem Wasserfall. Ihre Gedanken spielten mit Erinnerungen an die weiten, sonnenüberfluteten Strecken des oberen Ulanga und an die Stromschnellen und Gefahren, die sie eben hinter sich gebracht hatten.

Und etwas anderes schwang mit: das erregende Gefühl, etwas erreicht zu haben. Rose wußte, daß sie die AFRICAN QUEEN durch die Stromschnellen hinuntergesteuert hatte; das war wirklich etwas Bedeutendes, etwas, das sie in ihrer gegenwärtigen Stimmung weit höher einschätzte, als erfolgreich ein Brot zu backen oder sogar (wie leider befürchtet werden muß), als eine ungläubige Seele auf den rechten Weg zu führen. Dieses eine Mal in ihrem freudlosen Dasein konnte sie zufrieden mit sich sein, und das war ein in seiner Neuartigkeit berauschendes Gefühl. Ihr Körper vibrierte vor Lebensfreude.

Allnutt kletterte vom Ufer zurück ins Boot. Er hinkte ein wenig.

»Würde es Ihnen was ausmachen, Miß, einen Blick auf meinen Fuß zu werfen?« sagte er. »Hab einen Splitter reinbekommen dort oben am Ufer und weiß nicht, ob er ganz raus ist.«

»Selbstverständlich«, sagte Rose.

Er setzte sich im Heck auf die Bank und machte Anstalten, seine Segeltuchschuhe auszuziehen, doch Rose kam ihm zuvor. Kniend streifte sie den Schuh ab und nahm seinen schmalen, recht wohlgeformten Fuß in ihre Hände. Sie fand die Stelle, wo der Splitter steckte, und preßte sie mit den Fingerspitzen zusammen, während Allnutt mit seiner lächerlichen Kitzeligkeit ständig zuckte. Sie beobachtete, wie das Blut wieder zurückkam.

»Nein, es ist jetzt nichts mehr drin«, sagte sie und ließ seinen Fuß los. Es war das erste Mal, daß sie ihn berührt hatte, seitdem sie die Mission verlassen hatten.

»Danke schön, Miß«, sagte Allnutt. Er blieb noch auf der Bank sitzen und starrte unverwandt zu den Blumen hoch, während Rose immer noch zu seinen Füßen kniete.

»Donnerwetter, ist das nicht hübsch«, sagte Allnutt. Eine gewisse Ehrfurcht schwang in seinen Worten mit, und seine Stimme war so leise, daß sie über dem Geräusch des Flusses kaum zu hören war.

Die lange Zeit von vierundzwanzig Stunden, die sie in dem widerhallenden Tumult der Stromschnellen zugebracht hatten, schien ihre Sinne durcheinandergebracht zu haben. Sie waren beide keines klaren Gedankens mehr fähig. Beide fühlten sich merkwürdig glücklich und waren geselliger Laune, und doch war ihnen gleichzeitig auch bewußt, daß etwas fehlte, obwohl es greifbar nahe war. Rose beobachtete Allnutts Gesicht, als es staunend um sich blickte. Etwas Anziehendes, fast Kindliches ging von dem kleinen Mann mit dem benommenen Lächeln aus. Sie sehnte sich danach, ihn zu liebkosen, und schob diesen Wunsch dann, als sie ihn sich eingestand, beiseite, da er nicht genau das ausdrückte, was sie wirklich wollte, obwohl sie keine besseren Worte dafür finden konnte. Beide atmeten schwerer als gewöhnlich, als stünden sie unter großer Anspannung.

»Der Wasserfall dort«, sagte Allnutt zögernd, »erinnert mich . . .«

Er sprach nie aus, woran er ihn erinnerte. Er blickte auf Rose hinab, die neben ihm lag, und deren Busen ihm nahe war. Auch er sprühte vor Leben und war erfüllt von der ehrfurchtgebietenden Schönheit des Ortes. Er war sich nicht bewußt, was er tat, als er seine Hand ausstreckte und ihren sonnengebräunten, kühlen Hals berührte. Rose ergriff seine Hände, um sie festzuhalten, nicht um sie fortzustoßen, und er sank auf die Knie, und ihre Körper fanden sich. Rose nahm Küsse wahr, spürte ihren jagenden Puls und ihren schwindelnden Kopf. Sie fühlte Hände, die an ihren Kleidern zerrten und die abzuwehren sie nicht in der Lage war, selbst wenn sie es gewollt hätte. Sie spürte Schmerz, der sie ihre Arme um Allnutts schmächtigen Körper schlingen und ihn an sich pressen ließ; sie drückte ihn an ihre Brüste, während er ihr seinen Willen – ihren Willen – aufdrängte.

8.

Wahrscheinlich war dies alles unvermeidlich gewesen. Alle Begleitumstände hatten sie dazu gedrängt – ihre Einsamkeit, ihre intime Nähe, die Gefahren, denen sie begegnet waren, ihr gesundes Leben. Selbst ihre Streitereien hatten die Sache begünstigt. Roses tief verwurzelte Prüderie war während dieser Tage, in denen sie in engem Kontakt mit einem Mann gelebt hatte, drastisch ausgerottet worden, und diese Prüderie war es auch gewesen, die die größte Barriere zwischen ihnen aufgerichtet hatte. Für falsche Scheu oder körperliche Scham ist kein Platz auf einem kleinen Boot.

Rose war für die Liebe geschaffen; einst war ihr der Gedanke daran peinlich gewesen, sie hatte sich davor gefürchtet und ihre Augen vor der Wahrheit verschlossen, doch gelang es ihr nicht, diese Verdrängung inmitten der wilden Schönheit des Ulanga aufrechtzuerhalten. Und wenn man erst einmal anfing, Zugeständnisse in bezug auf Allnutt zu machen, wurde er zu einer liebenswerten kleinen Gestalt. Er war ebensowenig für seine Unzulänglichkeiten verantwortlich zu machen wie ein Kind. Gerade seine Schwächen machten ihn in Roses Augen anziehend. Jene kleine Geste, als er mit einem Splitter im Fuß zu ihr gekommen war, mußte der Anlaß gewesen sein, die letzte Barriere ihrer Zurückhaltung zu beseitigen. Denn sie wollte ja geben, geben und immer wieder geben; es lag in ihrer Natur.

Nicht einmal irgendwelche Klassenunterschiede standen ihnen im Weg. Obwohl Schwester eines Geistlichen, ließ es sich doch nicht leugnen, daß Rose die Tochter eines kleinen Händlers war. Allnutts Cockney-Dialekt unterschied sich zwar von ihrem eigenen provinziellen Näseln, doch fiel er ihr nicht auf die Nerven. Sie hatte oft in ihrem Leben Leute ihrer Gesellschaftsschicht mit einem ebenso starken Akzent getroffen. Wenn Allnutt und Rose sich in England begegnet wären und sich entschlossen hätten zu heiraten, wäre Roses Umgebung möglicherweise der Meinung gewesen, daß sie es nicht besonders gut getroffen habe, doch hätten sie keinesfalls gedacht, daß sie mehr als höchstens eine einzige Stufe die soziale Leiter hinabsteigen würde.

Der allerwichtigste Umstand aber war vielleicht der Einfluß der Lehre von der Unvollkommenheit des Mannes (im Vergleich zur Frau), die sich Rose im Laufe ihrer Mädchenjahre zu eigen gemacht hatte. Ihre Mutter, ihre Tanten, alle verheirateten Frauen, die sie kannte, hegten äußerste Verachtung für die Männer im Hinblick auf deren Eigenschaft als Hausbewohner: Sie waren nachlässig, unbeholfen und unordentlich; sie waren unfähig, ein Zimmer von Staub zu befreien oder einen Braten zuzubereiten; außerdem neigten sie zu Wutanfällen. Frauen hatten ergeben dafür zu sorgen, daß ihr Weg geebnet war und kein Hindernis sie störte. Gleichzeitig jedoch war es oberstes Gesetz, daß diese unbegreiflichen Kreaturen die Herren der Schöpfung waren, für die nichts zu gut war. Stets mußte für sie beim Abendessen die größte Portion Schellfisch reserviert sein. An Sonntagnachmittagen mußte man ihnen zuliebe leise auftreten, damit ihr Mittagsschlaf nicht gestört werde. Ihre unbedeutenden Wehwehchen mußten gehätschelt, ihre verdrießlichen Klagen geduldig angehört und ihre Anfälle von schlechter Laune entschuldigt werden. Tatsächlich – und darin liegt vielleicht die Erklärung für diese Lage der Dinge – waren Männer in ihrer unerforschlichen Wunderlichkeit und hinsichtlich der unbestrittenen Verehrung, die ihnen zuteil wurde, Miniaturausgaben des strengen und allmächtigen Gottes, den die Frauen anbeteten.

Aus diesem Grunde erwartete Rose keine Vollkommenheit von dem Mann, den sie liebte. Sie betrachtete es als selbstverständlich, daß sie ihn nicht respektieren würde. Er wäre ihr andernfalls auch nicht annähernd so teuer gewesen. Wenn er sich betrank, was er ja tat, wie sie inzwischen sicher wußte, und wenn er von der Aussicht auf persönliche Gefahren nicht gerade begeistert war, so entsprach dies lediglich in etwa der schlechten Laune ihres von Verdauungsstörungen geplagten Vaters oder der Wettleidenschaft ihres Onkels Albert oder Samuels Anfällen von schlechter Stimmung, bei denen er ihr die kalte Schulter zu zeigen pflegte. Alles zu wissen und alles zu verzeihen, stand nicht zur Debatte, sondern vielmehr alles zu wissen, das zu verzeihen man berechtigt war. Und eben diese seine moralischen Schwächen rührten heimlich an ihre mütterlichen Instinkte, ebenso seine körperliche Schwäche und das Pech, das ihm stets widerfahren war. Sie begehrte ihn auf eine Art, die sich von den ungestümen Wünschen ihres emanzipierten Körpers unterschied und diese noch verstärkte. Als die Glut seiner Leidenschaft langsam verebbte und er ihr, seine Lippen auf ihren vollen Hals gedrückt, einige schläfrige Worte zuflüsterte, fühlte sie sich sehr glücklich und umfing ihn mit ihren starken Armen.

Auch Allnutt war sehr glücklich. Was immer er auch in der Hitze der Leidenschaft tun mochte, brauchte er doch ebenso sehr eine Mutter wie eine Geliebte. In Roses Armen fühlte er sich getröstet wie noch nie zuvor. Er spürte, daß er ihr vertrauen und sich auf sie verlassen konnte, wie er noch nie in seinem Leben einer Frau vertraut oder sich auf sie verlassen hatte. Das ganze Elend und die Strapazen seines Lebens fielen von ihm ab, als er den Kopf auf ihren festen Busen bettete.

Erst am nächsten Morgen, und obendrein erst am späten Morgen, meldete sich die Vernunft, wenn auch nur teilweise, wieder zu Wort. Im Licht des frühen Tages gab es einen Moment, in dem Rose spürte, wie sie in Erinnerung an die Unzüchtigkeiten der vergangenen Nacht errötete und beim Gedanken an ihren unverheirateten Stand von Unruhe erfüllt wurde, doch waren Allnutts Lippen den ihren nahe, ihre Arme umfingen seinen schlanken Körper, rotes Blut floß durch ihre Adern, und Erinnerungen und Unruhe schwanden gleichermaßen dahin, als sie ihn an sich drückte. Zwischendurch mußte sie errötend gestehen, daß sie seinen Namen nicht kannte, und als er ihn ihr schüchtern nannte, kostete sie den Namen »Charlie« für sich wie ein Schulmädchen aus, immer wieder, und fand ihn sehr hübsch.

Als das Verlangen nach der morgendlichen Tasse Tee unbezähmbar wurde – Rose stellte fest, daß sie nach einer Liebesnacht ebenso sehr nach Tee lechzte wie nach einem Tag wilder Fahrt durch Stromschnellen –, war sie es, die darauf bestand, aufzustehen und das Frühstück zu machen. Jener traditionelle Brauch von der »besseren Portion Schellfisch« war tief in ihr verwurzelt. Zwar hatte es sie nicht im geringsten gestört, daß Allnutt als ihr Assistent Mahlzeiten zubereitete, doch erschien es ihr falsch, Charlie (den sie innerlich schon als ›Ehemann‹ bezeichnete, da sie das Wort ›Liebhaber‹ überhaupt nicht kannte) mit Haushaltsangelegenheiten zu belästigen. Sie fühlte sich höchst erfreut und geschmeichelt, als er darauf bestand, ihr zu helfen; sie war ganz aus dem Häuschen. Und sie lachte schallend, als er ein paar Witze riß.

Trotz alledem, und auf eine Art, die völlig frei von Spitzfindigkeit war, wußte Rose den Unterschied zwischen Arbeit und Vergnügen zu würdigen. Als sie ihr Frühstück beendet hatten, übernahm sie, ohne groß darüber nachzudenken, wieder das Kommando über die Expedition. Sie hielt es für selbstverständlich, daß sie weiterfahren und schließlich die KÖNIGIN LUISE torpedieren würden, und Allnutt kam nicht auf die Idee, daß er nun, da er eine bevorzugte Stellung einnahm, Vorteil daraus ziehen und Protest anmelden könnte. Er war ein Mann, der förmlich dazu geschaffen war, unter dem Pantoffel zu stehen. Nach dem

Erfolg, den sie unter Roses Kommando bis jetzt gehabt hatten, und nach den Ereignissen der vergangenen Nacht war Roses Einfluß auf ihn nicht mehr zu überbieten. Er war völlig zufrieden damit, alle Verantwortung auf ihre Schultern abzuwälzen und in philosophischer Ruhe entgegenzunehmen, was immer das Schicksal für sie bereithalten mochte. Er sammelte Brennholz und sorgte dafür, daß sie Dampf hatten, und das alles mit einem Gleichmut, dem man die Routine anmerkte.

Erst als sie schon dabei waren aufzubrechen, fingen beide an, die Abfahrt noch ein wenig hinauszuzögern. Rose hörte ihn dicht neben ihr mit gebrochener Stimme murmeln –

»Gib uns noch einen Kuß, Mädchen.«

Und Rose schlang die Arme um ihn, küßte ihn und murmelte: »Charlie, Charlie, lieber Charlie.« Sie gab ihm einen Klaps auf die Schulter und betrachtete noch einmal mit feuchten Augen die Schönheit rings um sie her, den Ort, an dem sie ihm ihre Jungfräulichkeit geschenkt hatte. Dann rissen sie sich los, Allnutt stieß die Barkasse mit dem Bootshaken ab, und eine Sekunde später steckten sie wieder mitten im wahnwitzigen Tumult des Ulanga und jagten zwischen Felshängen flußabwärts.

Als sie sich an diesem Morgen einmal kurze Zeit vernünftig miteinander unterhalten hatten, hatte Allnutt die Vermutung geäußert, daß die letzten Stromschnellen hinter ihnen lägen und dieser Teil des Flusses nur noch die Zufahrt war zu dem flachen Gebiet, das den See umgab. Es stellte sich heraus, daß er unrecht gehabt hatte. Nach zehn Minuten wilder Fahrt auf ebenem Wasser drang das vertraute Tosen naher Stromschnellen an Roses Ohr. Sie mußte noch einmal alle Kräfte anspannen, das Ruder gleichmäßig auf Kurs halten und nach vorn starren, um eine durchgehende Linie unaufgewühlten Wassers auszumachen, die sich ohne zu scharfe Biegungen um die Felsen wand. Ihr blieben dafür nur die wenigen Sekunden zwischen dem Auftauchen der Stromschnellen und dem Moment, wo die AFRICAN QUEEN begann, sich über die ersten Wellen zu heben. Und so fuhren sie weiter den wildbewegten Fluß hinunter, taub und durchnäßt.

Erstaunlicherweise überlebten sie die nächsten Gefahren, obwohl es zu vermessen war zu hoffen, daß ihr Glück anhalten würde. Sie kamen an eine Stelle, wo der Fluß so schmal und voller Felsen war, daß auf seiner gesamten Breite kein einziger Zentimeter einigermaßen ruhigen Wassers zu erkennen war. Rose konnte lediglich eine Strecke mit weniger hohen Schaumkronen wählen und aus der Höhe der aus dem Wasser ragenden Brocken zu schließen versuchen, welchen Weg die brodelnde Gischt wohl nehmen mochte.

Die AFRICAN QUEEN bäumte sich auf und stürzte in das Durcheinander aufeinanderprallender Wellen. Sie erbebte unter der Wucht der Stöße; Wasser kam über den Bug, stieg hoch und flog über den Schornstein. Rose sah weiter vorn fast glattfließendes Wasser, und als die Barkasse dort hindurchbrauste, war plötzlich ein krachendes Geräusch unter ihnen, gefolgt von einem schrecklichen Rütteln, als wolle sich die Barkasse in ihre Bestandteile zerlegen. Mit dem Instinkt des Maschinisten nahm Allnutt den Dampf weg.

»Laß sie laufen, Charlie!« schrie Rose. Allnut öffnete das Ventil ein wenig. Das verheerende Zittern fing wieder an, doch anscheinend drehte sich die Schiffsschraube noch. Die AFRICAN QUEEN reagierte wieder auf das Ruder, während Allnutt betete, daß der Boden nicht aus dem Boot herausgerissen würde. Ein Blick über den Bootsrand zeigte Rose, daß sie langsam durch das Wasser pflügten, während die Strömung sie mit der üblichen halsbrecherischen Geschwindigkeit vorantrug. Ihr war klar, daß es lebensnotwenig war, so schnell wie möglich anzuhalten, doch sahen sie sich mit dem ewigen Problem konfrontiert, in der schmalen Schlucht mit ihrer reißenden Strömung einen Ankerplatz zu finden. Auf jeden Fall mußten sie vor der nächsten Stromschnelle einen finden. Bei so geringer eigener Fahrt wäre sie niemals imstande, die AFRICAN QUEEN die Stromschnellen hinunterzusteuern; schlimmer noch, als sie das Ruder versuchsweise nach beiden Richtungen drehte, stellte sie fest, daß etwas damit ernsthaft nicht stimmte. Die Schiffsschraube hatte nun die Tendenz, das Boot im Kreis zu drehen, und es kostete ziemliche Mühen, dem entgegenzuwirken. Die Felswände flogen zu beiden Seiten vorüber, während das klappernde Vibrieren unter ihr stärker zu werden schien, und sie kämpfte, um das Boot in der Mitte der Strömung zu halten. Weit vorn sah sie die nächsten vertrauten dunklen Felsen, die sich schaumumkränzt aus dem Fluß erhoben. Sie mußten jetzt unbedingt vor Anker gehen. Unten links bot ein weit in den Fluß hineinragender Felsen eine mögliche Zuflucht im dahinterliegenden toten Winkel.

»Charlie!« schrie sie über das Tosen des Flusses.

Er hörte sie und verstand ihre Gesten. Das Manöver mußte auf die Sekunde klappen. Wendeten sie zu früh, würden sie gegen den Felsen geschmettert; wendeten sie zu spät, war die Gelegenheit vertan, und sie trieben hilflos, mit dem Heck voran, die Stromschnelle hinunter.

Rose mußte die veränderte Geschwindigkeit des Boots berücksichtigen, wenn sie in die Nähe der Stromschnelle kamen, dazu noch den Kreisschub der Schraube und die Beschleunigung der Strömung. Mit zusammengepreßten Lippen zog sie das Ruder herüber und beobachtete besorgt den Bug, als das Boot herumkam.

Es war nicht zu erwarten gewesen, daß das Manöver völlig perfekt verlief. Der Bug kam zwar weit genug hinter den Felsen, doch die Drehung war nicht vollständig genug. Die Barkasse lag immer noch teilweise quer im Fluß, als das Vorschiff im Winkel hinter dem Felsvorsprung auf Grund lief. Sie legte sich sofort auf die Seite und schlingerte. Eine kochende Wassermasse stürzte über die Bordwand ins Boot. Das Feuer im Kessel erstickte unter einem Sturm von Dampf, dessen Zischen selbst das Durcheinander der anderen Geräusche übertönte.

Es war Allnutt, der die Situation rettete. Er schnappte sich das Tau, sprang wie ein Athlet im Bruchteil einer Sekunde über Bord und stand bis zur Hüfte in einem wirbelnden Strudel. Er schob seine Schulter unter den Bug und stemmte sich dagegen wie ein Herkules.

Der Bug kam frei, und das zu drei Vierteln mit Wasser gefüllte Boot richtete sich wieder auf; doch im selben Moment begann die Strömung es flußabwärts zu ziehen. Immer noch die Fangleine umklammernd, sprang Allnutt auf den Felsen und zog mit aller Macht. Seine Schultergelenke krachten, als die Leine sich straffte. Er verlor fast den Halt, aber es gelang ihm, sich zu fangen. Mit einer weiteren herkulischen Anstrengung gewann er die Zeit, um das Tau um eine Ecke des Felsens zu werfen, und spannte nochmals all seine Kräfte an. Langsam schwenkte das Boot in Richtung Ufer, und die Spannung des Taus ließ nach, als der Strudel die Strömung auszugleichen begann. Fünf Sekunden später war die Barkasse in Sicherheit, sie paßte genau in den kleinen Strudel hinter dem Felsen. Sie war so voll Wasser, daß nicht viel fehlte, und sie wäre gesunken. Allnutt befestigte ein Tau nach dem anderen am Ufer, und Rose stand immer noch auf der Bank im Heck, und unter ihren Füßen schwappte das Wasser. Sie brachte es fertig, ihm zuzulächeln; jetzt, da das Ganze vorüber war, fühlte sie sich ein wenig schwach und verspürte eine leichte Übelkeit. Sie hatte immer noch die grüne Woge vor ihren Augen, die über die Bordwand brach. Allnutt setzte sich auf einen Felsen und erwiderte grinsend ihr Lächeln.

»Fast hätte es uns diesmal erwischt«, sagte er; sie konnte die Worte im Lärmen des Flusses zwar nicht verstehen, aber offensichtlich war er ganz gefaßt.

Allnutt fand allmählich Gefallen an den Gefahren, die der Fluß bot – durch Stromschnellen zu jagen kann ebenso zur schleichenden Gewohnheit werden wie das Einnehmen von Morphium –, abgesehen von dem neuen Glücksgefühl, das Roses Gegenwart ihm bereitete. Rose saß auf der Bordwand und versuchte, ihre Füße nicht naß werden zu lassen. Sie wollte nicht, daß man ihr ihre Schwäche anmerkte, und zwang sich dazu, ganz sachlich zu sein. Allnutt schwang sich wieder an Bord.

»Donnerwetter, ganz schöner Schlamassel!« sagte er. »Bin gespannt, was alles draufgegangen ist.«

»Schaffen wir dieses Wasser raus und sehen nach«, sagte Rose.

Allnutt platschte zum Mittschiff und tastete nach dem Schöpfeimer. Er fand ihn unter der Bank und reichte ihn Rose. Für sich selbst holte er die große Schüssel aus dem Spind. Bevor Rose sich von der Bordwand ließ, um mit dem Ausschöpfen zu beginnen, nahm sie ihren Rock hoch und stopfte ihn in die Unterwäsche, als wäre sie ein kleines Mädchen am Strand – das Gefühl intimer Vertrautheit mit Charlie, das einen pikanten Kampf mit ihrem Schamgefühl ausfocht, war außerordentlich angenehm.

Schüssel und Schöpfeimer sorgten rasch dafür, daß der Wasserspiegel im Boot sank; bald schon holte Rose die bösartige alte Handpumpe hervor, um das Wasser unter den Bodenplanken rauszupumpen.

»Komm schon, laß mich das machen, Rose«, sagte Allnutt.

»Nein, du setzt dich jetzt hin und ruhst dich aus«, sagte sie. »Und paß auf, daß du dich nicht erkältest.«

Das Boot auszupumpen kam dem am nächsten, was in ihrem häuslichen Leben das Aufräumen eines Zimmers war. Selbstverständlich war dies keine Arbeit für einen Mann.

»Als erstes stellt sich die Frage«, sagte Allnutt, als sich das Auspumpen dem Ende zuneigte, »wie stark es leckgeschlagen ist?«

Sie pumpte, bis die Pumpe kein Wasser mehr hochbrachte, während Allnutt sich der Aufgabe zuwandte, ein paar Bodenplanken im Mittschiff zu lösen. Eine Wartezeit von einer halben Stunde erbrachte kein meßbares Ansteigen im Kielraum.

»Donnerwetter noch mal«, sagte Allnutt. »Das ist besser, als wir hoffen durften. Soweit ich sehen kann, ist nichts verlorengegangen, und der Schaden an der Außenwand ist nicht der Rede wert. Ich hätte geglaubt, sie hätte irgendwo ein Loch, nach dem, was sie hinter sich hat.«

»Was war das für ein Klappern, kurz bevor wir anhielten?« fragte Rose.

»Das müssen wir noch herausfinden, Mädchen«, sagte Allnutt. Vorsichtiges Mitgefühl schwang in seiner Stimme mit. Er fürchtete das Schlimmste, und er wußte, wie enttäuscht Rose sein würde. Er hatte bereits am Steilhang hochgeblickt und einen kleinen Trost aus der Tatsache gewonnen, daß er gerade noch bezwingbar war. Falls die AFRICAN QUEEN so untauglich sein sollte, wie er fürchtete, würden sie dort hinaufklettern und im Urwald umherirren müssen, bis die Deutschen sie fanden – oder bis sie verhungerten. Es sprach sehr für seine neu erworbene Männlichkeit, daß die Zweifel, die er hegte, seiner Stimme nicht anzumerken waren.

»Wie willst du das machen, Liebster?« fragte Rose.

Allnutt warf einen Blick auf das steile Ufer, an dem sie lagen, und auf den sanften Strudel neben ihnen.

»Ich werde drunterklettern müssen und nachsehen«, sagte er. »Eine andere Möglichkeit gibt es nicht, nicht hier.«

Das Ufer fiel ziemlich steil ab. Wie Allnutt mit dem Bootshaken feststellte, war das Wasser auf der Uferseite einen Meter zwanzig und auf der Flußseite fast zwei Meter tief.

»Ab geht die Post«, sagte Allnutt, während er Unterhemd und Hose auszog. Zwar war beides schon völlig durchnäßt, doch geht es einem Mann nun einmal gegen den Strich, bekleidet ins Wasser zu steigen.

»Du hältst dieses Seil hier, falls unten auf dem Grund irgendeine komische Strömung sein sollte.«

Ängstlich über Bord lugend, sah Rose seinen nackten Körper unter dem Boot verschwinden. Seine Füße blieben in Sicht und machten beruhigende Schwimmbewegungen. Sie wurden heftiger, als Allnutt sich unter dem Boot hervorarbeitete. Er stand auf dem felsigen Untergrund neben dem Boot, während aus seinen Haaren das Wasser lief.

»Hast du etwas gesehen, Liebster?« fragte Rose, die besorgt über ihm schwebte.

»Jaaa«, antwortete Allnutt. Er sagte nichts weiter, bis er wieder ins Boot zurückgeklettert war; er brauchte Zeit, um sich zu sammeln. Rose saß abwartend neben ihm. Sie ergriff seine nasse Hand.

»Die Schraubenwelle ist völlig verbogen. Wie ein Korkenzieher«, sagte Allnutt dumpf. »Und an der Schiffsschraube fehlt ein Flügel.«

Rose konnte das Ausmaß der Katastrophe nur von seinem Tonfall abschätzen, und sie unterschätzte es.

»Dann müssen wir es eben reparieren«, sagte sie.

»Reparieren?« sagte Allnutt. Er lachte bitter. In seiner Phantasie sah er sich und Rose schon krank und halb verhungert durch den Urwald wandern. Die wütende Verzweiflung, die aus seinen Worten sprach, ließ Rose verstummen.

»Muß mit der Spitze des Schraubenflügels gerade noch einen Felsen gestreift haben«, fuhr Allnutt mehr zu sich selbst als an sie gewandt fort. Sonst ist weiter nichts zu sehen an dem Ding. Weiß Gott, wie die Welle es noch geschafft hat, das wir hier hereinkamen. Ein richtiger Korkenzieher, verdammt.«

»Mach dir nichts daraus, Liebster«, sagte Rose. Der Gebrauch der Worte »Gott« und »verdammt« schien so merkwürdig selbstverständlich angesichts der schlichten Tatsachen, daß sie sie kaum zur Kenntnis nahm, ebensowenig wie sie Charlies Blöße registrierte. »Warten wir, bis alles trocken ist, essen wir erst mal zu Abend, dann können wir alles besprechen.«

Sie hätte keinen besseren Rat geben können. Die einfachen Handgriffe, wie Sachen zum Trocknen aufzuhängen und Fleischbüchsen aus den Vorratskisten zu holen, trugen beträchtlich dazu bei, Allnutts mitgenommene Nerven zu beruhigen. Später dann, nachdem er eine Mahlzeit vertilgt hatte und starker Tee zusammen mit Rinderpökelfleisch in seinem Magen ein scheußliches Gemisch bildete, fühlte er sich noch besser. Rose kam jetzt wieder auf das entscheidende Thema zurück.

»Was müssen wir tun, bevor wir wieder weiterfahren können?« fragte sie.

»Ich kann dir sagen, war wir tun könnten«, sagte Allnutt. »Wenn wir eine Werkstatt hätten und eine Helling, und wenn ein Postbote hier vorbeikäme, dann könnten wir diese alte Badewanne herausziehen und die Welle rausnehmen. Und vielleicht könnten wir sie wieder geradeschmieden, vielleicht auch nicht, ich bin kein Schmied. Danach könnten wir an die Hersteller schreiben und eine Schiffsschraube anfordern. Vielleicht hätten die zufällig eine vorrätig, denn dieses Boot ist nicht mehr als zwanzig Jahre alt. Während der Wartezeit könnten wir den Rumpf überholen und neu streichen. Dann könnten wir die Welle und die neue Schiffsschraube wieder einsetzten und das Boot vom Stapel lassen und weiterfahren, als wäre nichts geschehen. Doch Tatsache ist, daß wir überhaupt nichts haben, und deshalb wird auch aus dem Weiterfahren nichts.«

Gedanken an den Urwald waren immer noch lebendig in Allnutts Phantasie.

Es war Roses totale Unkenntnis in Sachen Technik, die sie davor bewahrte, völlig zu verzweifeln. Trotz Allnutts Niedergeschlagenheit war sie von einem enormen Vertrauen in seine Fähigkeiten erfüllt; schließlich hatte sie noch nie erlebt, daß er in seinem Handwerk versagte. In ihrer Vorstellung war das Problem, ein beschädigtes Dampfboot wieder flottzubekommen, etwa so groß wie, sagen wir, für sie die Schwierigkeit wäre, einen fremden Haushalt zu führen, dessen Frauen krank darniederliegen. Sie müßte in Erfahrung bringen, wo sich alles befand, sich mit fremden Händlern herumschlagen und sich mit neuen Vorlieben und Abneigungen der Männer vertraut machen. Doch würde sie die neue Aufgabe voller Vertrauen in Angriff nehmen, ebenso wie jedes andere Problem, das im Haushalt auftauchen mochte. Vielleicht müßte sie improvisieren, was sie haßte, und das könnte Allnutt auch tun. In ihrem eigenen begrenzten Bereich kannte sie das Wort »unmöglich« nicht. Sie konnte sich nicht vorstellen, daß ein Mann irgend etwas auf seinem Gebiet unmöglich fand, solange er die Ruhe bewahrte und reichlich zu essen bekam.

»Kannst du die Welle nicht rausnehmen, ohne das Boot ans Ufer zu ziehen?« fragte sie.

»Hm. Keine Ahnung. Vielleicht«, sagte Allnutt. »Würde bedeuten, unter Wasser die Schraube rauszunehmen. Vielleicht könnte ich's schaffen.«

»Schön, und wenn du die Welle am Ufer hast, könntest du sie geradebiegen.«

»Du hast vielleicht Vorstellungen«, sagte Allnutt. »Hab keine Esse, keinen Amboß, keine Kohle, hab nichts, außerdem bin ich kein Schmied, wie ich schon sagte.«

Rose versuchte sich zu erinnern, was sie bei afrikanischen Schmieden gesehen hatte.

»Ich habe einmal einem Massai bei der Arbeit zugesehen. Er verwendete Holzkohle. Auf einem großen hohlen Stein. Er hatte einen Jungen bei sich, der die Holzkohle für ihn schürte.«

»Ja, hab das auch schon gesehen, ich würde aber einen Blasebalg nehmen«, sagte Allnutt. »Würde einen machen, ist ganz einfach.«

»Gut, wenn du glaubst, daß das besser . . .« sagte Rose.

»Wie macht man Holzkohle?« fragte Allnutt. Bei seinem Leben, er konnte nicht anders, er ließ sich auf diese Diskussion ein, obwohl sie ihm immer noch rein akademisch schien – »für die Katz«, wie er sich ausgedrückt haben würde.

»Holzkohle?« sagte Rose unbestimmt. »Man zündet riesige bienenstockartige Gebilde aus irgendwelchem Zeug an – aus Holz natürlich, wie dumm von mir –, und wenn es verbrannt ist, ist Holzkohle im Innern. Irgendwo habe ich einmal Leute gesehen, die das so gemacht haben.«

»Wir könnten es ja versuchen«, sagte Allnutt. »Oben am Ufer gibt es Unmengen von Treibholz.«

»Gut, dann . . .« sagte Rose und stürzte sich noch eifriger in die Diskussion.

Es war nicht einfach, Allnutt zu überzeugen. Seine Berufserfahrungen hatten ihn mißtrauisch gemacht gegen unpräzises, improvisierendes Arbeiten, bei dem es nicht so genau drauf ankam. Er war durch eine Ausbildung mit passenden Werkzeugen und entsprechendem Gerät verwöhnt; während seiner Lehre hatte die Maschinenbaukunde jene Zeiten weit hinter sich gelassen, in denen ein Stephenson sich selbst beglückwünschte, weil die Kolben der »Rocket« mit nur eineinhalb Zentimeter Spiel in ihren Zylindern saßen.

Geschmeichelt von Roses unerschütterlichem Vertrauen in ihn und motiviert durch die Dringlichkeit der Lage, schloß er sich trotz allem allmählich Roses Meinung an, bis er schon halb geneigt war, es auf einen Versuch mit der Schraubenwelle ankommen zu lassen. Ganz plötzlich jedoch schreckte er wieder vor der Vorstellung zurück. Wie ein Narr hatte er völlig die Schwierigkeit vergessen, die den ganzen Plan sinnlos machte.

»Nein«, sagte er. »Da ist nichts zu machen, Rosie, altes Mädchen. Ich hab ganz die Schraube vergessen. Da ist nichts mehr zu machen, wenn ein Flügel das Zeitliche gesegnet hat.

»Gerade vorhin sind wir damit aber ein Stück vorwärts gekommen«, sagte Rose.

»Ja, schon«, sagte Allnutt, »aber . . .«

Er seufzte, konfrontiert mit der schwierigen Situation, mit jemandem über technische Dinge reden zu müssen, der davon keine Ahnung hatte.

»Es gibt da ein Drehmoment«, sagte er. »Sie ist aus der Wucht . . .«

Jeder Mechaniker hätte seinen Gedankengang sofort nachvollziehen können. Wenn eine dreiflügelige Schiffsschraube einen Flügel verliert, bleiben noch zwei Flügel für ein Drittel ihres Umdrehungskreises übrig und keiner für die beiden anderen Drittel. Der gesamte Widerstand des Wassers würde sich folglich auf eine einzige kleine Partie der Welle konzentrieren, und eine gleichmäßige Umdrehung wäre unmöglich. Es wäre schlimm genug für die Maschine, und wie die Wirkung auf eine von einem Amateurschmied erneuerte Welle wäre, war nur zu gut vorstellbar, als daß man es lange beschrieb. Falls sie nicht brach, sah sie bald wieder wie ein Korkenzieher aus, wie es Allnutt so anschaulich ausgedrückt hatte. Er tat sein möglichstes, Rose dies alles klarzumachen.

»Nun, dann wirst du eben einen neuen Flügel machen müssen«, sagte Rose. »Da ist eine Menge Eisen und Zeug, das du benutzen kannst.«

»Und dann soll ich ihn wahrscheinlich noch anbinden?« sagte Allnutt. Er konnte sich ein Lächeln nicht verkneifen, weil seine

Ironie völlig ihr Ziel verfehlte.

»Ja«, sagte Rose. »Wenn du meinst, daß das genügt. Aber könntest du ihn nicht irgendwie dranmachen? Ihn anschweißen. Das ist doch das korrekte Wort, nicht? Anschweißen.«

»Donnerwetter noch mal«, sagte Allnutt. »Du bist mir schon eine, Rosie. Wirklich und wahrhaftig!«

Allnutts Phantasie spielte mit der Vorstellung, einen Schiffsschraubenflügel aus einem Stück Eisen zu schmieden, ihn durch Schweißen von Hand an die richtige Stelle zu setzen und diese stümperhafte Schiffsschraube dann an einer ebenso stümperhaften Welle zu befestigen und dann zu erwarten, daß die alte AFRICAN QUEEN damit fuhr. Er lachte bei der Vorstellung, lachte und lachte, bis Rose angesteckt wurde und auch lachen mußte. Allnutt fand das Ganze so köstlich, daß er für einen Moment den Ernst ihrer Lage vergaß. Unmittelbar danach fanden sie sich engumschlungen wieder – wie es dazu gekommen war, wußte keiner von beiden mehr – und küßten sich, wie man es von zwei Leuten am zweiten Tag ihrer Hochzeitsreise erwarten konnte. Sie liebten sich, und alle Sorgen fielen für kurze Zeit von ihnen ab. Trotzdem kam Rose, während sie Allnutt in den Armen hielt, wieder auf das alte Thema zurück.

»Warum hast du so gelacht, als ich von Schweißen sprach?« fragte sie völlig ernsthaft. »War das doch nicht der richtige Ausdruck? Du weißt aber doch, was ich meine, Liebster, nicht, auch wenn ich mich falsch ausgedrückt habe?«

»Herrje!« sagte Allnutt. »Nun, schau mal her . . .«

Man konnte Rose einfach nichts abschlagen; besonders Allnutt war nicht der Typ, der ihr etwas abschlagen konnte. Außerdem war es kaum verwunderlich, daß Allnutts wankelmütige Lebensgeister unter dem Einfluß von Roses hartnäckigem Optimismus wieder stiegen. Wäre sie nicht bei ihm gewesen, hätte das ihnen widerfahrene Mißgeschick ihn in grenzenlose Verzweiflung gestürzt – eine Verzweiflung, die vielleicht dazu geführt hätte, daß er keinen Finger rührte, um irgendwie Abhilfe zu schaffen. Die Diskussion endete schließlich ganz unvermeidlich damit, daß Allnutt sagte, er werde sehen, was sich machen ließe, genau wie irgendein anderer unterwürfiger Ehemann in der Zivilisation »sehen würde, was sich machen ließe«, mit einer neuen Wohnzimmereinrichtung zum Beispiel. Und jenes erste zögernde Einwilligen war der Beginn einer Woche harter Arbeit, in die sie sich nun stürzten.

Der erste Hoffnungsschimmer wurde gleich ganz am Anfang sichtbar, als es Allnutt nach äußerst schwerer Arbeit unter Wasser, bei der seine Lungen beinahe zu bersten drohten, geglückt war, die Schiffsschraube loszubekommen und aus dem Wasser zu befördern. Der fehlende Flügel war nicht vollständig abgebrochen. Ein beträchtlicher Stumpf von etwa fünf Zentimetern Länge war zurückgeblieben. Folglich erschien es jetzt wahrscheinlicher, einen neuen Flügel anschrauben oder sonstwie befestigen zu können – selbstverständlich war die Schiffsschraube aus Bronze, und da der neue Flügel aus Eisen wäre, war an Schweißen oder Hartlöten nicht zu denken. Allnutt legte die Schiffsschraube beiseite und widmete sich als nächstes der Aufgabe, die Welle freizubekommen; wenn er die nicht reparieren konnte, war es sinnlos, sich mit der Schiffsschraube zu befassen.

Es war erstaunlich, wie unendlich lange es dauerte, die Welle freizubekommen. Teilweise lag das daran, daß dazu zwei Paar Hände erforderlich waren, ein Paar im Innern des Bootes und ein Paar unterm Boot. Rose mußte der Umgang mit Schraubenschlüsseln beigebracht werden, und ein äußerst umfangreiches Signalsystem mußte ausgetüftelt werden, damit Allnutt, der unter dem Boot im Wasser kauerte, ihr seine Wünsche mitteilen konnte. Die Notwendigkeit für alle diese Signale wurde erst nach mehreren Fehlversuchen offenbar, und es gab nervtötende Augenblicke, bevor die Verständigung wirklich klappte.

Die Welle wies an zwei Stellen eine Krümmung auf, etwas oberhalb und etwas unterhalb der für ihren Gleichlauf verantwortlichen Winkelstütze, etwa fünfzig Zentimeter von der Stelle entfernt, wo sie aus dem Rumpfflansch hervortrat, genau vor der Schiffsschraube. Es war nicht möglich, die Welle durch diese Halterungen in irgendeiner Richtung herauszuziehen, wie Allnutt nach ein paar Versuchen feststellte. Er mußte folglich mit Schraubenschlüssel und Schraubenzieher unter Wasser arbeiten, die ganze Winkelstütze auseinandernehmen, und da er feststellte, daß er so etwas noch nie im Leben gesehen hatte und sich erst durch Tasten damit vertraut machen mußte, war es nicht erstaunlich, daß es sehr viel Zeit in Anspruch nahm. Er stand neben dem Boot im Wasser, den Schraubenzieher in der Hand und den Schraubenschlüssel im Gürtel, holte tief Luft und tauchte unter, tastete hastig nach der Winkelstütze und arbeitete einige flüchtige Sekunden an ihr, bis er keine Luft mehr bekam und wieder hochkommen mußte.

Die AFRIAN QUEEN lag in mäßig ruhigem Wasser im Strudel unterhalb des Felsens, doch nur ein bis zwei Meter entfernt war eine sieben Knoten schnell flußabwärts rasende Strömung, und gelegentlich offenbarte sich irgendeine Laune des Wassers in einem wilden Unterwasserwirbel, der die Barkasse herumriß und Allnutt die Beine wegriß, so daß er sich verbissen festhielt, damit der Strudel ihn nicht in die Hauptströmung hinaustragen konnte, was das sichere Ende bedeutet hätte. Bei einem dieser Wirbel war es, daß Allnutt eine Schraube fallen ließ, die natürlich nicht zu ersetzen war und wiedergefunden werden mußte – er mußte ganz schön lange unter dem Boot zwischen den Felsen tastend suchen, bis er sie wiedergefunden hatte.

Noch bevor er mit seiner Arbeit fertig war, hatte Allnutt in erstaunlichem Ausmaß die Fähigkeit entwickelt, den Atem anzuhalten, und als Folge seiner ausgedehnten Tauchaktionen und seiner Blöße begann sich seine Haut am ganzen Körper in Streifen abzuschälen. Für Rose war es ein entscheidender Augenblick, als sie, über die Schraubenwelle auf dem Schiffsboden gebückt, endlich sah, wie sie durch die Halterungen glitt und Allnutt tropfnaß, die Welle in der Hand, unter dem Boot auftauchte.

Allnutt schüttelte den Kopf beim Anblick der Knicke und Krümmungen, die das Tageslicht nun enthüllte, das Endstück bildete fast einen Winkel von fünfundzwanzig Grad, doch machten sich die beiden verbissen an die Aufgabe, das Ding wieder geradezuschmieden.

In einer Hinsicht war der Anblick jener Knicke eine Erleichterung für Allnutt. Die Tatsache, daß das Metall sich verbogen hatte, anstatt auseinanderzubrechen, zeigte, daß es von jener Härte war, die unter seiner stümperhaften Schmiedearbeit nicht allzu sehr Schaden nehmen würde – Allnutt war sich nur zu gut bewußt, daß sein Wissen, was Härtegrade betraf, ausgesprochen dürftig war. Er tröstete sich philosophisch damit, daß er sich sagte, daß er es hier ja schließlich nicht mit Werkzeugstahl zu tun habe, daß die Welle offensichtlich ziemlich viel Festigkeit besaß und daß, wenn er nicht übermäßig hohe Temperaturen anwandte und das Ding vorsichtig härtete, er möglicherweise nicht allzu viel

Unheil anrichten würde.

Sie hatten nicht die geringste Chance, mit sehr hohen Temperaturen zu arbeiten, wie sie sehr bald entdeckten.

Ihre Bemühungen, Holzkohle herzustellen, blieben ohne Erfolg. Beim Versuch, aus dem Gedächtnis zu rekonstruieren, was sie beobachtet hatten, stellten sie bald fest, daß sie zugesehen hatten, ohne etwas von der Sache zu begreifen. Alles, was sie im Austausch gegen mehrere Holzstöße vorzuweisen hatten, waren Berge weißer Asche und ein paar Stückchen einer Substanz, die nur eine wohlwollende Person als Holzkohle hätte bezeichnen können. In seiner Verzweiflung beschloß Allnutt zu versuchen, einen genügend hohen Hitzegrad mit einem Holzfeuer und einem Blasebalg zu erreichen. Er fertigte den Blasebalg auch recht geschickt aus ein paar Holzscheiten, ein paar Zentimetern Rohr und einem Paar schwarzer, bis zum Ellenbogen reichender Handschuhe, die Rose während der ganzen zehn Jahre, die sie in Ostafrika war, in ihrer Blechkiste aufbewahrt hatte, ohne sie jemals zu tragen. Als sie dann endlich eine gute Form für ihre Feuerstelle, aus aufeinandergetürmten Felsbrocken, gefunden hatten, stellte Allnutt mit Erleichterung fest, daß Aussicht bestand, durch energisches Betätigen des Blasebalgs die massige Welle so weit zu erhitzen, bis er ihre Form mit seinem leichten Handhammer tatsächlich verändern konnte. Sie versengten sich selbst von Kopf bis Fuß, denn das Holz ergab ein loderndes, äußerst ungleichmäßiges Feuer, trotz allem wurde das Metall weich genug, sozusagen bearbeitungsfähig, und Allnutt war inzwischen schon so weit, sich mit Notbehelfen abzufinden.

Angetrieben durch den Blasebalg, den Rose, auf den Knien kauernd mit versengtem Gesicht, fieberhaft betätigte, verzehrte das offene Feuer das Holz natürlich unglaublich schnell. Es dauerte nicht lange, und sie hatten jedes Stückchen Treibholz, an das sie in der Schlucht herankommen konnten, verfeuert, und dabei hatten sie mit der Arbeit noch kaum angefangen. Sie mußten nun die steile Wand der Schlucht hinaufklettern, um in den Wald zu gelangen und dort Holz zu sammeln. Die Hitze war mörderisch, sie wurden von allen möglichen Insekten gestochen, ihre Kleidung zerriß, und sie verausgabten sich bis zur Erschöpfung, als sie Pfade durch das Unterholz schlugen. Kein Mensch auf Erden hätte es fertiggebracht, mit einer Ladung Holz jene Felswand hinunterzuklettern; sie mußten es bündelweise an den Rand der Schlucht schleppen und hinunterwerfen, wobei einige Bündel direkt in den Fluß fielen und ein oder zwei an unzugänglichen Felsvorsprüngen hängenblieben und, obwohl sie noch zu sehen waren, genauso unwiederbringlich verloren waren; doch gelang es ihnen, etwa die Hälfte von dem Holz, das sie im Wald gesammelt hatten, zu retten.

Seltsamerweise waren sie in diesen Tagen voller hektischer Betriebsamkeit glücklich wie die Kinder. Harte, ordentliche Arbeit sagte beiden zu, und sobald Allnutt von Roses brennendem Wunsch, die Arbeit zu Ende zu führen, angesteckt worden war, hatten sie den Tag über ein gemeinsames Interesse. Und jeden Tag kam dann am späten Nachmittag die freudige Genugtuung, Feierabend zu machen und in dem Gefühl freundlicher Kameraderie zu schwelgen, das sie einander näherbrachte, bis ihre Leidenschaft geweckt wurde und sich ihre Hände und Lippen fanden. Rose war noch nie so glücklich gewesen, und dies traf gleichermaßen vielleicht auch auf Allnutt zu. Sie konnten zusammen lachen und scherzen; Rose hatte in den ganzen dreiunddreißig Jahren ihres Daseins noch nie so gelacht oder gescherzt. Ihr Vater hatte sein Geschäft so ernstgenommen, wie er (und ihr Bruder) die Religion ernstgenommen hatte. Nie zuvor war ihr klargeworden, daß Freundlichkeit und Fröhlichkeit gleichberechtigt neben einem ernstzunehmenden Ziel im Leben bestehen konnten, ebensowenig wie sie geahnt hatte, daß die Vereinigung der Geschlechter Vergnügen bereitet. Ihre gegenseitige Gesellschaft war für beide höchst befriedigend.

Nach und nach bekam die Schraubenwelle wieder eine gerade Form. Geduldiges Erhitzen und geduldiges Hämmern trugen Früchte. Die größeren Krümmungen verschwanden, und Allnutt wandte seine Aufmerksamkeit den kleineren zu. Er mußte jetzt schon eine straff gespannte Schnur verwenden, um den geraden Vorlauf der Welle prüfen zu können, und er mußte eine Lehre aus Draht anfertigen, um Abweichungen des Durchmessers feststellen zu können, so genau stimmte alles. Und eines schönen Morgens genügte sie sogar seinem hohen Anspruch, und er erklärte, die Welle sei nun so gut, wie er sie hinbekommen könne. Er konnte sie nun beiseite legen und seine Aufmerksamkeit der weit schwierigeren Angelegeheit des Schiffsschraubenflügels zuwenden.

Schließlich fertigte Allnutt jenen neuen Flügel aus einer halben Reserveröhre des Kessels. Seine Arbeiten an der Welle hatten ihn einiges von der praktischen Seite des Schmiedehandwerks gelehrt, und die Erfahrungen, die er bei der Herstellung des Schiffsschraubenflügels sammelte, vervollständigten sozusagen seine Ausbildung. Unter dem Druck der Notwendigkeit und motiviert durch Roses vertrauensvollen Glauben an seine Fähigkeiten, ersann Allnutt alle möglichen Methoden, mit jener Kesselröhre umzugehen; man könnte fast sagen, er erfand einige Verfahren zu ihrer Herstellung nochmals neu. Er schmiedete das eine Ende zu einer soliden Scheibe, klopfte auf ihr herum und formte sie, bis sie allmählich ein Aussehen annahm, das an die beiden anderen Flügel, die ihm als Modelle dienten, erinnerte.

Die Schlucht hallte wider vom Klang seiner Hammerschläge. Rose fungierte als seine emsige Gehilfin. Sie kümmerte sich um das Feuer, betätigte den Blasebalg und hielt, die Hände mit Lumpen geschützt, das nur dem Namen nach kühle Ende der Röhre, während Allnutt seine Instruktionen gab. Ihre Nase war erfüllt vom Geruch verbrannten Stoffs, sie verbrannte sich wieder und wieder die Finger, und beinahe jedes einzelne Kleidungsstück, das sie und Allnutt besaßen, war angesengt und zerrissen, bis sie schließlich das hoffnungslose Bemühen, die Schicklichkeit zu wahren, aufgaben; irgendwie genoß sie jede Minute des Ganzen.

Zu beobachten, wie der neue Flügel Gestalt annahm, war höchst interessant, und sie führten aufregende Diskussionen, auf welche Weise diese oder jene Schwierigkeit vermieden werden könne. Allnutt fand alles ganz nach seinem Geschmack; es lag Befriedigung in dem primitiven Vergnügen, mit den eigenen Händen etwas anzufertigen.

»Wenn mein alter Pa mich als Kind aufs Schmiedehandwerk gebracht hätte«, sagte Allnutt einmal, »glaub ich nicht, daß ich je nach Afrika gekommen wär. Donnerwetter! Ich könnte immer noch . . .«

Allnutt verlor sich in der bildhaften Vorstellung von einem Londoner Einkaufsviertel der Arbeiterklasse an einem Samstagabend, erfüllt vom Duft der Fischstuben, grell beleuchtet und von Menschen wimmelnd. Eine leichte Anwandlung von Heimweh beschlich ihn, bevor er wieder zur Realität zurückfand, zu der

Schlucht mit ihren blaßrosa Felsen, zum lärmenden Fluß und blendenden Licht und zur AFRICAN QUEEN, die in dem Strudel unten schaukelte, und zu Rose neben ihm.

»Aber dann hätte ich dich nicht getroffen, Rosie, altes Mädchen«, fuhr er fort. Er betastete den im Entstehen begriffenen Schiffsschraubenflügel. »Und das hätte ich auch alles nicht gemacht. Das ist die Sache wert. Immer wieder, ehrlich.«

Allnutt hätte Rose für alle Fischstuben in der Welt nicht hergegeben.

Etwas später erforderte der Schraubenflügel allmählich genaues Maßnehmen, so ähnlich war er seinen Gegenstücken geworden. Allnutt mußte kompliziert geformte Meßgeräte erfinden, um sicherzustellen, daß die Krümmung und Kontur der Originalflügel genau reproduziert wurden, und bevor dieser Teil der Arbeit ganz fertig war, wandte er seine Aufmerksamkeit dem anderen Ende zu und machte sich daran, eine Fassung zu schmieden, die auf das abgebrochene Ende passen sollte, und Löcher zu bohren, mit deren Hilfe die Fassung verhältnismäßig sicher angebracht sein würde. Tatsächlich kam dann auch endlich der Augenblick, da der fertiggestellte Flügel über den Stumpf gestülpt wurde und Rose eine praktische Demonstration in Sachen Vernieten geboten bekam – Allnutt machte die Nieten aus Nägelenden, und Rose hatte es nicht leicht als ›Festhalter‹: weder Schraubenschlüssel noch Beißzange konnten als wirklich wirkungsvolle Zange benutzt werden.

Der neue Flügel war jetzt an seinem Platz, glich seinen Gegenstücken aufs Haar und schien bei flüchtiger Betrachtung fest genug zu sitzen, doch Allnutt war damit noch nicht zufrieden. Er konnte die Hebelwirkung abschätzen, der ein Schiffsschraubenflügel in schneller Umdrehung ausgesetzt war, und den Zug, den sein unterer Teil – die behelfsmäßige Verbindungsstelle – aushalten mußte. Er riskierte es, die Leistungsfähigkeit der Schiffsschraube leicht zu vermindern, und verband alle drei Flügel miteinander mittels straff gespannten Drahtes. Das würde dazu beitragen, den Zug auf die ganze Schiffsschraube zu verteilen.

»Das müßte jetzt eigentlich reichen«, sagte Allnutt. »Hoffen wir's wenigstens.«

Die Schraubenwelle wieder an ihren alten Platz zu befördern, sie in ihren Halterungen zu befestigen und die Schiffsschraube wieder anzubringen, erforderte eine neue Serie an Unterwasseraktivitäten von Allnutt.

»Donnerwetter noch mal«, sagte Allnutt, der tropfnaß an einer Seite der AFRICAN QUEEN auftauchte. »Ich hätte besser Taucher werden sollen und kein verflixter Schmied. Gib mir mal den anderen Schraubenschlüssel rüber, Rosie, dann werd ich mich noch mal auf den Weg machen.«

Allnutt war ihr inzwischen sehr ans Herz gewachsen, und sie fand seine Bemerkungen außerordentlich witzig.

Als Welle und Schraube am richtigen Platz waren, bestand nur eine geringe Chance, die Arbeit zu testen. Hatten sie einmal das Ufer verlassen, mußten sie wohl oder übel die nächste Stromschnelle hinunterfahren. Allnutt machte Dampf im Kessel und ließ der Schiffsschraube einige Umdrehungen lang freien Lauf, bis die Halbtaue straff gespannt waren, und ging dann nach achtern, um noch ein paar weitere Umdrehungen zu testen. Es genügte als Beweis, daß Welle und Schiffsschraube sich drehen würden, doch darüber hinaus bewies es nichts. Es bewies weder, daß die Schiffsschraube voller Belastung standhalten würde, noch, daß die Welle unter dem Druck des Dampfes nicht nachgeben würde. Sie würden das in den Stromschnellen herausfinden, mit dem Tod vor Augen, falls Allnutts Arbeit seinen Zweck verfehlt haben sollte.

In der vergangenen Nacht hatten beide diese Lage vor Augen, und keiner hatte gewagt, sie zu erörtern. Sie hatten sich in den Armen gehalten. Rose hatte feuchte Augen bekommen, und Allnutts Umarmung war fordernd und besitzergreifend gewesen; beide quälte die Furcht, den anderen zu verlieren. Und an diesem Morgen waren sie sich stillschweigend der Gefahr, die auf sie zukam, bewußt und erwähnten sie immer noch mit keinem Wort. Dampf stieg auf, eine volle Ladung Holz befand sich an Bord, sie waren zur Abfahrt gerüstet. Allnutt sah sich ein letztes Mal um, sein Blick streifte ihre aus Felsblöcken errichtete Feuerstelle, seinen ebenfalls aus Felsblöcken bestehenden Amboß und den Haufen Asche, der die Stelle eines ihrer Experimente, durch Verbrennen Holzkohle zu bekommen, kennzeichnete. Er wandte sich Rose zu, die steif und trockenen Auges neben dem Ruder stand. Sie brachte kein Wort heraus; sie konnte ihm nur zunicken. Wortlos löste er die Vertäuung und hielt die AFRICAN QUEEN mit dem

Bootshaken gleichmäßig im Strudel, während Rose kritisch die Wasseroberfläche prüfte. »In Ordnung!« sagte Rose, der die Stimme versagte. Über dem Tosen des Flusses und dem Zischen des Dampfs drang der Klang ihrer Stimme kaum an Allnutts Ohr. Allnutt stieß sie mit dem Bootshaken ab, und als der Bug in die Strömung eintauchte, öffnete er vorsichtig das Drosselventil.

»Leb wohl, Liebling«, sagte Allnutt, über die Maschine gebeugt.

»Leb wohl, Liebling«, sagte Rose am Steuerruder.

Keiner von beiden hörte den anderen, und es sollte auch keiner den anderen hören; ein erhabener Mut erfüllte beide.

Die AFRICAN QUEEN drängte hinaus in den Strom. Einen Augenblick lang hatten beide das Gefühl, irgend etwas sei nicht in Ordnung, da die Schraubenwelle nicht mehr schepperte – sie war jetzt gerader als vor dem Zwischenfall. Allem zum Trotz hielten Welle und Schiffsschraube stand. Die Barkasse drehte sich ruckartig herum, als ihr Bug auf die Strömung stieß, und Rose schob das Steuerruder auf die andere Seite. Im nächsten Augenblick flogen sie wieder flußabwärts, Allnutt aufmerksam auf die Maschinen achtend und Rose am Ruder, mit starr nach vorn gerichtetem Blick, bestrebt, sich einen Kurs durch den wogenden Schaum der auf sie zukommenden Stromschnelle zu suchen.

9.

Irgendwo auf ihrem Weg kamen sie an diesem Tag an der Stelle vorbei, wo der Ulanga seinen Namen ändert und von da an Bora heißt. Dieser Punkt war auf keiner Karte verzeichnet, weil von diesem Gebiet noch nie zuvor eine Karte angefertigt worden war, mit Ausnahme der verschwommenen Skizzen, die Spengler im vergangenen Jahr gezeichnet hatte. Bis zu dem Zeitpunkt, da es Spengler und seinen Ruderern gelang, mit einem Kanu den Fluß hinunterzufahren, hatte niemand, mochte man es auch geahnt haben, wirklich gewußt, daß der mächtige, reißende Fluß, der sich durch das Hochland wand und in den engen Felsschluchten bei Shona verschwand, derselbe Strom war, der hundert Meilen von Shona entfernt in dem undurchdringlichen Dschungel des Zentralafrikanischen Grabens auftauchte und sich rasch wieder in dem riesigen Flußdelta verlor, das er am Ufer des Sees für sich selbst angelegt hatte.

Die eingeborene Bevölkerung hatte sich vor der Ankunft der Deutschen nie den Kopf darüber zerbrochen. Das Bora-Delta war ein widerlicher Fiebersumpf; die Stromschnellen des Ulanga waren so, wie Rose und Allnutt sie vorgefunden hatten. Niemand, der seine fünf Sinne beisammen hatte, verschwendete auch nur eine Minute lang einen Gedanken an den einen oder anderen Teil, und da keine passierbare Verbindung zwischen dem oberen und dem unteren Fluß existierte, war es völlig unwichtig, daß sie zufälligerweise verschiedene Namen trugen.

Letzten Endes waren ihre unterschiedlichen Namen auch durch ihr unterschiedliches Aussehen gerechtfertigt. Der Wechsel von dem steilen Gefälle an der Seite des Grabens zu seinem flachen unteren Teil war höchst bemerkenswert. Das Tempo des Flusses wurde abrupt schwächer, ebenso änderte sich auch der Charakter seiner Ufer.

Der Ulanga ist, wo er mit seiner üblichen halsbrecherischen Geschwindigkeit dahinbraust, mit allen Arten von Geröll beladen und führt große Teile seines Flußbetts mit sich. Kaum erreicht er jedoch das flache Land, setzen sich diese Aufschlämmungen in Form von Schlick und Kies am Grund fest; der Fluß dehnt sich in die Breite, schnürt sich fast die Luft ab mit lauter Inseln und bildet neue, träge Wasserläufe. Die Vermutung liegt nahe, daß der See, zu der Zeit, als er entstand, sich beinahe bis hinauf zum Rand des Senkgrabens erstreckte, in dem er lag, doch hat der Ulanga – der Bora, wie man ihn jetzt nennen muß – ungezählte Jahrhunderte lang seine Schuttmassen am Rand des Sees abgeladen, bis ein riesiges Flußdelta entstanden war, ein Delta von so großen Ausmaßen, daß es sich entlang seiner drei Seiten auf einer Länge von dreißig Meilen erstreckte und auch noch in den See übergriff, ein trostloses, morastiges, amphibisches Gebiet, halb schwarzer Schlamm, halb Wasser, dampfend in der tropischen Hitze, überwuchert von dichter Vegetation, in nur sehr geringem Maß tierisches Leben beheimatend und verseucht von Insekten.

Rose und Allnutt fanden schon sehr bald Anzeichen, daß das Übergangsstadium bevorstand. Einige Zeit lang war die Strömung so stark wie stets bisher, und auch der Strom verlief weiterhin ungleichmäßig, doch nahmen die ihn einrahmenden Felswände ständig an Höhe und Steilheit ab, bis sich Rose und Allnutt schließlich nur noch in einem flachen Tal befanden, neben sich einen riesigen von Schlingpflanzen durchwucherten Urwald, und als sie aus dem Schatten herausfuhren, stach die Sonne auf sie herab, mit einer überwältigenden Intensität, wie sie sie von den schattigen Seitenarmen des Oberlaufes nicht kannten. Die Hitze war mörderisch. Und obwohl sie sich durch die drückende Luft vorwärts bewegten, waren sie sofort in Schweiß gebadet, einen Schweiß, der einfach nicht verdunsten wollte, sondern an ihrem Körper hinunterströmte und überall dort kleine Pfützen bildete, wo sich ihm ein Hindernis in den Weg stellte; er tropfte ihnen in die Augen, stach und blendete sie.

Rose wischte ihn sich vom Gesicht, als sie die AFRICAN QUEEN durch die letzten Stromschnellen steuerte – nicht die tosenden Katarakte, die sie kennengelernt hatte. Es war ein breiteres, seichteres Flußbett, in dem das Wasser mit scheinbar hoher Geschwindigkeit hinabströmte und in dem Baumstämme und Untiefen an die Stelle der umschäumten Felsen des oberen Flußgebiets traten. Die Fähigkeiten, schnell zu denken und sorgfältig zu steuern, waren immer noch erforderlich, weil plötzlich in der Mitte des Flusses Untiefen auftauchten und die tieferen Kanäle sich immer wieder von neuem teilten, immer schneller über den Grund jagten und immer flacher wurden, bis schließlich das darunter liegende Felsenmassiv passiert war und das Flachwasser über einem steilen, scharfen Grat in verhältnismäßig tiefes und langsam fließendes Wasser überging.

Dann konnten sie eine Zeitlang eine Atempause einlegen, bis ein erneuter Farbwechsel im Wasser und neue Gefahrenzeichen vor ihnen in Form von glitzernden Stellen voll kleiner, gekräuselter Wellen eine neue Serie sich nähernder Untiefen ankündigten und Rose ihren Kurs eine halbe Meile vorausplanen mußte und einen kontinuierlich tiefen Kanal wie einen Weg durch einen Irrgarten auswählte, bis hin zur fernen Linie des nächsten steilen Grats. Sie wußte inzwischen genug über Schiffe, um erraten zu können, daß, falls sie einen Weg aussuchte, der sich in dahinjagendem Flachwasser verlor, sie dahinrasen würden, bis sie auf Grund stießen und Schiffsschraube und Welle wieder beschädigt würden. Außerdem würde, zog man in Betracht, wie schnell der Fluß dahinschoß, das Boot wahrscheinlich herumgerissen und unter den sich auftürmenden Wassermassen begraben werden; es würde kentern und in Stücke gerissen, während sie und Charlie ... Sie erlaubte ihren Gedanken nicht, sich weiter mit dieser Möglichkeit zu befassen, sondern widmete sich aufmerksam, mit zusammengezogenen Brauen der Aufgabe, dafür zu sorgen, daß der Weg, den sie wählte, nicht auf diese Weise endete.

Das Wetter schlug so unvermittelt um, wie man es dem Gebiet um den Großen Graben nachsagt. Riesige schwarze Wolken türmten sich am Himmel und verstärkten die Dumpfheit der Hitze, bis sie kaum noch zu ertragen war. Unmittelbar danach donnerte und blitzte es, und der in Strömen herabprasselnde Regen verhüllte die Landschaft ebenso wirksam, wie es dichter Nebel zu tun pflegt. Bei den ersten Anzeichen des bevorstehenden Sturms hatte Rose begonnen, die AFRICAN QUEEN in Richtung Ufer zu steuern, und es fing gerade an zu regnen, als Allnutt seinen Bootshaken in den Stumpf eines mächtigen Baumes trieb, der, schon fast verdorrt, bedenklich nahe am Rand des Wassers wuchs und dessen Wurzeln zur Hälfte frei lagen. Der Fluß hatte die Böschung rings um ihn herum weggespült, so daß er eine kleine, von dunkel dahinbrausendem Wasser umgebene Insel bildete, und so saßen sie ungemütlich da und warteten, bis der Sturm vorbei war, während das Boot am Tau hin und her schwang.

Das Licht war fahl und drohend, der Donner grollte unablässig, begleitet von ständig zuckenden Blitzen. Und doch war das Rauschen des Flusses und der auf das Boot prasselnde Regen ebenso laut wie das Dröhnen des Unwetters. Unbarmherzig trommelte der Regen auf sie ein und betäubte sie fast. Sie hatten jetzt nicht einmal mehr ein Segel, das ihnen seinen dürftigen Schutz bot. Das einzige, was sie tun konnten, war, dazusitzen und alles über sich ergehen zu lassen, als wären sie unter einer voll aufgedrehten lauwarmen Dusche, kaum in der Lage, die Augen zu öffnen.

Der warme Wind, der den Regen begleitete, ließ die AFRICAN QUEEN trotz des stetigen Zugs der Strömung an ihrem Tau zerren, und bevor sich noch das Unwetter gelegt hatte, blies der Wind aus zwei Dritteln der Himmelsrichtungen, wobei er immer wieder sprunghaft drehte, bis Allnutt schließlich, halbblind und taub, wie er war, den Bootshaken hervorholen und das Boot vom Ufer weghalten mußte, damit der Wind es nicht auf den Strand trieb und Welle und Schiffsschraube wieder gefährdet würden.

Dann endlich war das Unwetter so schnell vorüber, wie es gekommen war, der Wind wurde schwächer, und die Nachmittagssonne brach hervor, brannte auf sie nieder und verwandelte den ganzen Fluß in ein Dampfbad; sie konnten die Pumpe wieder hervorholen und sich damit abplagen, das Boot von dem Wasser zu befreien, das bis zu den Bodenplanken stand.

Als der Regen aufhörte, kamen die Insekten, riesige Schwärme von blutdürstigen Insekten, die die Luft mit ihrem Gewinsel erfüllten. Nicht einmal Roses und Allnutts in der oberen Ebene gewonnenen Erfahrungen mit Insekten hatten sie auf eine Attacke dieser Spezies des unteren Tals vorbereitet. Sie waren zehnmal, ja zwanzigmal schlimmer als die, welche sie auf dem Ulanga kennengelernt hatten; darüber hinaus hatte die relative Freiheit, die sie in den tiefen Felsschluchten genossen hatten, dazu geführt, daß sie nun weniger daran gewöhnt und noch empfindlicher dagegen waren. Hier unten tauchte eine Fliegenart auf, die sie noch nicht kannten, eine kleine, schwarze Sorte, deren Stich dem einer rotglühenden Nadel gleichkam, und die bei jedem Stich einen Tropfen Blut hinterließ, und diese Sorte war so zahlreich vertreten wie jede der ungefähr ein Dutzend Fliegen- und Mückenarten, die sie summend umschwirrten, ihnen in Auge, Mund und Nase drangen und erbarmungslos auf jedes entblößte Fleckchen Haut einstachen. Es war geradezu eine Strafe, lebendig zu sein.

Das Herannahen des Abends und der plötzliche Einbruch der Nacht trugen in keiner Weise dazu bei, ihre Angriffe schwächer werden zu lassen. Es schien absurd, in diesem Inferno klebriger Hitze, der ständigen Marter jener geflügelten Teufel ausgesetzt, auf Schlaf zu hoffen. Die Erinnerung an ihr gestriges Bett, verhältnismäßig kühl und frei von Insekten, als sie Seite an Seite in glücklicher Vertrautheit dagelegen hatten, schien wie die Erinnerung an einen Traum. An diesem Abend schreckten sie davor zurück, sich zu umarmen, und wälzten sich auf ihrem unbequemen Bett wie auf einer Folterbank. Schlaf schien unerreichbar, und doch waren sie beide völlig erschöpft von den Aufregungen des Tages.

Irgendwann in der Nacht stand Allnutt auf und tastete in der Dunkelheit nach etwas.

»Hier«, sagte er. »Wollen mal das versuchen, altes Mädchen. Schlimmer kann es nicht mehr werden.«

Er hatte die alte Segeltuchplane gefunden, und sie breiteten sie über sich aus, obwohl sie meinten, sie würden umkommen unter einer Bedeckung. Sie zogen sich das Segeltuch über Gesicht und Ohren, schweißgebadet in der drückenden Hitze. Und doch war die Hitze erträglicher als die Insekten. Schließlich schliefen sie ein, halb gekocht und halb erstickt. Als sie am Morgen erwachten, war ihnen ganz schwindlig vor Kopfweh, ihre Gelenke schmerzten, und ihre Kehle war so zugeschnürt, daß sie kaum schlucken konnten. Und die Insekten attackierten sie immer noch.

Obwohl jede Bewegung Höllenqualen bereitete, mußten sie durch übel riechenden Schlick ans Ufer waten; ein halbes Dutzend Hin- und Rückwege waren nötig, bevor die AFRICAN QUEEN mit Brennmaterial beladen war, das ausreichte, um sie über den Tag zu bringen. Die Sonne strahlte schon wieder so intensiv, daß die Bodenplanken ihre Füße anzusengen schienen, und nur Allnutts abgehärtete Hände konnten die Berührung mit Metall ertragen. Wie er es fertigbrachte, die Hitze des Feuers und des Kessels zu ertragen, war unvorstellbar für Rose; ihr genügte schon die Hitze, die zu ihr ins Heck drang.

Aber die Fahrt, die sie wieder machten, brachte zumindest Befreiung von den Insekten. Das Tempo der AFRICAN QUEEN war hoch genug, um diese Plage hinter sich zu lassen, und draußen in der Mitte des Flusses, der an dieser Stelle eine halbe Meile breit war, tauchten keine neuen Insekten auf. Es lohnte sich, dafür die vernichtende Hitze der Sonne zu ertragen.

Der Charakter des Flusses und der Landschaft änderte sich rasch. Um sie herum wurde das Wasser, das wieder den vertrauten braunen Farbton des oberen Flußlaufs angenommen hatte, dunkler und dunkler, bis es fast schwarz war. Die Strömung wurde merklich schwächer, und noch ganz früh am Tag überwanden sie die letzte Stromschnelle jener Art, die sie gestern so häufig angetroffen hatten. Das deutete auf das letzte Felsmassiv hin, das sich quer durch das Flußbett erstreckte; sie hatten das Gefälle jetzt endgültig hinter sich und waren am Grund des Senkgrabens angelangt. Es gab jetzt keine gefährlichen Baumstümpfe mehr; der Fluß war viel zu tief. Bei einer Breite von einer halben Meile und einer Tiefe von etwa achtzehn Metern wurde die Strömung schwächer, bis sie fast nicht mehr zu spüren war, obwohl ein Flußingenieur in der Lage gewesen wäre zu berechnen, daß das Volumen des Wassers, das in einer gegebenen Zeit einen gegebenen Punkt passierte, gleich dem Wasservolumen weiter oben war, wo der enge, seichte Kanal zwischen den Klippen dahingebraust war.

An beiden Ufern tauchten jetzt weite Flächen auf, die mit Schilf bewachsen waren – Papyrus und Ambash. Etwas weiter entfernt wies ein Schilfrohrgürtel auf sumpfige Uferböschungen hin, und jenseits des Schilfrohrs konnte man den Urwald sehen, dunkel und undurchdringlich. Draußen in der Flußmitte herrschte Stille, abgesehen vom Rasseln der Maschine und vom Geräusch des Kielwassers; die AFRICAN QUEEN bahnte sich unter der brennenden Sonne ihren Weg durch das schwarze Wasser. Auf dieser riesigen, ausgedehnten Wasserfläche schienen sie sich im Schneckentempo vorwärts zu bewegen; Schleifen und Biegungen tauchten im Verlauf des Flusses auf, für deren Durchschiffung sie volle zwei Stunden brauchten – allem Anschein nach sinnlose Biegungen, denn es änderte sich nichts an der flachen Eintönigkeit der Uferböschungen.

Obwohl es nun nicht mehr nötig war, nach gefährlichen Baumstümpfen und Stromschnellen Ausschau zu halten, war doch noch eine gewisse Wachsamkeit von Roses Seite aus angebracht. Oft war die Oberfläche des Flusses durch dahintreibenden Abfall behindert, Knäuel von Unkraut und Schilfrohr, Zweige und Stämme, die der Schiffsschraube gefährlich werden konnten; die Strömung war hier zu schwach, um dieses Treibgut ans Ufer abzudrängen und dort am Strand abzulagern. Nach der Monotonie des Steuerns war es eine Erleichterung, die gefährlicheren Stämme auszumachen, die fast völlig unter Wasser dahintrieben; bald begann Rose, einen Kurs zu planen, der sie nacheinander in die Nähe jeder dieser schwimmenden Massen brachte, so daß sie und Allnutt in der Lage waren, jene Holzstücke, die wegen ihrer Größe als Brennmaterial geeignet waren, auszuwählen und an Bord zu ziehen. Auf eine nicht zu beschreibende Art tröstete es Roses sparsame Seele ungemein, die AFRICAN QUEEN durch diese Maßnahme noch unabhängiger vom Ufer zu machen, und in der Tat war es, wie Rose sich selbst sagte, im Hinblick auf die Sumpfigkeit und Unzulänglichkeit der Ufer nur gut, ihre Brennstoffvorräte auf einem möglichst hohen Stand zu halten. Das Heizmaterial, das sie auf diese Weise auffischten, genügte, um in beträchtlichem Maß dazu beizutragen, ihren bereits gesammelten

Vorrat zu strecken, wenn es auch nicht ihren gesamten Verbrauch deckte.

Jener eintönige Tag, an dem Sonne und Wasser einen so monotonen Eindruck hinterlassen hatten, neigte sich allmählich seinem Ende zu. Allnutt kam mit einem erstaunlichen Vorschlag nach hinten zu Rose.

»Wir brauchen heute abend nicht am Ufer anzulegen, altes Mädchen«, sagte er. »Der Grund ist hier schlammig, und wir können wieder den Anker benutzen. Ich bin dafür, daß wir hier draußen vor Anker gehen. Die Mücken werden uns hier nicht finden. Wir wollen doch nicht noch mal so eine Nacht wie gestern durchmachen, wenn es sich irgendwie vermeiden läßt.«

»Hier vor Anker gehen?« sagte Rose. Eine solche Möglichkeit wäre ihr nie in den Sinn gekommen. Fünf Meter war das Äußerste an Entfernung vom Festland gewesen, das sie jemals erlebt hatte, wenn sie nachts vor Anker lagen, und das war in den Seitenarmen des oberen Flusses gewesen – vor Monaten, wie ihr schien. Es kam ihr seltsam vor, in einem so winzigen Boot eine Viertelmeile vom Festland entfernt haltzumachen, und doch sprach offensichtlich nichts dagegen.

»In Ordnung«, sagte sie schließlich.

»Dann werd ich das Feuer nicht weiter schüren, und wo wir dann anhalten . . .«

»Ankern wir«, waren die Worte, die Allnutt gebrauchen wollte, doch blieb ihm keine Zeit, sie auszusprechen, da eine kleinere Unregelmäßigkeit der Maschine ihn mit einem Satz nach vorn springen und nach dem Rechten sehen ließ. Er drehte sich um und grinste Rose beruhigend zu, nachdem er die Sache wieder in Ordnung gebracht hatte.

Allmählich wurde das Tuckern der Maschine immer schwächer, und die AFRICAN QUEEN kam nur noch schleppend voran, bis man die Vorwärtsbewegung kaum noch wahrnahm. Allnutt ging nach vorn und ließ den Anker fallen, der seine Kette mit gewaltigem Gerassel hinter sich herzog, einem Gerassel, das sich echoartig über den Fluß ausbreitete und riesige Vogelschwärme aus dem Urwald aufsteigen ließ.

»Bin mir nicht sicher, ob er ganz auf dem Grund gelandet ist«, sagte Allnutt philosophisch. »Doch das macht nichts aus. Wenn wir auf irgendwas Gefährliches zutreiben, wird dieser alte Anker uns stoppen, bevor uns diese Gefahr zu nahe kommt. Es gibt nichts, was uns in zwanzig Meter tiefem Wasser gefährlich werden könnte. Und jetzt laß uns um Himmels willen irgendwas aufziehen, das uns ein bißchen Schatten gibt. Ich hab von dieser Sonne so viel gesehen, daß es mir fürs ganze Leben reicht.«

Obwohl der Tag schon so weit fortgeschritten war, brannte die Sonne immer noch unbarmherzig auf sie herab, doch Allnutt breitete die Überreste des Sonnensegels über ihren Köpfen und eine Decke entlang der Segelstützen aus, und nun gab es eine hochwillkommene schattige Stelle auf den Achtersitzen, wo sie sich, die Augen vor dem hartnäckigen, grellen Licht geschützt, zurücklehnen konnten. Wie Allnutt prophezeit hatte, blieben sie hier beinahe unbehelligt von der Mückenplage; die wenigen Insekten, die kamen, um zu stechen, wurden kaum zur Kenntnis genommen von Leuten wie ihnen, die einen Tag zuvor den Angriff von Millionen über sich hatten ergehen lassen müssen.

Rose und Allnutt konnten jetzt sogar wieder den Gedanken ertragen, sich gegenseitig zu berühren; sie konnten sich wieder küssen und zärtlich miteinander sein. Rose konnte Allnutts Kopf wieder an ihre Brust ziehen und ihn in einer erneuten Gefühlswallung an sich drücken. Und später, als Ruhe über beide gekommen war, konnten sie miteinander reden, mit gedämpfter Stimme, um sich der unendlichen Stille des Flusses anzupassen.

»Nun«, sagte Allnutt. »Wir haben es geschafft, altes Mädchen. Wir sind allen Ernstes den Ulanga hinuntergekommen. Ich hätte nicht gedacht, daß es zu schaffen ist. Du warst diejenige, die gesagt hat, wir könnten es schaffen. Wenn du nicht daran geglaubt hättest, wären wir jetzt nicht hier. Bist du nicht stolz auf dich, Liebes?«

»Nein«, sagte Rose ungehalten. »Natürlich nicht. Du hast es zuwege gebracht. Sieh doch nur, wie du die Maschine wieder in Gang gebracht hast. Schau nur, wie du die Schiffsschraube repariert hast. Es liegt keineswegs an mir.«

Rose meinte wirklich, was sie sagte. Sie fing tatsächlich allmählich an, die Zeit zu vergessen, als sie sich genötigt gesehen hatte, ihn durch ihr Schweigen zu zwingen, die Reise fortzusetzen. In mancher Hinsicht war dies entschuldbar, denn so vieles war inzwischen geschehen. Wenn Rose nicht gewußt hätte, daß seit Beginn der Reise erst vier Wochen vergangen waren, hätte sie die

Zeit auf mindestens drei Monate geschätzt. Doch hatte ihre Vergeßlichkeit auch noch einen anderen Grund; sie vergaß, weil sie vergessen wollte. Nun, da sie wieder einen Mann für sich hatte, schien es ihr unnatürlich, daß sie ihre Weiblichkeit so weit vergessen haben sollte, Pläne zu schmieden und Allnutt zu etwas zu zwingen und so weiter. Es war Allnutt, dem der Lorbeer gebührte.

»Ich glaube nicht«, sagte sie, sehr entschieden, »daß es noch einen Mann auf Erden gibt, der das fertiggebracht hätte.«

»Glaube nicht, daß jemand es gerne versuchen würde«, sagte Allnutt, was eine sehr witzige Bemerkung war, die Rose ein Lächeln entlockte.

»Heute abend werden wir gut zu Abend essen«, sagte Rose und sprang auf. »Nein, rühr dich nicht vom Fleck, Liebster. Bleib du in aller Ruhe sitzen und rauch deine Zigarette.«

Sie hatten wirklich ein gutes Abendessen, lauter Delikatessen, die der belgische Bergwerksdirektor im Rahmen seiner vierzehntägigen Lieferungen erhielt – Tomatensuppe aus der Büchse, Hummer aus der Büchse, eine Büchse Spargel, eine Büchse Aprikosen – mit Kondensmilch – und eine Dose Kekse. Sie versuchten eine Dose ›pâté de foie gras‹, doch mochten sie es beide nicht und beförderten die noch halbvolle Dose in gegenseitigem Einverständnis über Bord. Und nachdem sie noch Unmengen von Tee in sich hineingeschüttet hatten, waren beide der festen Überzeugung, gut gespeist zu haben. Sie gehörten einer Generation und Gesellschaftsschicht an, die in dem Denken erzogen worden war, daß alles gute Essen aus Büchsen kam, und ihre in Afrika verbrachten Jahre hatten sie diesbezüglich keines Besseren belehrt.

Die Nacht senkte sich herab, und der Fluß dehnte sich nach beiden Seiten grenzenlos und gewaltig im Sternenlicht aus. Das Wasser war wie schwarzes Glas, ungekräuselt von jeglichem Windstoß, und tief im Innern glühten die Widerspiegelungen der Sterne, als wären sie echt. Sie verfielen in einen träumerischen Geisteszustand, der ihnen vorgaukelte, sie schwebten hoch über der Erde, Sterne über und unter sich; das sanfte Schaukeln des Boots, wenn sie sich bewegten, verstärkte noch die Illusion.

»Donnerwetter!« sagte Allnutt, den Kopf an Roses Schulter.

»Ist es nicht wunderschön?« pflichtete Rose ihm bei.

Doch trotz dieser einschläfernden friedlichen Stimmung, trotz aller Liebe, die sie füreinander empfanden, waren beider Herzen erfüllt von kriegerischen Gedanken. Roses edler Entschluß, den See von Englands Feinden zu befreien, brannte so stark wie eh und je in ihr, auch wenn sie vielleicht nicht mehr darüber sprach. Von Hanneken würde nicht mehr lange unangefochten die Flagge mit dem Eisernen Kreuz frech auf dem Wittelsbacher See zur Schau stellen, wenn sie es verhindern konnte. Immer wieder dachte sie ruhig und vertrauensvoll an die Gasflaschen und an die Kisten mit dem Sprengstoff im Vorschiff, genauso wie sie unter anderen Gegebenheiten an ein mit Seifenstücken gefülltes Bord in einem Vorratsschrank denken mochte, in dem alles zum Frühjahrsputz bereit lag. Ihre Triebfeder war kein hochfahrender Ehrgeiz oder die Sehnsucht, Florence Nightingale, Grace Darling oder Jeanne d'Arc den Rang streitig zu machen. Sie sah es vielmehr als eine Pflicht an, die erfüllt werden mußte, vergleichbar mit der Pflicht, Geschirr abwaschen zu müssen. Rose verlangte vom Leben nicht mehr, als etwas tun zu dürfen.

Was die Einzelheiten anging, so würde sich Charlie um diese kümmern müssen. Zünder und Sprengstoff paßten besser zu einem Mann. Charlie würde das alles richtig machen. Es war eine vollkommen natürliche Geste, daß sie bei dem Gedanken an Charlie, wie er einen funktionstüchtigen Torpedo herstellte, seinen Arm noch fester an sich preßte, was ihm als Antwort einen Grunzlaut behaglicher Zufriedenheit entlockte.

Jenes unterwürfige Individuum hatte inzwischen keinen eigenen Willen mehr. Das bißchen Willen, das er besessen hatte, hatte sich am zweiten Tag, als sie die Stromschnellen hinuntergeschossen waren, endgültig verflüchtigt, dem Tag, als Rose ihn wie durch ein Wunder in ihre Arme aufgenommen hatte. Er war es zufrieden, jemanden zu bewundern und ihm zu folgen. Auch wenn Rose nicht daran dachte, mit Jeanne d'Arc zu wetteifern, war sie ihr doch ähnlich, was die Macht betraf, die sie auf ihr Gefolge ausübte. Die letzten paar Tage waren in Allnutts Augen ein einziges großes Wunder gewesen. Ihre völlige Furchtlosigkeit in den wilden Stromschnellen, die seine Eingeweide strapaziert hatten, hatte ihn unbeschreiblich beeindruckt.

Vor seinem geistigen Auge stand unablässig das Bild, das ihm noch so gut im Gedächtnis war, ein Bild, entstanden aus Hunderten von Blicken, die er ängstlich über die Schulter zurückgeworfen hatte. Er sah Rose, aufrecht am Steuerruder, wachsam und furchtlos inmitten des tobenden Infernos der Stromschnellen – es war das Fehlen jeglicher Furcht, nicht die Wachsamkeit, was ihn so tief beeindruckte. Als die Schiffsschraube zerbrochen war, hatte sie nicht klein beigegeben. Ihr Vertrauen blieb ungebrochen. Sie war ganz sicher gewesen, daß er sie reparieren könne, obwohl er ganz sicher gewesen war, es nicht zu können, und siehe da, sie hatte recht behalten. Allnutt war mittlerweile felsenfest davon überzeugt, daß sie auch in der Angelegenheit des Torpedierens der KÖNIGIN LUISE recht behalten würde, und war bereit, ihr in jedes verrückte Abenteuer zu folgen und ihr zu helfen, es zu bestehen.

Die tiefe Liebe, die sie ihm schenkte, ihre Zärtlichkeit, bestärkten ihn noch in seiner Haltung. Keine andere Frau war je zärtlich zu Charlie Allnutt gewesen, weder seine betrunkene Mutter noch die Dirnen des Londoner East End oder die als Sklavinnen gehaltenen Prostituierten von Port Said oder gar Carrie, seine Geliebte vom Bergwerk, die er immer im Verdacht gehabt hatte, ihn mit den schmutzigen eingeborenen Arbeitern zu betrügen. Rose war süß, zärtlich und mütterlich, und in alldem unterschied sie sich von allen anderen. Wenn er mit ihr zusammen war, gelang es ihm, alle Gedanken über sich und seine Sorgen abzuschütteln. Es spielte keine Rolle, daß er ein hoffnungsloser Versager war, solange sie es unterließ, ihm das zu sagen.

Wenn sie seinen Arm drückte, zog er sie noch enger an sich, um sich erneut ihrer zu versichern, und ihr Kuß brachte ihm Frieden und Trost.

10.

Der friedlichen Stille der Nacht folgte die Gluthitze des Tages. Kaum war die Sonne über dem Waldrand aufgestiegen, drang sie mit wahnsinniger Intensität auf das kleine Boot ein, das da ungeschützt auf dem breiten Fluß lag. Sie forderte Beachtung auf eine Weise, die keine Weigerung zuließ. Das Unbehagen, unbeweglich dieser Sonne ausgesetzt zu sein, war so groß, daß es die instinktive Reaktion nach sich zog, sofortige Vorbereitungen zu treffen, sich irgendwo anders hinzubegeben, auch wenn bittere Erfahrungen sie gelehrt hatten, das Bewegung keine Erleichterung brachte – ja sogar das Gegenteil der Fall war, sobald der Kessel aufgeheizt war.

Sie fuhren weiter den breiten, schwarzen Fluß hinunter. Überall herrschte Stille; die Wasserfläche, auf die sie zuhielte, wirkte wie Glas. Hinter ihnen ließen die kleinen Bugwellen und ihr Kielwasser eine keilförmige Fläche aufgerührten Wassers zurück, die sich immer mehr ausdehnte, bis sie weit hinten, beinahe so weit, wie man mit dem bloßen Auge sehen konnte, die schilfbewachsenen Ufer erreichte. Weiter fuhren sie durch die Hitze, die kein Lufthauch milderte, und folgten endlos den langen, sinnlosen Windungen des Flusses. Ein leichter Nebel lag über ihnen, gerade so dicht, um die Ferne unwirklich und undeutlich erscheinen zu lassen.

Rose steuerte die AFRICAN QUEEN langsam um die nächste Biegung. Der Nebel war hier dichter. Sie konnte den weiteren Verlauf des Flusses nicht ausmachen, sie konnte nicht erkennen, ob er am Ende dieser Strecke eine Wendung nach rechts oder nach links machte. Hier spielte es auch keine Rolle, da der Fluß so breit und so tief war. Ruhig behielt sie auf ihrer Fahrt den Fluß hinunter immer denselben Kurs in der Mitte bei, eine Viertelmeile von jedem der beiden Ufer entfernt. Sie konnte sicher sein, die Richtung, welche die nächste Biegung einschlagen würde, erkennen zu können, wenn sie näher kam.

Erst allmählich ging ihr auf, daß der Fluß breiter geworden war. In jener dunstigen Hitze sahen die Ufer aus einer Distanz von einer halben Meile fast genauso aus wie aus einer Distanz von einer Viertelmeile. Zweifellos waren sie jetzt von beiden Ufern weiter entfernt. Es spielte keine Rolle. Sie hielt die AFRICAN QUEEN auf ihrem alten Kurs in Richtung auf den in Dunst gehüllten Wald, vorn auf der rechten Seite. Sie war sicher, daß sich früher oder später die nächste gerade Flußstrecke vor ihnen auftun würde.

Aus irgendeinem Grund tauchte selbst nach einer halben Stunde Fahrt noch keine Gerade auf. Sie näherten sich jetzt dem dunklen Grün des Waldes und den helleren Grünstreifen des Schilfgürtels. Rose konnte eine Schilffläche von gewaltigen Ausmaßen ziemlich deutlich erkennen, doch war nirgends eine Lücke zu sehen. Sie kam zu dem Schluß, daß der Fluß fast eine Kehrtwendung in sich selbst gemacht haben mußte, und schwenkte das Ruder nach Steuerbord, um auf das linke Ufer zu zuhalten. Der Anblick, der sich ihr bot, war nicht sehr befriedigend: nur dicht mit Schilfrohr bewachsenes Ufer und endloser Wald, außerdem sagte ihr etwas am Umriß dieser Horizontlinie, daß dies nicht die Richtung war, in welcher der Fluß weiterführte.

Einen Augenblick lang spielte sie mit der Idee, daß der Fluß vielleicht irgendwo in dieser Umgebung gänzlich endete, doch tat sie diesen Gedanken sofort wieder als lächerlich ab. So unvermittelt endeten Flüsse nur in Wüstengebieten, nicht in regengepeitschten Wäldern dieser Art. Sie waren hier in Deutsch-Ostafrika, nicht in der Sahara. Sie blickte zurück in die Richtung, aus der sie gekommen waren, doch die letzte vergleichsweise schnelle Flußstrecke lag inzwischen mindestens drei Meilen hinter ihnen, weit hinten am Horizont, in Nebel gehüllt und außer Sichtweite.

Nur ein Kurs kam in Frage, den sie einschlagen mußte und der eindeutige Ergebnisse versprach. Sie schwenkte das Ruder wieder auf die andere Seite und begann, die AFRICAN QUEEN gleichmäßig am Rand der Schilfeinfassung entlang zu steuern. Was immer auch aus dem Fluß werden mochte, wenn sie lange genug an seinem Ufer entlangfuhr, mußte sie es zwangsläufig herausfinden.

»Glaubst du, das ist das Delta, Schätzchen?« rief Allnutt ihr vom Bug aus zu. Er stand auf der Bordwand und blickte über die weit ausgedehnte Wasserfläche.

»Ich weiß nicht«, sagte Rose und fügte verbissen hinzu: »Bald werd ich's dir sagen können.«

In ihrer Vorstellung bestand ein Flußdelta aus einer Menge Kanälen und Inseln, nicht aus einem fünf Meilen breiten See, der keinen Ausgang zu haben schien.

Sie tuckerten den Schilfrohrstreifen entlang. Rose, deren Blick durch tagelanges Beobachten der Wasseroberfläche geschärft war, fiel eine Änderung in der Beschaffenheit des Wassers auf. Es wies hier eine Schwarzfärbung auf, und obwohl es etwas weiter oben auch schon recht dunkel gewesen war, war es hier irgendwie anders. Es wirkte leblos und matt. Langgezogene, sich kräuselnde Schlieren deuteten auf irgendeinen unendlich langsamen Strudel hin, der in den Tiefen des Wassers kreiste. Auf der Wasseroberfläche trieb viel mehr Zeug als gewöhnlich. In der Tat schien hier – allen Naturgesetzen zum Trotz – alles darauf hinzudeuten, daß sie in einer Sackgasse des Flusses angelangt waren.

»Möchte wissen, wohin es uns da verschlagen hat«, sagte Allnutt. »Auf alle Fälle gibt es hier verteufelt viel Holz. Halten wir mal an, um unsere Vorräte aufzustocken, solange wir noch können.«

Es bot überhaupt keine Schwierigkeiten, eine volle Ladung Brennholz zu sammeln, mit all den Sorten, die Allnutt mochte, von dem langen, toten Zeug, das solide Äste schnell in Brand setzte, und bei dem man sich dann darauf verlassen konnte, daß sie eine beträchtliche Zeitlang brennen würden. Allnutt fischte das Holz aus dem Wasser. Selbst hier, eine Meile vom Festland entfernt, fanden sich Insekten. Er schüttelte alle möglichen Arten von Kleintieren ab, als er das Holz hereinhob. Mit seiner Axt zerhackte er es in Stücke von handlicher Länge, so gut es in dem Boot eben ging, und breitete sie zum Trocknen auf den Bodenplanken aus. Nur ein oder zwei Stunden in jener grellen Sonne genügten, um selbst völlig mit Wasser vollgesogenes Holz in einen Zustand zu versetzen, in dem es brennbar war.

»Ich glaube, wir haben jetzt genug, Rosie«, sagte Allnutt schließlich.

Sie fuhren weiter am Schilf entlang. Rose war sich bewußt, daß sie das Steuerruder gleichmäßig immer mehr nach Backbord hinüberzog. Sie beschrieben offenbar einen weiten Bogen am Rand dieses Sees entlang; ein Blick auf die Sonne sagte ihr, daß sie in einer Richtung unterwegs waren, die fast genau entgegengesetzt zu jener verlief, die sie bei ihrer Ankunft eingeschlagen hatten. Linker Hand wurde das mit Schilf bewachsene Ufer immer breiter, so breit in der Tat, daß es schwierig war, irgendwelche Einzelheiten des dahinter liegenden Waldes zu erkennen. Doch da ein Fluß mit einer halben Meile Durchmesser sich irgendwo in dieser Gegend einen Ausgang geschaffen haben mußte, blieb Rose trotz ihrer Unschlüssigkeit weiterhin zuversichtlich, daß sie früher oder später auf eine Lücke stoßen würden. Seltsamerweise war jedoch im Laufe des Nachmittags immer noch keine Lücke zu entdecken. Hier und da gab es vage Andeutungen winziger Kanäle im Schilf, doch waren diese ausgesprochen kümmerlich. Keinesfalls waren dies Wege, die völlig frei von Schilf waren; das Schilfrohr wuchs darin nur spärlicher, als sei das Wasser hier bis zum Ufer tiefer, so daß die längsten Rohre nur bis zur Oberfläche vordrangen. Der

Wald war zu weit entfernt und zu dicht, als daß man dort irgend etwas hätte erkennen können.

Die Monotonie wurde nur einmal unterbrochen, als sie eine Herde Flußpferde aufschreckten, etwa zwanzig Tiere, die in wilder Panik durch Wasser, Schilf und Schlamm flohen, bis sie alle auf einen Schlag untertauchten und so geheimnisvoll, wie sie gekommen waren, wieder verschwanden. Rose hatte kaum einen Gedanken oder einen Blick übrig für die Flußpferde. Sie grübelte angestrengt über das außergewöhnliche Verhalten des Flusses nach. Sie steuerte immer noch nach Backbord, um einen gleichmäßigen Abstand zum Ufer einzuhalten. Soweit sie es nach dem Stand der Sonne beurteilen konnte, befanden sie sich jetzt fast auf demselben Kurs, den sie eingeschlagen hatten, als sie zuerst das Breiterwerden des Flusses bemerkt hatten. Folglich mußten sie auf ihrer Fahrt beinahe einen vollständigen Kreis beschrieben haben.

Um diese Meinung zu bestätigen, blickte sie nach Steuerbord auf das gegenüberliegende Ufer, das vor einer Viertelstunde noch kaum sichtbar gewesen war. Es war jetzt näher gekommen, viel näher. Nach weiteren zehn Minuten bestätigte sich der schreckliche Verdacht. Sie waren wieder an die Flußmündung zurückgekommen, an die Stelle, wo der Fluß in den See eintrat. Sie brauchte nur das Ruder in Richtung Steuerbord umzulegen, um die AFRICAN QUEEN flußaufwärts auf die Stromschnellen zu zu lenken, in die Richtung, aus der sie gekommen waren. Sie war schockiert. Ein oder zwei Wochen früher hätte sie vielleicht noch geweint vor Scham und Enttäuschung, doch jetzt war sie aus härterem Holz geschnitzt; nach ihren jüngsten Erfahrungen gab es kaum noch irgend etwas, das ein afrikanischer Fluß tun konnte, um sie in Erstaunen zu versetzen.

Tatsächlich war ihr Irrtum völlig entschuldbar, da das Verhalten des Bora und ein oder zwei anderer Flüsse, die in den Wittelsbacher See münden, höchst ungewöhnlich ist und seine Ursache im fruchtbaren Charakter der Wasservegetation des tropischen Afrika hat. Die Kanäle des Bora-Deltas sind schmal, ihr Grund ist stark verschlammt, und es existiert fast keine Strömung, um sie zu reinigen – ideale Bedingungen in diesem Klima für das Wachstum von Wasserpflanzen. Die Kanäle werden folglich beinahe erstickt von Kraut und Schilf, immer weniger Wasser kann hindurchfließen, und der Fluß sieht sich an seinen Ausgangspunkt zurückgedrängt.

Infolgedessen ballt er sich zusammen und bildet hinter seinem Delta eine Lagune. Der daraufhin erfolgende leichte Druckanstieg bringt schließlich zwangsläufig einen Teil des Wassers dazu, in Form von kleinen Flüßchen und Kanälen abzufließen und sich einen unsicheren, in Schlangenlinien verlaufenden Weg durch das Delta zu suchen, doch nimmt die Lagune selbst durch den gleichmäßigen Zustrom vom Fluß her an Umfang zu, bis sie schließlich an der einen oder anderen Seite eine Biegung um das Delta herum beschreibt und durch eine neue Mündung in den See durchbricht. Daraufhin senkt sich der Wasserspiegel der Lagune schlagartig, die Strömung durch diese neue Wasserstraße wird schwächer, und der ganze Prozeß beginnt wieder von vorn, so daß das Delta sich im Lauf der Jahrhunderte gleichmäßig von einer Seite zur anderen ausdehnt.

Im Jahre 1914, als Rose und Allnutt den Fluß herunterkamen, waren fünfzehn Jahre vergangen, seitdem der Bora das letztemal eine neue Mündung für sich geschaffen hatte, die Lagune hatte fast ihre maximale Größe erreicht, und die wenigen Kanäle, die noch nicht zugewachsen waren, waren so überwuchert und kurvenreich, daß es kein Wunder war, daß Rose sie verfehlte. Sie war nicht die Närrin, die sie in diesem bitteren Augenblick zu sein glaubte.

Allnutts Dummheit besänftigte sie einigermaßen. Ganz in Anspruch genommen von der Überwachung der Maschine, hatte er ihrem Kurs nur geringe Aufmerksamkeit geschenkt. Als Rose ihm zurief, er solle anhalten, war er daher ganz überrascht. Kein Zeichen des Erkennens war ihm anzumerken, als er über den breiten Fluß blickte. Er dachte, Rose hätte den Ausgang des Sees gefunden, in den sie an einer anderen Stelle hineingefahren waren. Erst als Rose ihn bat, den Anker fallen zu lassen, und ihm zeigte, daß die schwache, kaum wahrnehmbare Strömung entgegengesetzt zu der Richtung, die er einschlagen wollte, verlief, gestand er seinen Irrtum ein.

»Diese verflixten Ufer sehen für mich alle gleich aus«, sagte er.

»Für mich auch«, sagte Rose bitter, doch Allnutt strahlte immer noch fröhlichen Optimismus aus.

»Egal«, sagte er. »Jetzt sind wir jedenfalls hier. Für heute nacht haben wir wieder einen guten Liegeplatz, altes Mädchen. Keine Mücken. Wir könnten's uns gemütlich machen und mal ein bißchen abschalten.«

»In Ordnung«, sagte Rose.

Sie blieb jedoch weiter auf der Bordwand stehen, eine Hand an der Halterung des Sonnensegels, mit der anderen die Augen gegen die Sonne abschirmend, und starrte über die Lagune auf das ferne, in gräulichpurpurnen Dunst gehüllte gegenüberliegende Ufer.

»Dort muß der Ausgang sein«, entschied sie. »Eine Menge kleiner Kanäle. Ich habe durch das Schilfrohr hindurch sehr viele gesehen, wollte da aber nicht hineinfahren. Wo wir diese Flußpferde sahen. Morgen werden wir uns den besten davon aussuchen und irgendwie durchzukommen versuchen. Es kann jetzt nicht mehr sehr weit bis zum See sein.«

Wenn englische Forschungsreisende angesichts scheinbarer Unmöglichkeiten immer den Rückzug angetreten hätten, wäre das britische Weltreich wohl nicht annähernd so groß geworden, wie es damals war.

Die Nacht war nicht erfüllt von jenem Frieden, den sie in der vergangenen Nacht genossen hatten. Rose war unzufrieden mit den Fortschritten dieses Tages und von einer unbestimmten Unruhe hinsichtlich ihrer Fähigkeiten als Lotse erfüllt. Sie war es nicht gewohnt, Fehlschläge hinnehmen zu müssen, und sie ärgerte sich über sich selbst. Sogar nach zwei friedvollen Stunden im Schatten des von Allnutt aufgezogenen Sonnensegels und der von ihm aufgestellten Schutzwand hatte sie ihren Optimismus immer noch nicht wiedererlangt. Statt dessen war sie von der bitteren Entschlossenheit erfüllt, sich auf Gedeih und Verderb einen Weg durch dieses Delta zu erkämpfen oder bei dem Versuch zu sterben – ein Entschluß, der die Linie ihres Mundes erstarren ließ, ihrer Unterhaltung mit Allnutt einen etwas abstrakten Charakter verlieh und den Schlaf lange hinauszögerte.

Ebenso quälend wirkten aber auch die Töne, welche die Frösche im Schilf von sich gaben. In dieser Gegend mußte sich eine aus Tausenden, ja Millionen der kleinen Scheusale bestehende Kolonie angesiedelt haben, für die vermutlich die Attraktion des Gebiets in der Eignung des stehenden Gewässers zum Laichen bestand. Sie quakten in schöner Einstimmigkeit. Rose konnte zwei deutlich erkennbare Arten von Gequake unterscheiden, eine tiefe Stimmlage, deren Lautstärke sich niemals änderte, und eine höhere, die mit monotoner Regelmäßigkeit an- und abschwoll. Trotz der großen Entfernung des Bootes vom Schilf drang der Lärm dieses Quakens so laut über das Wasser, daß es wie das Geräusch einer starken Brandung wirkte, die gegen ein Felsenriff anrennt, und auch sehr ähnliche Variationen in bezug auf Lautstärke und Tonhöhe bot. Der Lärm war aufreizend und hielt die ganze Nacht an.

Allnutt störte er nicht, denn keine Art von Lärm, deren Ursache zu erklären war, brachte das zuwege, und sein friedliches Schlafen ärgerte Rose angesichts ihrer Schlaflosigkeit beinahe ebenso sehr wie das Gequake der Frösche. Sie lag schweißgebadet in der windstillen Nacht, beunruhigt, voller Unbehagen und gereizt. Falls Rose jemals der Neigung, zu schelten oder zu zanken, nachgegeben hätte, wäre sie am nächsten Morgen eine üble Gefährtin gewesen, doch hatte ihre strenge Erziehung in genügendem Maß dafür gesorgt, daß sie davon Abstand nahm, einem solch mutwilligen Machtmißbrauch zu frönen. Sie wußte noch nicht, daß sie zanken konnte; sie hatte auch noch nie die süßen Wonnen ausgekostet, die man erlebte, wenn man seiner schlechten Laune ungehindert freien Lauf ließ.

Statt dessen war sie nur ungeduldig und kurz angebunden, und nach einem Seitenblick auf sie, weil sie auf seine Redseligkeit nur mit knappen Entgegnungen reagiert hatte, war Allnutt so klug, den Mund zu halten. Er schüttelte insgeheim den Kopf und fühlte sich ungeheuer weise, als er tiefschürfende Betrachtungen über die unergründlichen Eigenarten der weiblichen Seele anstellte, und er sorgte dafür, daß sich Dampf entwickelte und das Boot mit geringstmöglicher Verzögerung klar zur Abfahrt war.

Rose steuerte die AFRICAN QUEEN geradeaus über die Lagune auf die Stelle zu, wo sie beschlossen hatte, daß sie hier den besten Weg durch das Flußdelta finden würde. Die tiefliegende Reihe von Bäumen am Horizont kam immer deutlicher in Sicht. Bald schon konnten sie das satte, üppige Grün des Schilfs erkennen.

»Fahr jetzt langsamer!« rief Rose Allnutt zu, und das Stampfen der Maschine ließ nach, als Allnutt das Ventil drosselte.

Sie schlug einen Kurs ein, der so nah an der äußeren Grenze

des Schilfgürtels entlang führte, wie sie es eben noch wagte. Der Anblick dieses Schilfs war ihr nicht geheuer, so hübsch es auch war. Es wuchs in robust wirkenden Gruppen, und jeder Stiel ging an der Spitze in ein entzückendes Blütenbüschel über. Abgesehen von einigen kühnen, alleinstehenden Pflanzen wuchsen die Gruppen nahe beieinander, während sie weiter im Innern, zum Ufer hin, so dicht gedrängt standen, daß ein Durchkommen praktisch unmöglich sein würde. Sie wußte weder, daß wahrscheinlich genau diese Sorte Schilf diejenige Art von »Binsen« geliefert hatte, aus der der Korb geflochten worden war, in dem Moses auf dem Nil ausgesetzt wurde, noch daß das Wissen der Welt tief in der Schuld dieser Schilfrohrart stand, und zwar wegen des Papiers, das sie durch die ganze Antike hindurch geliefert hatte; und selbst wenn sie es gewußt hätte, wäre es ihr gleichgültig gewesen. Alles, wonach sie trachtete, war, einen Weg in diesem Schilfdickicht zu finden.

Zweimal zögerte sie, als sie sich Stellen näherten, an denen das Schilfrohr nicht ganz so dicht wuchs, doch jedesmal fuhr sie weiter; nichts deutete darauf hin, daß dahinter ein Kanal durch den Wald führte. Derart kümmerliche Hinweise auf einen Wasserweg bedeuteten möglicherweise, daß ihr weiterer Lauf durch das Delta völlig unpassierbar war. Dann kamen sie schließlich an einen breiteren, sich deutlicher abzeichnenden Kanal. Rose versuchte sich zu erinnern und entschied dann, daß dieser Kanal hier mindestens so gut war wie jeder von denen, die ihr gestern aufgefallen waren. Sie legte das Steuerruder herum und lenkte den Bug in die Öffnung.

Nervös drosselte Allnutt den Motor, bis die Schiffsschraube sich kaum noch drehte, und die AFRICAN QUEEN glitt im Schneckentempo zwischen den Schilfrohren dahin; Rose nickte anerkennend, denn sie konnten mit ihrer notdürftig zusammengeflickten Schiffsschraube kein Risiko eingehen. Der Kanal blieb in seinem gekrümmten Verlauf ziemlich frei von Schilf. Manchmal schabte eine Schilfrohrgruppe mit ungeheurem Geraschel am Boot entlang; Allnutt lotete, über den Bootsrand gebeugt, mit dem Bootshaken die Wassertiefe aus. Es schien, als würden die Schilfrohre glücklicherweise in Wasser, das etwas tiefer war als der Tiefgang der AFRICAN QUEEN, nicht mehr wachsen; einen von Schilf freien Kanal konnte sie gerade noch befahren.

Der unvermeidliche Augenblick rückte näher, da sich der Kanal gabelförmig teilte und eine Wahl getroffen werden mußte. Rose spähte über das Schilfmeer zu den näher kommenden Bäumen und lenkte das Boot in einem Bogen in den vielversprechendsten Kanal. Sie glitten weiter voran; auf beiden Seiten wuchs das Schilfrohr dichter und dichter. Schließlich schien die AFRICAN QUEEN zu zögern, ihren Weg fortzusetzen; etwas an ihr war auch irgendwie anders, und Allnutt tastete hastig nach der Maschine und stellte sie aus.

»Wir sind auf Grund gelaufen, Schätzchen«, sagte er.

»Das weiß ich auch«, entgegnete Rose schnippisch. »Aber wir müssen einfach weiter.«

Allnutt stocherte mit dem Bootshaken auf dem Grund herum; er bestand aus tiefem, halb flüssigem Schlamm. Folglich konnten sie nicht hoffen, auszusteigen und das Boot ins Schlepptau zu nehmen, was ihm als erstes in den Sinn gekommen war. Er zeigte Rose den tropfenden Bootshaken.

»Wir müssen uns an den Schilfrohren weiterziehen«, sagte sie schroff. »Der Kiel wird es durch diesen Schlamm schaffen, auch wenn wir nicht die Schiffsschraube einsetzen können.«

Sie machten sich gemeinsam an die Aufgabe – Rose griff mit ausgestreckten Händen nach den Büscheln, die sie erreichen konnte. Allnutt tat dasselbe mit dem Bootshaken. Durch Übung und Erfahrung konnten sie bald ihre Technik verbessern. Das Papyrus-Schilf wächst aus einer langen kräftigen Wurzel, die ein beträchtliches Stück weit waagerecht im Schlamm verläuft, bevor sie sich aufrichtet, um den oberen Teil der Pflanze zu bilden. Oben am Bug sitzend, beugte Allnutt sich mit dem Bootshaken vor, tastete damit umher, bis er einen guten Halt gefunden hatte, und zog das Boot dann über den schlammigen Grund ein paar Meter nach vorn. Danach mußte er von der Wurzel, die er gefunden hatte, ablassen und nach einer neuen suchen, um wieder ein paar Meter zu gewinnen.

Es herrschte eine entsetzliche Hitze während dieser Arbeit im Schilf, das nicht hoch genug war, um Schatten zu spenden, obschon es den geringen Wind, der herrschte, von ihnen abhielt; zu alldem brannte die Sonne mit mittäglicher Stärke auf sie herab. Bald wurden sie auch von den Insekten entdeckt; sie kamen in Schwärmen, verrückt vor Blutdurst, bis die Luft erfüllt von ihnen war. Die Arbeit war schwer und überdies ermüdend. Nach zwei Stunden hatte Allnutt Schwierigkeiten mit seiner Atmung, und jedesmal, wenn er nach Luft rang, mußte er wegen der Insekten, die er in den Mund bekommen hatte, füchterlich husten.

»Tut mir leid, Miß«, sagte er schließlich entschuldigend. »Kann hier nicht weitermachen, 's geht einfach nicht mehr.«

Das Gesicht, das er Rose zuwandte, war klatschnaß vor Schweiß, so naß, als habe er eben geduscht; dasselbe galt für seine zerlumpte Kleidung. Weder er noch Rose bemerkten, daß er das Wort ›Miß‹ gebraucht hatte – es klang vollkommen natürlich aus dem Munde eines Lasttieres, zu dem er inzwischen geworden war.

»In Ordnung«, sagte Rose. »Gib mir den Bootshaken.«

»Die Arbeit ist ganz schön schwer«, sagte Allnutt mit einer Andeutung von Aufbegehren im Tonfall.

Rose beachtete ihn nicht und kletterte, den Bootshaken in der Hand, an ihm vorbei zu dem kleinen Vorderdeck. Allnutt machte Anstalten, erneut zu protestieren, unterließ es dann aber doch. Er war nur noch imstande, auf den Schiffsboden zu sinken und dort liegenzubleiben, während sein Schweiß auf die Planken tropfte. Er hatte für Rose sprichwörtlich bis zum Umfallen gearbeitet. Rose fand die Arbeit ausgesprochen hart. Die Bewegung, die man ausführte, um mit dem Bootshaken festen Halt zu bekommen, bedeutete eine große Anspannung. Um das Boot über den Schlamm und die Schilfwurzeln vorwärts bewegen zu können, mußte sie jedes Quentchen Kraft, das sie besaß, aufbieten – eine krampfhafte Anstrengung, der sofort die nächste zu folgen hatte und auf diese wieder die nächste, und so endlos.

Es dauerte nicht lange, und sie war vollkommen erschöpft. Schließlich ließ sie den Bootshaken zu Boden fallen und taumelte zurück ins Mittschiff; ihre Kleidung hing ihr in nassen Fetzen um den Körper. Myriaden von Fliegen folgten ihr.

»Wir machen morgen weiter«, keuchte sie Allnutt entgegen, der beim Klang ihrer Stimme die Augen öffnete und langsam zurück in die Wirklichkeit fand.

Das sie umgebende Schilf war jetzt höher, denn während ihres Vordringens mit Hilfe jener neuen Zugmethode hatten sie praktisch das Papyrus hinter sich gelassen und waren in das Gebiet einer anderen Sorte gelangt. Die Sonne stand nun tiefer. Sie waren endlich im Schatten; das Boot, das sich so heiß wie ein Bratrost angefühlt hatte, wurde nun fast erträglich, nur die Fliegen stachen schlimmer denn je. Mit der Zeit erholte sich Rose genügend, um herausfinden zu wollen, wie nahe am Ufer sie inzwischen waren. Sie kletterte auf die Bordwand, doch reichten die riesigen Schilfrohre ihr weit über den Kopf, so daß sie nichts als Schilf und Himmel sehen konnte. Es war ihr nicht möglich zu erraten, wie weit sie gekommen waren, wie groß ihre Entfernung zum Wald war. Keinesfalls hatte sie damit gerechnet, einen ganzen Tag zu brauchen, um durch einen Schilfgürtel von einer Meile Durchmesser zu kommen, doch war dieser erste Tag schon vorüber, und sie hatten die Strecke, soweit sie es beurteilen konnte, erst zur Hälfte geschafft, und nichts sprach dafür, daß sie überhaupt jemals durchkommen würden. Es spielte keine Rolle. Sie würden es morgen weiter versuchen.

Jemand, der weniger beherzt gewesen wäre als Rose, hätte möglicherweise angefangen, sich zu fragen, was mit ihnen geschehen würde, falls ihr Vordringen unmöglich würde. Sie hatten nicht die geringste Chance, das Boot achtern voraus auf dem Weg wieder zurück zu ziehen, auf dem sie gekommen waren. Sie wären hier gefangen, bis sie wie in die Falle gegangene Tiere verhungern oder bei dem vergeblichen Versuch, sich zu Fuß zur Küste durchzukämpfen, im schleimigen Schlamm unter den Schilfrohren ertrinken würden. Rose ließ nicht zu, daß solche Vorstellungen sie beunruhigten. Ihr Entschluß stand so fest, daß keine bloße Möglichkeit ihr Angst einjagen konnte. Sie entsprach Napoleons Ideal von einem General, indem sie sich nicht vorzustellen versuchte, was sein könnte – sie tat dies ebenso, wie sie schon während der ganzen Reise nach Nelsons geflügeltem Wort »Verliere keine Stunde« gehandelt hatte. Falls das, wenn auch unbewußte Befolgen der Ratschläge des größten Soldaten und des größten Seemannes, den die Welt je gesehen hatte, dieses Land-und-Wasser-Unternehmen zum Erfolg führen sollte, wäre es ihr Erfolg. Falls aber nicht, dann sollte es nicht daran gelegen haben, daß sie sich zu wenig bemüht hatten – das schwor sich Rose, während sie gegen die Fliegen kämpfte.

11.

In dieser Nacht war es nicht nötig, das Boot zu vertäuen. Keine übliche Erscheinung der Natur hätte vermocht, es nennenswert von der Stelle fortzubewegen, an der es inmitten des hohen Schilfs lag. Den Wind, der in dieser Nacht zusammen mit dem Gewitter aufkam, spürten sie kaum – er bog die Schilfrohre über das Boot, und unter diesem Gewölbe, das sie formten, bemerkten sie ihn fast nicht. Sie mußten alle Unannehmlichkeiten, die der im Dunkeln auf sie herabprasselnde Regen mit sich brachte, über sich ergehen lassen, doch selbst unter so kläglichen Bedingungen offenbarte sich wieder die Hauptleidenschaft jenes merkwürdigen Paars.

»Ein Gutes könnte dieser Regen ja haben«, sagte Allnutt während einer Gewitterpause. »Er macht vielleicht das Wasser in diesem Kanal hier tiefer – wenn man das hier überhaupt als Kanal bezeichnen kann. Heute nachmittag sind wir praktisch so gut wie gar nicht weitergekommen. Eineinhalb Zentimeter würden einen verdammt großen Unterschied machen. Für mich kann es gar nicht genug regnen.«

Später in der Nacht, als es schon längst aufgehört hatte zu regnen und Allnutt trotz der Mücken es irgendwie geschafft hatte einzuschlafen, vernahm Rose plötzlich ein Geräusch. Es bestand nur aus einem minimalen, äußerst schwachen Murmeln, und nur ein sehr damit vertrautes Ohr war überhaupt imstande, es trotz des heulenden Summens der Mücken wahrzunehmen. Es war das Geräusch fließenden Wassers. Von überall her drang dieser sanfte Laut, der leiser als das ruhigste Atemgeräusch wirkte – Wasser, das durch das Schilf rieselte, während der Wasserspiegel in der Lagune stieg, noch unterstützt durch den angesammelten Regen, den der Bora flußabwärts mit sich führte. Rose war nahe daran, Allnutt zu wecken, damit er dem Geräusch ebenfalls lauschen könne, doch tat sie es dann doch nicht und begnügte sich lediglich damit, den festen Vorsatz zu fassen, am Morgen früh aufzubrechen, um jedweden Anstieg voll auszunutzen, bevor das Wasser wieder durch das Delta wegsickern konnte – obwohl schwer zu verstehen ist, was Rose mit »früh aufbrechen« meinte, wenn man berücksichtigte, daß sie immer zum frühest möglichen Zeitpunkt aufbrachen.

Trotzdem wich ihre Routine beim Aufstehen am nächsten Morgen insofern vom Üblichen ab, als sie keine Zeit damit zubringen mußten, den Kessel aufzuheizen, um Dampf zu erzeugen. Die Sonne stand noch unterhalb der hohen Schilfrohre, als sie startbereit waren, und noch bevor Allnutt hoch zum Bug gekommen war, um seine Plackerei vom Vortag wieder aufzunehmen, stand Rose schon dort, spähte in das Schilf und versuchte, so viel wie möglich über ihren Kurs ausfindig zu machen.

Gewiß befanden sie sich noch in einem dieser Wasserwege, die durch das Schilf zogen. Aber eigentlich traf die Bezeichnung Weg kaum zu; alles, was man sehen konnte, war eine sich windende Linie weniger dicht wachsenden Schilfs, doch ganz sicher führte sie irgendwohin.

»Ich glaube, es schwimmt«, sagte Allnutt befriedigt und griff nach dem Bootshaken.

Er streckte den Arm mit dem Bootshaken aus, fand Halt und zog. Das Boot schien leichter vorwärts zu kommen als am Vortag.

»Stimmt tatsächlich«, meldete sich Allnutt. »Wir haben soviel, wie wir brauchen. Wenn dieses verfluchte Schilf nur nicht wäre ...«

Der Kanal war hier schmaler als an der Stelle, wo sie in ihn hineingefahren waren, und die Schilfrohre streiften die Seiten des Boots, als sie sich vorwärts bewegten. Einige gerieten unter das Boot und wurden zerdrückt, was dazu führte, daß das Boot bei jedem Vorwärtsziehen auf immer stärkeren Widerstand traf; manchmal fiel es sogar einige Zentimeter zurück, während Allnutt erneut nach einem festen Halt suchte. Trotz alledem war der Widerstand, den die Schilfrohre boten, weit weniger unerbittlich als der, den der Schlamm vom Vortag ihnen entgegengesetzt hatte, und Rose konnte in gewisser Weise mithelfen, indem sie im Boot umhereilte und die Seiten von den sie behindernden Schilfrohren befreite.

Langsam, aber hoffnungsvoll krochen sie weiter voran. Nach dem, was sie von der Sonne sahen, war kein Zweifel, daß sie eine gewisse allgemeine Richtung auf das Delta zu einhielten. Plötzlich stieß Allnutt einen schrillen Freudenschrei aus.

»Hier ist noch ein anderer Kanal!« sagte er, und Rose kletterte zum Bug hoch, um sich selbst davon zu überzeugen. Es stimmte völlig. Der Kanal, in dem sie sich befanden, vereinigte sich im spitzen Winkel mit einem ähnlich unbestimmten Weg durch das Schilf, und dieser neue Kanal war breiter, klar umrissener und freier von Schilfrohr. Als sie auf das dunkle Wasser blickten, sahen sie, daß die darauf schwimmenden Teilchen sich bewegten – sehr langsam zwar, im Schneckentempo, aber immerhin, sie bewegten sich.

»Donnerwetter!« sagte Allnutt. »Sieh dir bloß diese Strömung an! Paß auf, Rosie, altes Mädchen. Gleich kommen wieder Stromschnellen.«

Sie konnten noch lachen.

Allnutt zog die AFRICAN QUEEN in den Kanal. Es war herrlich zu spüren, wie das Boot wieder frei dahintrieb, wenn es auch nicht mehr als ein paar Zentimeter Spielraum nach beiden Seiten hatte. Er angelte nach einer Wurzel und zog herzhaft daran; das Boot schaffte eine Strecke von gut eineinhalb Meter durch das Wasser, behielt außerdem noch seinen Kurs bei und kroch gleichmäßig weiter, während Allnutt nach einem neuen Ansatzpunkt fischte.

»Wahrhaftig«, sagte Allnutt. »Wir machen fast schon wieder einen Knoten Fahrt.«

Als sie etwas später im Kanal um eine Biegung fuhren, bekam Rose die Bäume des Deltas zu Gesicht. Zwar wurden sie sofort wieder vom Schilf verdeckt, doch kamen sie bei der nächsten Biegung wieder in Sicht, nicht mehr als knapp zweihundert Meter voraus. Sie beobachtete, wie sie immer näher kamen. Fast ohne Vorwarnung wurde der Weg durch das Schilf breiter. Dann hörte das Schilf unvermittelt auf, die AFRICAN QUEEN trieb schwerfällig noch ein oder zwei Meter vorwärts und kam zum Stehen. Sie waren in einem breiten Teich, den auf der gegenüberliegenden Seite dunkle Bäume säumten und dessen Oberfläche rosarote und weiße Wasserrosen bedeckten, die so dicht wuchsen, daß die Wasserfläche fast darunter verschwand.

Das Sonnenlicht blendete ungemein nach dem grünen Schatten im Schilf; ihre Augen brauchten einige Zeit, um sich an die neuen Lichtverhältnisse zu gewöhnen.

»Das ist allerdings das Delta«, sagte Allnutt und rümpfte die Nase.

Ein unangenehmer Geruch nach verfaulten Pflanzen lag über dem Wasser; das andere Ufer bestand aus einem wilden Gewirr von Bäumen, die alptraumhafte Formen zeigten und von Schlingpflanzen überzogen waren.

»Das wird ein schöner Spaß, diese alte Badewanne hier durch das Zeug dort drüben zu bringen«, sagte Allnutt.

»Dort ist ein Kanal«, sagte Rose und deutete voraus, »sieh!«

Tatsächlich war dort eine Art Öffnung, die in den Wald führte; sie konnten weiße Wasserrosen erkennen, die ganz am Anfang der Einfahrt blühten.

»Ich glaube, du hast recht«, sagte Allnutt. »Alles, was wir jetzt nur noch tun müssen, ist, dorthin kommen.«

Er erinnerte sich an den letzten Teich mit Wasserrosen, auf den sie weit oben auf dem Ulanga gestoßen waren. Dort hatte ihre Aufgabe, nachdem sie einmal auf dem Teich waren, lediglich darin bestanden, wieder herauszukommen. Hier waren etwa hundert Meter Wasser zu durchqueren, das fast gänzlich mit Pflanzen zugewachsen war.

»Versuchen wir es«, sagte Rose.

»›'türlich versuchen wir's«, antwortete Allnutt ein bißchen gekränkt.

Einfach war es nicht – nichts an dieser Fahrt zum See war einfach. Die Wasserrosen schienen bei der geringsten Berührung mit dem Bootshaken nachzugeben und boten überhaupt keinen Angriffspunkt, von dem aus sie sich hätten weiterziehen können. Gleichzeitig drängten sie sich so dicht ans Boot, daß sie es ebenso bremsten, wie vorher das Schilf. Das Verhalten des Boots gab Allnutt zu der düsteren Vermutung Anlaß, daß die Pflanzen sich in der Schraube – jener kostbaren Schraube mit dem schwachen Flügel – und im Ruder verfingen. Der Grund des Teichs war so schlüpfrig, daß er dem Druck des als Stakstange verwendeten Bootshakens praktisch keinen Widerstand bot, und jedesmal, wenn er die Stange wieder herauszog, stellte Allnutt fest, daß er das Boot dadurch beinahe so weit wieder zurückzog, wie er es zuvor nach vorn geschoben hatte. Sobald der Bootshaken den Grund berührte, stieg ein Schwall Gasblasen auf; der Gestank war abscheulich.

»Könnten wir es nicht mit Rudern versuchen?« fragte Rose. Die Zeit flog nur so dahin, was ihnen stets auffiel, wenn sie nur langsam vorwärtskamen, und sie hatten noch kaum den Rand des Teichs hinter sich gelassen.

»Das ginge schon«, sagte Allnutt.

Ein Bestandteil der Ausrüstung der AFRICAN QUEEN war ein Kanupaddel. Allnutt ging nach vorn, fand es und übergab es Rose. Für sich selbst brachte er ein Scheit Brennholz mit.

Durch das Paddeln kam das Boot etwas schneller voran. Inmitten dieser Pflanzen konnte keine Rede davon sein, ein Paddel aufs Geratewohl oder völlig sorglos zu handhaben. Es mußte sorgfältig senkrecht eingetaucht werden, indem man weit nach vorn ausholte, und es mußte mit gleicher Sorgfalt, ohne eine Drehbewegung, zurückgezogen werden, damit es im Moment des Zurückziehens nicht so verheddert war, daß es nur noch mit Hilfe eines Messers befreit werden konnte.

Diese Art der Fortbewegung ging beileibe nicht schnell vor sich. Rose bemerkte mitunter ein Blütenbüschel vorn am Bug, und es nahm mindestens eine Minute schwerer Plackerei in Anspruch, bis es bei ihr am Heck des Boots angelangt war. Die AFRICAN QUEEN war auch nicht zum Paddeln geeignet. Rose mußte unbequem zur Seite gedreht auf der Bank im Heck sitzen; schon nach wenigen Minuten Paddeln trat ein stechender Schmerz unterhalb ihres Schulterblattes auf, wie bei einer schweren Magenverstimmung. Sie und Allnutt mußten ständig zur Erleichterung ihrer Arbeit die Seiten wechseln. Sie bewegten sich so langsam vorwärts, daß sie es, als sie völlig zum Stillstand gekommen waren, beide nicht sofort bemerkten und weiter paddelten, während allmählich Argwohn in ihnen aufstieg, bis sie sich umdrehten, einander schweißüberströmt ansahen und feststellten, daß sie beide denselben Gedanken gehabt hatten.

»Wir sind an was hängengeblieben«, sagte Allnutt.

»Ja.«

»Das ist die alte Schraube. Kein Wunder bei diesem Schlamassel.«

Sie standen nebeneinander auf der einen Seite des Bootes, doch war es natürlich unmöglich, die Lage der Dinge von dort aus zu beurteilen.

»Bleibt nur eines übrig«, sagte Allnutt. Er holte sein Messer heraus, öffnete es und betrachtete die Schneide.

»Der nächste Programmpunkt besteht aus einer kleinen Taucheinlage, meine Damen und Herren«, sagte er und versuchte dabei zu grinsen.

Rose wollte protestieren. Diese Unmengen von Pflanzen waren gefährlich, doch mußte Allnutt die Gefahr in Kauf nehmen, wenn sie ihre Reise fortsetzen wollten.

»Wir müssen vorsichtig sein«, war alles, was sie herausbrachte.

»Jawohl.«

Allnutt brachte ein Seil zum Vorschein.

»Wir binden das um meine Taille«, sagte er, während er seine Kleider abstreifte. »Von dem Moment an, wo ich untertauche, zählst du bis dreißig, und wenn ich bis dahin nicht wieder hochgekommen bin, ziehst du an dem Seil hier und ziehst und ziehst und ziehst, was das Zeug hält.«

»In Ordnung«, sagte Rose.

Allnutt saß nackt auf der Bordwand und schwang die Beine hinüber.

»Gutes Gebiet für Krokodile hier«, sagte er und fuhr dann, als er Roses Gesichtsausdruck sah, hastig fort: »Nee, ist gar nicht wahr. Kein Krokodil auf der ganzen Welt käme durch dieses Unkraut hier durch.«

Allnutt war sich gar nicht so sicher. Bei dem, was er zu tun im Begriff stand, wuchs er in einem unglaublichen Anflug von Heldenmut über sich selbst hinaus. Nicht einmal Rose konnte die namenlose Furcht, die ihn erfaßt hatte, ahnen, doch reagierte er auf seine Feigheit mit Tollkühnheit. Er nahm sein Messer in die Hand und ließ sich ins Wasser fallen. Sich an der Bordwand festhaltend, holte er ein halbes dutzendmal tief Luft und tauchte dann mit dem Kopf unter das Boot. Seine Beine verschwanden unter dem Pflanzenteppich, während Rose mit bebenden Lippen zu zählen anfing. Bei »dreißig« begann sie an dem Seil zu ziehen und stieß einen Seufzer der Erleichterung aus, als Allnutt, über und über mit verschlungenem Grünzeug bedeckt, wieder auftauchte. Er mußte erst eine von Pflanzen umschlungene Hand heben, um sich eine Maske von dem Zeug vom Gesicht zu reißen, bevor er atmen oder etwas sehen konnte.

»Um die Schiffsschraube rum ist ein Klumpen, so groß wie ein Bienenkorb«, stieß er, nach Luft ringend, hervor. »Und die Hälfte vom Schilf im See klebt daran.«

»Hat es Sinn zu versuchen, sie freizubekommen?«

»O ja. Das Zeug läßt sich ziemlich einfach abschneiden. Ich hatte schon ein ganz schönes Stück geschafft, als ich hochkommen mußte. Na schön, auf ein neues.« Als er zum vierten Mal auftauchte, grinste Allnutt vor Vergnügen.

»Alles weg«, sagte er. »Hältst du mal das Messer, altes Mädchen? Ich komm rein.«

Mit Roses Hilfe zog er sich an Bord. Das Wasser lief in Strömen an ihm herunter und tropfte von den Unkrautmassen, die an seinem Körper klebten. Rose schwirrte geschäftig um ihn herum und half ihm, alles abzuklauben. Plötzlich stieß sie einen kleinen Schrei aus, der im selben Moment von Allnutt wiederholt wurde.

»Sieh dir bloß diese verflixten Hurensöhne an!« sagte Allnutt – die Flüche, die zu gebrauchen er sich immer noch scheute, waren solcher Art, daß Rose, der nie welche zu Ohren gekommen waren, sie nicht als Flüche erkannte. An Allnutts Körper, an seinen Armen und Beinen saßen Blutegel, zwanzig Stück oder noch mehr, die an seiner Haut klebten. Sie schwollen an von seinem Blut, während Rose sie in Augenschein nahm. Es waren ekelhafte Dinger. Bei ihrem Anblick wurde Allnutt von noch größerer Panik erfaßt als vorhin beim Gedanken an die Krokodile.

»Kannst du sie nicht abreißen?« sagte er mit ersterbender Stimme. »Igitt! Diese Bestien.«

Rose erinnerte sich, daß ein Blutegel, wenn er abgezogen wird, bevor er sich vollgefressen hat, leicht sein Maul in der Wunde zurückläßt und als Folge eine Blutvergiftung eintreten kann. »Mit Salz fallen sie ab«, sagte sie und eilte fort, um die Büchse zu holen, in der das Salz war.

Feuchtes Salz, auf die Körper der Blutegel getupft, wirkte Wunder. Jeder Blutegel krümmte sich einen Moment lang zusammen, streckte und verdickte sich und fiel dann in einem unappetitlichen Haufen auf den Schiffsboden. In seiner Panik trampelte Allnutt auf dem ersten herum, und Blut – sein eigenes Blut – und eine andere Flüssigkeit spritzten unter seinem Fuß hervor. Rose scharrte die Überreste und die anderen Blutegel mit dem Paddel zusammen und schleuderte sie ins Wasser. Aus den dreieckigen Bissen floß immer noch reichlich Blut und trocknete in der glühenden Sonne in braunen, schmierigen Flecken auf Allnutts Haut; es dauerte einige Zeit, bevor sie es an den Wunden zum Gerinnen brachten, und selbst als schon alles vorüber war, schüttelte sich Allnutt immer noch vor Ekel. Er haßte Blutegel mehr als alles andere auf der Welt.

»Nichts wie weg hier«, war alles, was er als Antwort auf Roses besorgte Fragen herausbrachte.

Sie paddelten weiter über den Seerosenteich. Als der Nachmittag fortschritt, begannen sich einige der rosa Blüten zu schließen. Andere Knospen öffneten sich, elfenbeinfarbene, die an den Spitzen ihrer Blütenblätter eine ganz zarte Blaufärbung zeigten. Dieser Rosenteppich bot einen hübschen Anblick, doch hatte keiner von den beiden Augen für seine Schönheit. Sie versanken in einen Zustand träger Stumpfsinnigkeit, die Gedanken waren betäubt von der Sonne; selbst wenn sie die Plätze wechselten, sprachen sie nicht miteinander. Sie bewegten sich so langsam über den Teich wie eine Schnecke durch einen Garten. Sie handhabten ihre Paddel beim Eintauchen und Ziehen wie mechanische Apparate, außer wenn ihr Rhythmus durch Pflanzen, die sich um die Paddel gewickelt hatten, unterbrochen wurde.

Die Sonne stand inzwischen tiefer; an jenem Rand des Teichs, dem sie sich jetzt näherten, tauchte eine schattige Zone auf. Unendlich langsam bewegte sich der Bug der AFRICAN QUEEEN auf den Schatten zu. Allnutt raffte sich zu einigen weiteren Ruderschlägen auf und ließ dann, als der Schatten sich zum Heck hinaufstahl und sie erreichte, sein Holzscheit fallen. »Ich kann nicht mehr«, sagte er und legte seinen Kopf auf die Bank.

Er weinte beinahe vor Erschöpfung und drehte sein Gesicht zur Seite, weg von Rose, damit sie es nicht sehen konnte. Später jedoch, als er gegessen und getrunken hatte, kehrten seine unverwüstlichen Cockney-Lebensgeister trotz der Mückenplage wieder zurück.

»Was wir hier brauchen«, sagte er, »ist eine große, schöne Stromschnelle. Weißt du noch, so eine wie die erste hinter Shona. Dann hätten wir von der anderen Seite des Schilfs bis hierher schätzungsweise eineinhalb Minuten gebraucht, anstatt ein paar Tage, und wir sind immer noch nicht am Ziel.«

Später am Abend war er wieder zu Scherzen aufgelegt.

»Wir sind mit Dampfkraft vorwärtsgekommen, wir haben gepaddelt, geschoben und den alten Kahn mit dem Bootshaken vorwärts gezogen. Was noch fehlt, ist, aussteigen und ihn tragen. Das kommt wahrscheinlich als nächstes.«

Spät am anderen Tag erinnerte sich Rose an diese Worte und dachte dabei, daß sie das Schicksal herausgefordert hatten.

12.

Am Morgen mußten sie nur noch einen schmalen Streifen des Wasserrosenteichs unter der Glut der frühen Sonne durchqueren. Mit neuer Hoffnung kämpften sie sich vorwärts, denn sie konnten die genaue Stelle erkennen, wo Wasserrosen aufhörten und ein Kanal durch das Delta seinen Anfang nahm; beide waren sie der Meinung, daß es kein schlimmeres Hindernis für die Schiffahrt geben konnte, das so nervtötend und erschöpfend war wie diese Wasserrosen.

Das Bora-Delta ist ein Mangrovensumpf, denn das Wasser des Wittelsbacher Sees ist, obwohl trinkbar, leicht brackig, jedenfalls in dem Maß, daß einige Mangrovenarten darin wachsen können, und wo ein Mangrovenwachstum möglich ist, besteht keine Überlebensmöglichkeit für andere Baum- und Pflanzenarten. Wo die Mangroven begannen, endeten unvermittelt auch die Wasserrosen, da sie ein Leben in dem tiefen Schatten, den die Mangroven warfen, nicht ertragen konnten.

Sie erreichten die Mündung und blickten den Kanal hinunter. Er wirkte wie ein tiefer Tunnel; nur ganz vereinzelte Lichtschimmer von dem strahlenden Himmel über ihnen durchdrangen seine düsteren Tiefen. Ein Gestank wie von verrottenden Ringelblumen stieg ihnen in die Nase. Die Wände und die Decke des Tunnels bildeten die Wurzeln und Zweige der Mangroven, die sich zu einem phantastischen Formengemisch ineinander verstrickt hatten, wilder, als jeder Alptraum es vorspiegeln könnte.

Trotzdem berührte sie die abstoßende Häßlichkeit des Ortes ebensowenig, wie die Schönheit der Wasserrosen sie berührt hatte. Diese Tage, die sie nun schon unterwegs waren, hatten sie mit dem brennenden Wunsch erfüllt, vorwärts zu kommen. Sie waren so darauf fixiert, ans Ziel ihrer Reise zu gelangen, daß keine Gegend schön sein konnte, die navigatorische Probleme mit sich brachte, und sie waren gewillt, keine häßlich zu finden, die ein leichtes Fortkommen erlaubte. Als sie sich schließlich im Schneckentempo aus der letzten Umklammerung der Wasserrosen befreit hatten, hörten beide zu paddeln auf, um ins Wasser zu blicken, jeder auf seiner Seite.

»Donnerwetter«, sagte Allnutt voll Abscheu. »Jetzt ist es Gras.«

Das Grünzeug, das hier auf dem Grund des Wassers wuchs, wirkte wie üppiges Rispengras. Das Wasser war fast zugewachsen davon. Das einzig Ermutigende an der Sache war, daß die langen Halme, die sich über die Oberfläche ausbreiteten, alle in die Richtung wiesen, in die sie steuerten – ein sicheres Zeichen dafür, daß eine schwache Strömung kanalabwärts existierte, und dorthin, wohin diese Strömung sich hinbewegte, wollten sie auch.

»Mit Dampf ist da nichts zu machen«, sagte Allnutt. »In diesem Dreck hier dreht sich die Schraube nie.«

Rose blickte das mit Mangroven bewachsene Ufer hinunter, am Rand des Wasserrosenteichs entlang. Sie könnten versuchen, irgendeinen anderen Weg durch das Delta zu finden, doch war die Wahrscheinlichkeit groß, daß jeder andere Kanal genauso zugewachsen war, und jeder Versuch, einen anderen Kanal zu finden, bedeutete noch mehr langsames Paddeln durch Wasserrosen. Ihr Entschluß stand ziemlich rasch fest.

»Weiter«, war alles, was sie sagte. Zwar hatte sie noch nie von Lord Fishers Ratschlag »Erkläre nie etwas« gehört, doch handelte sie instinktiv danach.

Sie beugten sich nach vorn, um ihre Arbeit wieder aufzunehmen, und die AFRICAN QUEEN fuhr in den Mangrovensumpf hinein, so langsam, wie man es von einem Dampfboot erwarten kann, das mit einem Kanupaddel und einem Stück Holz von der ungefähren Form eines Paddels vorwärtsbewegt wird.

Sie befanden sich nun in einem Gebiet, in dem das Wasser nicht kampflos vor dem Land kapitulieren wollte, das langsam von ihm Besitz ergriff. Durch die Wurzeln der Mangroven hindurch, die sich um sie schlossen, konnten sie schwarze Wassertümpel erkennen, die sich weit bis ins Innere erstreckten; der Schlamm, in dem die Bäume wuchsen, bestand zur Hälfte aus Wasser, war genauso schwarz und fast ebenso flüssig. Selbst die Luft tropfte vor Feuchtigkeit. Alles war feucht, und doch war es zwischen den Bäumen so heiß wie in einem Backofen. Man konnte kaum mehr atmen.

»Soll ich jetzt mal versuchen, das Boot mit dem Haken vorwärtszubekommen, Rosie?« sagte Allnutt. Es widerstrebte ihm, sich von der grauenhaften Umgebung die Laune verderben zu lassen. »Wir kommen so etwas besser voran.«

»Wir könnten beide einen Haken benutzen«, sagte Rose.

»Kannst du einen Bootshaken machen?«

»Mit Leichtigkeit«, sagte Allnutt.

Rose konnte sich glücklich schätzen, ihn als Gehilfen zu haben.

Ziemlich rasch fertigte er einen etwa eineinhalb Meter langen Bootshaken an, indem er den Metallhaken aus einer Eisenkante von einer Strebe des Sonnensegels abschlug und ihn mit Draht eng am Schaft festband.

Nun, da sie beide Haken benutzten, kamen sie schnell vorwärts. Sie standen Seite an Seite im Vorschiff, und fast immer war eine Wurzel oder ein Zweig einer Mangrove auf der einen oder anderen Seite oder über ihren Köpfen in Reichweite, so daß sie zickzackförmig den Kanal entlang von einer Seite zur anderen kriechen konnten. Schätzte man den Durchmesser des Mangrovensumpfes auf zehn Meilen und rechnete man noch einmal die Hälfte für Biegungen dazu und ging dann von einer Geschwindigkeit von einer halben Meile in der Stunde aus – was ungefähr stimmte –, dann hätten dreißig Stunden dieser Art von Bemühungen eigentlich ausreichen müssen, sie hindurchzubringen. Trotzdem dauerte es viel länger.

Zunächst einmal, der Kanal war voller Hindernisse. Auf eines stießen sie beinahe sofort, als sie zwischen den Mangroven hineinfuhren, und danach tauchte alle paar hundert Meter wieder ein neues auf. Die AFRICAN QUEEN kam mit einem heftigen Stoß zum Stehen – Geräusche, die ihnen bald nur zu vertraut werden sollten –, und irgendein Stamm lag in den schwarzen Tiefen des Wassers versteckt, der sich – den Blicken verborgen – quer über den Kanal streckte. Sie mußten ihn über seine ganze Länge hin ausloten. Manchmal, wenn sie Glück hatten, war das Wasser über dem Stamm an der einen oder anderen Stelle tief genug, um das Boot darüber hingleiten zu lassen, doch wenn dies nicht der Fall war, mußten sie sich ein anderes Mittel einfallen lassen, um weiterzukommen. Der Schornstein kippte schon ziemlich bald um; Allnutt montierte ihn und die Stützen des Sonnensegels ab, weil sie unter überhängenden Ästen regelrecht hindurchkriechen mußten.

Im allgemeinen konnten sie, wenn der Kanal blockiert war, einen Weg um das Hindernis herum finden, und zwar durch die Wassertümpel, die hier und da eine Art Seitenkanal bildeten, doch waren harte Anstrengungen nötig, die AFRICAN QUEEN durch sie hindurchzubekommen, und für gewöhnlich endete es damit, daß Allnutt das Boot verlassen, im Schlamm umhertappen und die Barkasse um die Biegungen herumbugsieren mußte. Es war genau an einem solchen Punkt, als die AFRICAN QUEEN knirschend über den Schlamm und die Baumwurzeln rutschte, als Rose Allnutts ominöse Worte, sie müßten nur noch aussteigen und das Boot tragen, wieder in den Sinn kamen.

Wenn es nicht möglich war, ein Hindernis zu überqueren oder es zu umgehen, mußten sie es irgendwie im Kanal wegschieben, wobei sie zunächst Form, Gewicht und Beiwerk durch Sondieren mit den Bootshaken ermittelten und es schließlich die nötigen paar Zentimeter in die eine oder andere Richtung schoben, was einen solchen Kraftaufwand erforderte, daß sie in der einem türkischen Bad ähnlichen Atmosphäre glaubten, es sprenge ihnen das Herz. Sie wurden erfinderisch im Ersinnen von Methoden, mit Hilfe der über ihnen hängenden Äste und indem sie Taue an den unter ihnen liegenden Hindernissen befestigten, sie aus dem Weg zu räumen. Und Allnutt überwand notgedrungen seinen schaudernden Widerwillen gegen Blutegel – einmal hockten sie einige Stunden lang im schlammigen Wasser, während sie mit Messern eine unter Wasser liegende Wurzel durchtrennten, die den Weg zu dem einzig möglichen Fleckchen Wasser versperrte, durch das sie die AFRICAN QUEEN gleiten lassen konnten.

Es war eine alptraumhafte Zeit voller Dreck, Schlamm und Gestank. Sie konnten noch so vorsichtig sein, der an allem haftende Schlamm überzog allmählich alles in und auf dem Boot und sie selbst, einfach alles; zu allem Übel brachte er auch noch einen ekelerregenden Gestank mit sich. Es war ein Ort, an dem immer Zwielicht herrschte und an dem man alles zweimal anschauen mußte, um sich zu vergewissern, was es war, so daß – da jeder Schritt eine Schlange aufscheuchen konnte, deren Biß tödlich war – ihr Umherpatschen im Schlamm von der nötigen Vorsicht begleitet sein mußte.

Was noch schlimmer wog als alles andere, war, daß es eine Brutstätte für Malaria war. Wahrscheinlich hatte sich das Gift schon im unteren Abschnitt des Bora, ehe sie noch das Delta erreichten, in ihr Blut geschlichen. Aber erst im Delta wurden sie zum ersten Mal davon außer Gefecht gesetzt. Jeden Morgen befiel es sie beinahe gleichzeitig; sie bekamen starke Kopfschmerzen, spürten, wie langsam Kälte in ihnen hochkroch, und ihre Zähne fingen an zu klappern, bis sie dem Anfall hilflos ausgeliefert waren, die Gesichter durchfurcht und schmerzverzerrt, die Fingernägel blau vor Kälte. Sie lagen Seite an Seite auf den Bodenplanken, umgeben vom schweigenden Mangrovenwald, ihre schmutzigen Fetzen trotz der drückenden, dampfenden Hitze, die sie nicht spüren konnten, an sich gepreßt. Schließlich pflegte dann die Kälte einem alptraumhaften Fieber zu weichen, begleitet von Delirium, Durst und rasenden Schmerzen. Dann, wenn sie das Gefühl hatten, es nicht mehr länger ertragen zu können, brach endlich der gesegnete Schweiß hervor, das Fieber ließ nach, und sie schliefen für ein oder zwei Stunden ein. Nach dem Erwachen waren sie dann wieder fähig, sich zu bewegen, und bereit, ihr Werk, die AFRICAN QUEEN durch das Bora-Delta zu bringen, fortzusetzen.

Rose verabreichte sich und Allnutt regelmäßig Chinin aus dem tragbaren Medikamentenkoffer in ihrer Blechkiste; hätten sie das nicht gehabt, wären sie wahrscheinlich gestorben, und ihre Knochen wären in der verrottenden AFRICAN QUEEN zwischen den Mangroven vermodert.

Nicht ein einziges Mal sahen sie die Sonne, während sie in dieser von Zwielicht erfüllten Alptraumwelt lebten, und der Kanal bog und wand sich, daß sie jeglichen Orientierungssinn verloren und nicht im geringsten mehr wußten, in welche Himmelsrichtung sie steuerten. Wenn der Kanal, dem sie folgten, in einen anderen überging, mußten sie überprüfen, wohin das Wasser floß, um entscheiden zu können, welche Richtung sie einschlagen sollten, und an den Orten, an denen es so dunkel war, daß nicht einmal Wassergras dort wuchs, wie es ab und zu vorkam, mußten sie sich an der Richtung orientieren, in der kleine, an der Oberfläche schwimmende Holzstücke dahintrieben – ein fast unmerkliches Dahintreiben, kaum ein paar Meter in der Stunde.

Schlimmer war es während der beiden Male, als sie den Kanal überhaupt nicht wiederfanden, weil sie, über Umwege durch Tümpel, Hindernisse umgehen mußten. Es war leicht, hier die Orientierung zu verlieren, wo jedes wirre Knäuel oberirdischer Wurzeln jedem anderen aufs Haar glich. Schlechte Lichtverhältnisse herrschten und ließen von nirgendwoher Unterstützung beim Bestimmen der Richtung erwarten, sie versanken bis zur

Hüfte im Schlamm, und verborgene Wurzeln rissen ihnen die Haut auf, sobald sie sich einen Schritt von den Inseln, auf denen sie knöcheltief im Schlamm versanken, fortbewegten. Und wenn sie sich derart hoffnungslos verirrt hatten, hieß es, sich von einem Tümpel zum nächsten vorwärtszukämpfen und, falls nötig, mühsam mit der Axt einen Weg für das Boot freizuschlagen. Sie fühlten sich dann jedesmal wie im Paradies, wenn sie wieder auf einen trüben Kanal voller Wurzeln stießen, der ihnen erlaubte, ganze fünfzig Meter in einem Stück zurückzulegen, ohne von irgendwelchen Hindernissen aufgehalten zu werden.

In diesem Sumpfgebiet verloren sie jegliches Zeitgefühl. Die Tage kamen und gingen, jeder begleitet von einem Kälte- und Fieberanfall; es war Tag, wenn es genügend hell war, um sehen zu können, und es wurde Nacht, wenn das Zwielicht so überhand nahm, und sie nichts mehr tun konnten. Wie viele Tage so dahingingen, wußten sie längst nicht mehr. Sie aßen wenig, und dem, was sie aßen, haftete der Gestank des Sumpfes an. Kein Tier führte je ein schlimmeres Leben, denn schließlich hatte nie ein Tier vor der Aufgabe gestanden, die AFRICAN QUEEN durch diese Mangroven zu bugsieren – und sie durften sich nicht einen Augenblick der Unaufmerksamkeit leisten, wenn die kostbare Schiffsschraube nicht Schaden nehmen sollte.

Und auf wie schlüpfrigem Grund sie auch standen und wie unmöglich auch der Winkel des Schlepptaus war oder wie stark auch ein Malariaanfall ihnen zusetzte, stets durfte die Barkasse nur zentimeterweise und ohne Rucken um die Biegungen gezogen werden, damit die Schiffsschraube nicht gegen irgendeine verborgene Wurzel stieß. Nie war ihnen die Genugtuung eines wütenden Reißens am Seil oder eines herzhaften Stoßes mit dem Bootshaken vergönnt.

Sie bemerkten gar nicht die ersten hoffnungsvollen Anzeichen während ihrer Weiterfahrt. Der Kanal, in dem sie sich befanden, wirkte wie jeder bisher, und als er in einen anderen mündete, war das lediglich etwas, das schon hundert Mal vorher geschehen war; sie vermuteten, daß sie weiter vorn auf eine Gabelung stoßen würden. Als jedoch ein weiterer großer Kanal auftauchte, fingen sie langsam an, sich Hoffnungen zu machen. Über ihnen lichteten sich die Äste, so daß es immer heller wurde. Der Kanal war tief und breit, und obwohl er vor Wassergras strotzte, war das in ihren

Augen eine reine Lappalie nach den Hindernissen, die sie überwunden hatten; außerdem hatten sie eine außerordentliche Geschicklichkeit entwickelt, die AFRICAN QUEEN mit Hilfe des Bootshakens an den Ästen weiterzuziehen. Sie wagten nicht, etwas zu sagen, als der Kanal sich voranschlängelte, gute fünfunddreißig Meter von einer zur anderen Seite messend. Dann wurde der Kanal noch breiter, und sie kamen in den Genuß von richtigem Sonnenlicht. Allnutt konnte sich nun nicht mehr länger zurückhalten, er mußte etwas sagen, selbst auf die Gefahr hin, daß es Unglück brachte.

»Rosie«, sagte er. »Glaubst du, wir sind durch, Rosie?«

Rose zögerte, bevor sie antwortete. Es wäre zu schön, um wahr zu sein. Sie langte nach einer Luftwurzel, zog kräftig, was die AFRICAN QUEEN brav weitertreiben ließ, und öffnete dann den Mund.

»Ja«, sagte sie. »Ich glaube, das sind wir.«

Sie brachten es fertig, sich über das Boot hinweg zuzulächeln. Sie boten einen abscheulichen Anblick, obwohl sie sich inzwischen daran gewöhnt hatten. Sie waren verdreckt von Schlamm, Roses langes kastanienbraunes Haar, Allnutts Haar und sein Bart, der wieder gewachsen war, seit sie das Delta erreicht hatten, waren davon klumpig verfilzt. Ihr Aufenthalt im Halbdunkel hatte ihre tiefe Sonnenbräune in ein ungesundes Gelb verwandelt, das von der Malaria noch verschärft wurde. Ihre Wangen waren eingefallen, ihre Augen lagen tief in den Höhlen, und durch die Löcher in ihren schmutzigen Lumpen schimmerte ihre gelbe Haut, durch die die Knochen hervortraten. Das Boot und alles, was drin war, bedeckte Schlamm, den sie beim hastigen Einsteigen nach Überwindung schwieriger Biegungen hereingeschleppt hatten. Sie ähnelten eher kranken Steinzeitmenschen als solchen Produkten der Zivilisation, wie der Schwester eines Missionars und einem gelernten Mechaniker. Trotzdem lächelten sie einander immer noch zu.

Dann beschrieb der Kanal eine weitere Kurve, und es bot sich ihnen eine Aussicht fast ohne Mangroven.

»Schilf!« flüsterte Allnutt, als ob er es kaum auszusprechen wagte. »Schilf!«

Er hatte ja seine Erfahrungen gemacht mit dem Schilf und zog es den Mangroven jedenfalls bei weitem vor. Rose stand inzwischen auf Zehenspitzen auf der Bank und blickte, so weit es ihr möglich war, über das Schilf hinweg.

»Der See liegt gleich auf der anderen Seite«, sagte sie.

Sofort begann Rose sich mit Mitteln und Wegen zu beschäftigen, als habe sie eben erfahren, daß ein unerwarteter Gast zum Abendessen erscheinen werde.

»Wieviel Holz haben wir noch?« fragte sie.

»Ziemlich viel«, sagte Allnutt, während er abschätzend einen Blick auf die Stöße im Mittschiff warf. »Reicht ungefähr noch einen halben Tag.«

»Wir brauchen mehr«, sagte Rose entschieden.

Auf dem See draußen würde es keine so bequemen Möglichkeiten geben, ihre Vorräte aufzustocken, wie bisher. Die AFRICAN QUEEN würde bald schon mit ihrem Brennmaterial in Schwierigkeiten geraten, verglichen mit denen sich die von Kapitän von Müller und von Admiral Graf Spee wie ein Kinderspiel ausnahmen. Die AFRICAN QUEEN sollte zwar nur eine einzige Aufgabe bewältigen, doch für diese Aufgabe mußte sie so gut gerüstet sein wie nur irgend möglich.

»Halten wir hier an und holen welches«, entschied sie.

Es war eine schmerzliche Entscheidung, mit Sicherheit empfand das Allnutt so, aber bis zu einem gewissen Grad doch auch Rose. Beide waren nun, wo sie den blauen Himmel über sich und einen weiten Horizont vor sich hatten, in wilder, Vernunftsgründen kaum zugänglicher Panik. Sie waren wie von einer Krankheit von dem Wunsch besessen, von diesen verhaßten Mangroven wegzukommen, und zwar ohne eine Sekunde Zeit zu verlieren. Der Gedanke, noch eine Stunde zwischen ihnen zubringen zu müssen, war qualvoll; Allnutt, wäre er allein gewesen, hätte sich sicherlich davongemacht und die Frage des Brennstoffvorrats sich von selbst lösen lassen. Doch so, wie die Dinge nun einmal lagen, beugte er sich Roses Autorität, und wenn er Bedenken erhob, so zu ihrem gemeinsamen Besten und nicht um seiner selbst willen.

»Grünes Holz taugt nicht viel für unseren Kessel«, sagte er.

»Es ist besser als nichts«, antwortete Rose. »Außerdem schätze ich, daß es ein, zwei Tage Zeit hat zu trocknen, bevor wir es brauchen.«

Sie wechselten einen Blick, während sie das sagte. Die ganze

Fahrt hatte nur dem Ziel gedient, die KÖNIGIN LUISE zu torpedieren. Und dieses Ziel, das Allnutt noch vor einiger Zeit so phantastisch erschien, lag jetzt greifbar nahe; über Wochen hatte er nicht mehr daran gedacht, doch nun war es an der Zeit, sich damit auseinanderzusetzen. Doch selbst jetzt gelang es ihm nicht; er sagte sich nur, daß er bald zu einem Entschluß kommen müsse. Im Augenblick hatte er nicht einen Gedanken in seinem Kopf. Er vertäute die AFRICAN QUEEN an den Mangroven, nahm seine Axt und hieb in das weiche, schwammige Holz, bis auf dem Mitteldeck ein großer Stoß aufgeschichtet lag. Dann endlich konnten sie den Mangroven den Rücken kehren und sich auf den Weg machen zur freundlichen Zuflucht des Schilfs.

13.

Die Mündung des Bora, auf die sie hinauskamen, war gut überschaubar. Durch das Schilf führte ein ziemlich breiter Kanal, und sie mußten nur ein kurzes Stück in ihm zurücklegen und nur eine einzige Biegung nehmen, als sich auch schon die grenzenlose Weite des Sees vor ihnen auftat – goldenes Wasser, so weit das Auge reichte, unterbrochen lediglich durch ein oder zwei baumbewachsene Inseln. Zu beiden Seiten des Kanals waren Sandbänke, markiert von Schilf, die weit in den See hineinreichten, doch brauchten sie sich darum nicht zu kümmern. Nur Wasser war vor ihnen, nichts als Wasser, auf einer Fläche von vierzig Meilen Breite und achtzig Meilen Länge, und kein einziger Felsen, keine Sandbank, keine Wasserrosen, kein Schilf und auch keine Mangrove, die sie hätten aufhalten können – sie hätten von ihrem Weg abweichen müssen, um nach ihnen zu suchen. Das Gefühl von Freiheit und Erleichterung war unbeschreiblich köstlich. Sie fühlten sich wie Tiere, die sich aus einem Käfig befreit hatten. Zwischen dem Schilfrohr ankernd, schliefen sie, wenngleich von Fröschen und Fliegen geplagt, friedlich wie seit Tagen nicht, während die AFRICAN QUEEN im Takt einer schwachen, vom See kommenden Dünung schaukelte.

Am nächsten Morgen sprachen sie immer noch nicht über das Torpedieren der KÖNIGIN LUISE. Für Rose mit ihrer methodischen Art war es notwendig, erst einen Schritt zu tun, bevor sie den nächsten ins Auge faßte.

»Machen wir das Boot erst mal gründlich sauber«, sagte sie. »Ich kann das alles hier nicht mehr ertragen.«

In der Tat wirkten der Schmutz und der Unrat an Bord im grellen Sonnenlicht noch entsetzlicher. Rose konnte buchstäblich keinen klaren Gedanken fassen oder irgendwelche Pläne schmieden unter solchen Verhältnissen. Sie zerrten unerträglich an ihren Nerven. Es tat nichts, daß die AFRICAN QUEEN bald schon in die Luft fliegen würde, wenn sie die Flanke der KÖNIGIN LUISE rammte, Rose konnte den Gedanken nicht ertragen, auch nur zwei oder drei Tage unnötigerweise in diesem Schmutz zu verbringen.

Das Wasser um sie her war ruhig und klar. Stück für Stück säuberten sie das ganze Boot, wobei alles mehrmals umgestellt werden mußte. Allnutt löste die Bodenplanken und reinigte den stinkenden Kielraum, während Rose oben zwischen den Achtersitzen kniete und nach und nach Decken, Kleidung und Haushaltsgegenstände vom Schmutz befreite. Es war ein herrlicher Tag, und in dieser Sonne trocknete noch die dickste Decke im Handumdrehen. So ein häusliches Zwischenspiel war die beste Art von Erholung für Rose; vielleicht war es nicht nur Zufall, daß sie an diesem Morgen keinen Malariaanfall hatten.

Rose wusch auch sich selbst, zum ersten Mal, seit sie zwischen die Mangroven geraten waren, und sie kostete das herrliche Gefühl aus, wieder einmal ein frisches, sauberes Kleid über einen frischen, sauberen Körper zu streifen. Es war wörtlich so, denn Rose hatte sich endlich den Wunsch erfüllt, den sie in jenen längst entschwundenen Tagen auf der Missionsstation stets beiseite geschoben hatte – sie trug keine Unterwäsche mehr. Das meiste davon war ohnehin draufgegangen im Dienst am Boot – als Handschutz beim Geradebiegen der Schraubenwelle –, und der Rest war zum Gebrauch durch Allnutt bestimmt. Allnutts eigene Kleidung hatte sich aufgelöst, und nun spazierte er schamhaft in Roses Leibchen und Schlüpfer im Boot umher; die sittsame Halskrause und die zahllosen Biesen um seine Schenkel standen in seltsamem Kontrast zu seiner mageren, unweiblichen Gestalt.

Vielleicht lag es an diesen zivilisierenden Tätigkeiten, daß Rose in dieser Nacht sich an etwas entsann, das sie seit dem Augenblick, als sie die Mission verließ, aus dem Gedächtnis verloren hatte. Später war ihr gelegentlich, als sei Gott selbst zu ihr gekommen und habe sie geweckt, so daß ihr Herz stürmisch klopfte und das Blut warm unter ihrer Haut pulsierte, doch bei bescheidenerem Nachdenken schrieb sie es ihrem »besseren Ich« oder ihrem Gewissen zu.

Sie hatte nicht mehr gebetet, seit sie auf der AFRICAN QUEEN war, hatte an Gott nicht einmal gedacht. Als sie sich dessen bewußt wurde, war sie mit einem Schlag hellwach, und während sie so da lag, ergriff sie Furcht und Reue. Sie konnte es nicht begreifen, daß der Gott, den sie anbetete, nicht den Blitz, der so oft den Himmel über ihr zerriß, auf sie geschleudert hatte, um sie zu vernichten. Furcht peinigte sie, wenn sie daran dachte, daß er es jetzt noch tun könnte, ehe sie ihn beschwichtigt haben würde. Sie rappelte sich auf, sank auf die Knie und betete mit gesenktem Kopf voll wilder Reue.

Als Allnutt nachts erwachte, sah er das Profil ihrer gebeugten Gestalt im Sternenlicht, sah sie ihr Gesicht zum Himmel erheben, sah ihre tränenfeuchten Wangen und ihre sich im Gebet bewegenden Lippen, und der Anblick flößte ihm Ehrfurcht ein. Er selbst betete nicht, hatte noch nie gebetet. Die Tatsache, daß sie imstande war, unter Tränen und in höchster Seelenqual zu beten, machte ihm ihre Überlegenheit deutlich und zeigte ihm, daß sie aus anderem Holz geschnitzt war als er. Doch war er sich dieser Überlegenheit schon seit langem bewußt. Er war es zufrieden, das Flehen um göttliche Führung Rose zu überlassen, ebenso wie er die Überwindung der Stromschnellen des Ulanga ihr überlassen hatte. Es gehörte sehr viel dazu, Allnutt um seinen Schlaf zu bringen. Die Augen fielen ihm zu, er schlief wieder ein und ließ Rose mit ihrer Seelenqual allein zurück.

In jenem schrecklichen Moment hätte Rose sowieso keinen Trost bei Allnut gefunden. Hier handelte es sich um eine Angelegenheit, die nur Gott und sie betraf. Nichts erinnerte mehr an die Frau mit den eisernen Nerven, die die AFRICAN QUEEN den Ulanga hinunter befördert hatte, wenn man die weinende Gestalt betrachtete, die Gott um Vergebung für ihre Nachlässigkeit anflehte. Es war ihr unmöglich, mit Gott zu handeln, ihm gutes Betragen anzubieten, wenn er ihr dafür die Sünden der Vergangenheit vergab; ihre Erziehung verbot ihr das. Sie konnte lediglich vollkommene, tiefste Reue geloben und um Vergebung bitten als eine willkürlich gewährte Gnade des gestrengen Gottes, den ihr Bruder sie gelehrt hatte. Sie war außer sich vor Kummer. Sie konnte nicht sagen, ob ihr vergeben worden war oder nicht. Sie wußte nicht, wie lange sie das Höllenfeuer würde ertragen müssen wegen dieser Tage der Vergeßlichkeit.

Noch schlimmer war, daß sie nicht sagen konnte, ob ihr erzürnter Gott es nicht für angebracht halten mochte, sie zusätzlich zu bestrafen, indem er ihre gegenwärtige Expedition zum Scheitern verurteilte. Angesichts der Tatsache, daß diese Expedition Ursache ihrer Nachlässigkeit war, wäre das eine passende Strafe gewesen. Das Ganze erinnerte stark an die Bibel, so daß sie von äußerster Besorgnis erfüllt war. In verstärkter Seelennot bat sie Gott inständig, dieses Unternehmen der AFRICAN QUEEN mit Wohlwollen zu begleiten, ihnen Gelegenheit zu geben, die KÖNIGIN LUISE zu finden und zu versenken, damit die verhaßte Flagge mit dem Eisernen Kreuz von den Wassern des Wittelsbacher Sees verschwinde und die Aliierten herüber kämen, um Deutsch-Ostafrika zu erobern. Sie war vor lauter Zweifeln und Furcht ganz außer sich; ihre Fingergelenke knackten, so heftig faltete sie die Hände.

Erst dann fiel ihr noch eine Sünde ein – eine schlimmere, ja die schlimmste aller Sünden überhaupt nach der trüben Meinung jener, die sie unterrichtet hatten, eine Sünde, deren Namen sie nur nannte, wenn sie laut aus der Bibel vorlas. Sie hatte in unerlaubter Lust bei einem Mann gelegen. Einen Augenblick lang erinnerte sie sich erschüttert und mit Grausen an das, was sie mit diesem Mann zusammen getan hatte, an ihre wollüstige Schamlosigkeit. Und was noch schlimmer war, sie hatte das alles derart genossen, wie es einer Frau nicht einmal im Traum erlaubt war.

Sie sah auf die undeutliche Gestalt Allnutts hinunter, der auf dem Boden des Boots schlief, und dieser Anblick löste Widerstand in ihr aus. Es war ihr unmöglich, gänzlich unmöglich, sich in Hinblick auf ihn sündig zu fühlen. Er war genau so ihr Mann, wie irgendein Ehemann es für irgendeine verheiratete Frau war, ungeachtet der Formalitäten, von denen sie und Charlie sich dispensiert hatten. Der Gedanke machte ihr Mut, obwohl sie nicht so weit ging (oder so weit sank), ihre Meinung, das Sakrament der Ehe sei nur eine Formalität, sich selbst gegenüber in Worte zu fassen. Sie verfiel unmerklich in den ketzerischen Glauben, es sei vorstellbar, daß die Kräfte der Natur zu stark für sie gewesen sein könnten und daß sie in diesem Fall keine Schuld träfe.

Ein beträchtliches Maß an Reue und Schrecken fiel in diesem Augenblick von ihr ab, und sie wurde merklich ruhiger. Das letzte ihrer Gebete war sowohl von Vernunft wie von Gefühl bestimmt, und sie brachte ihre Bitten jetzt so vor, wie sich Fremde gegenseitig um etwas bitten mochten. Ihre aufrichtige Überzeugung, daß das, was sie um Englands willen zu tun beabsichtigte, richtig sein mußte, kam ihr zu Hilfe, so daß sich trotz des Schwächegefühls, das ihren kranken Körper bei der ersten schrecklichen Seelenangst befallen hatte, Hoffnung und Zuversicht wieder bei ihr einstellten. Allmählich war sie so unerschütterlich und blind von der Gewißheit ihrer Rechtschaffenheit besessen wie vorher von der Gewißheit ihrer Sündhaftigkeit.

Schließlich legte sie sich in alter Gemütsruhe zum Schlafen nieder und war wieder fanatisch überzeugt von der Rechtmäßigkeit und dem Erfolg des Schlages, den sie für England zu führen gedachte. Der einzig merkliche Unterschied, den das ganze qualvolle Erlebnis nachträglich an ihrem Verhalten erkennen ließ, war, daß sie, als sie am nächsten Morgen aufstand, wieder einen Augenblick lang mit gesenktem Kopf auf den Knien betete, während Allnutt verlegen im Vorschiff herumfuhrwerkte. Sie war wieder ihr altes Selbst, ihre Stirn war glatt und ihr Gesichtsausdruck gelassen, als sie sich von ihren Knien erhob, um zum Horizont zu blicken.

Etwas kam dort draußen in Sicht, etwas, das nichts mit Wasser, Schilf, Himmel und Inseln zu tun hatte. Es war keine Wolke; es war ein Klecks schwarzen Rauchs und darunter ein weißer Punkt. Roses Herz sprang heftig in ihrer Brust, doch zwang sie sich zur Besonnenheit.

»Charlie«, rief sie, ganz ruhig. »Komm hier hoch. Was ist *das*?«

Ein Blick genügte Allnutt, wie er auch Rose genügt hatte.

»Das ist die LOUISA.«

Parteinahme bestimmte Allnutt nicht weniger als jene Fanfamilien von Fußballvereinen, die sich aus Tausenden von Leuten wie Allnutt zusammensetzen. Keine Worte konnten schlimm genug sein für die andere Seite, nur weil es zufällig die andere Seite war. Obwohl Allnutt keine Gelegenheit gehabt hatte, von der Propaganda aufgestachelt zu werden, die zu jenem Zeitpunkt in der britischen Presse schäumte, wurde er beim Anblick der KÖNIGIN LUISE so fanatisch antideutsch, wie irgendeiner der kleinen dikken Beamten, die das Glück hatten, nicht mehr zum Militär zu müssen.

»Jawohl«, sagte er und richtete sich auf der Bordwand auf. »Das ist niemand anderes als die LOUISA. Die Bestien! Die Schweine!«

Er schüttelte die Faust gegen den weißen Fleck. »In welche Richtung fahren Sie?« fragte Rose, seine Schimpfkanonade unterbrechend.

Allnutt spähte über das Wasser, doch bevor er seine Entscheidung verkünden konnte, tat Rose es an seiner Stelle.

»Sie kommen auf uns zu!« sagte sie und zwang sich dann wieder zur Ruhe.

»Sie dürfen uns hier nicht sehen«, fuhr sie in natürlichem Tonfall fort. »Können wir weit genug ins Schilf fahren, damit sie uns nicht sehen?«

Allnutt sprang bereits im Boot umher, nahm irgendwelche Dinge hoch und legte sie wieder hin. Er mußte sich mehr zusammennehmen, um ruhig zu sprechen.

»Sie können den Schornstein und das Segeldach sehen«, sagte er in einem lichten Augenblick. Das Aufstellen des Schornsteins und der Dachstützen war Teil des Frühjahrsputzes vom Vortag gewesen.

Statt einer Antwort riß Rose das zerfetzte Segel wieder von seinen Trägern herunter.

»Du hast genug Zeit, den Schornstein abzumontieren«, sagte sie. »Sie werden ihn jetzt noch nicht sehen können, außerdem ist Schilf zwischen ihnen und uns. Ich werde mich um die Stützen kümmern. Gib mir einen Schraubenzieher.«

Wenn ein Schiff von der Größe der KÖNIGIN LUISE ihnen nur wie ein Punkt erschien, dann mußten sie denen dort noch kleiner als ein Punkt erscheinen; Rose besaß genügend Geist und Kombinationsvermögen, um das ziemlich schnell zu erkennen.

Ohne Aufbauten war die AFRICAN QUEEN kaum einen Meter hoch; sie würden sicher sein im Schilf, falls man nicht gezielt nach ihnen suchte – und Rose wußte, daß die Deutschen sicher keine Ahnung hatten, daß die AFRICAN QUEEN auf dem See war. Sie sah hoch und beobachtete die KÖNIGIN LUISE genau. Sie war jetzt näher gekommen und fuhr stetig in südlicher Richtung am Rand des Sees entlang. Aus dem einen Punkt waren zwei Punkte geworden – unter ihrer hohen Brücke kam nun der weiße Schiffsrumpf in Sicht. Es dürfte noch eine volle Stunde dauern, bis sie die Flußmündung erreichte und die AFRICAN QUEEN gegen den Hintergrund der Schilfrohre erkennen würde.

»Bringen wir das Boot ins Schilf«, sagte sie.

Sie drehten es herum, so daß der Bug ins Schilf ragte. Indem sie mit den Bootshaken an den Schilfwurzeln zogen und sich daran abstießen, kamen sie zur Hälfte hinein, aber das ganze Heck war noch im Kanal.

»Du wirst ein paar von diesen Schilfrohren abschneiden müssen. Wie tief ist der Schlamm?« sagte Rose.

Allnutt sondierte den Schlamm vom Bug der AFRICAN QUEEN aus und betrachtete unschlüssig das Ergebnis.

»Beeil dich«, fuhr Rose ihn gereizt an, worauf Allnutt sein Messer nahm und sich über den Bug zwischen die Schilfrohre gleiten ließ. Er versank im Schlamm, bis ihm das Wasser bis zu den Achselhöhlen reichte. Mühsam umherstolpernd schnitt er jedes Schilfrohr in Reichweite so tief wie möglich ab. Sich am Bugtau festhaltend, schaffte er es mit Roses Hilfe, sich aus dem zähen Schlamm wieder herauszuziehen, und lag dann quer über dem Vordeck, während Rose die AFRICAN QUEEN in die Lücke beförderte, die er freigemacht hatte.

»Es steht immer noch ein kleines Stück über«, sagte Rose. »Einmal noch wird genügen.«

Allnutt verschwand wieder platschend zwischen den Schilfrohren und machte sich daran weiterzuschneiden. Als er fertig und wieder an Bord geklettert war, zerrten sie das Boot gemeinsam in die freigemachte Lücke. Die Schilfrohre, die vom Bug beiseite geschoben worden waren, als sie hineinfuhren, begannen sich wieder um das Heck zu schließen.

»Es wäre besser, wenn wir noch ein bißchen weiter drin wären«, sagte Rose, worauf Allnutt wortlos noch einmal zwischen den Schilfrohren verschwand.

Diesmal war die freie Fläche genügend tief. Die AFRICAN QUEEN lag inmitten dichten Schilfs; ihr Heck war umschlossen von einer dünnen, aber ausreichenden Wand der am Rand wachsenden Schilfrohre, die, wieder senkrecht stehend, sie sicher vor allem, ausgenommen gründlicher Inspektion, abschirmten, selbst wenn – was offensichtlich unwahrscheinlich war – die KÖNIGIN LUISE es sich in den Kopf setzen sollte, den vom Schilf gesäumten Kanal zum Delta hinaufzufahren.

Wenn sie auf der Bordwand standen, konnten Rose und Allnutt gerade noch über das Schilf hinaussehen. Die KÖNIGIN LUISE behielt stetig ihren Kurs bei, eine volle Meile von den tückischen Sandbänken an der Küste entfernt. Sie befand sich jetzt fast in Höhe der Kanalmündung und machte keine Anstalten einzubiegen. Sie beobachteten sie fünf Minuten lang. Mit ihrem strahlendweißen Anstrich, der sich vom leuchtenden Blau des Wassers abhob, bot sie einen schönen Anblick. Ein großer Wimpel flatterte auf dem kurzen Flaggenmast neben ihrem Schornstein; an ihrem Heck schwebte die Flagge der kaiserlichen deutschen Marine mit ihrem schwarzen Kreuz. Auf ihrem Deck konnten sie gerade noch die Sechspfünder-Kanone erkennen, die den Deutschen die Herrschaft über den Wittelsbacher See sicherte. Kein arabisches Dau, kein Kanu konnte seinen Bug außerhalb der Wasserläufe und Buchten des Sees zeigen ohne die Erlaubnis der KÖNIGIN LUISE.

Sie war jetzt am Kanal vorbei und fuhr immer noch schnurgerade in südlicher Richtung. Ganz offensichtlich bestand keine Gefahr, daß sie entdeckt würden; die KÖNIGIN LUISE war auf einer Inspektionsfahrt um den See, um sich zu überzeugen, daß ihre Autorität nirgends auch nur verstohlen angetastet wurde. Rose beobachtete, wie sie davonfuhr, und ließ sich dann schwerfällig auf die Achtersitze sinken.

»Meine Malaria beginnt wieder«, sagte sie müde. Ihr Gesicht verzerrte sich und nahm einen gequälten Ausdruck an unter den Gelenkschmerzen, die sie erduldete, und ihre Zähne begannen bereits zu klappern. Allnutt wickelte sie in Decken und traf alle Vorbereitungen gegen das Fieber, das folgen würde.

»Meine hat auch angefangen«, sagte er dann. Bald lagen sie beide hilflos zitternd und leise stöhnend hingestreckt unter der glühendheißen Sonne.

14.

Als der Anfall am späten Nachmittag vorüber war, rappelte Rose sich mühsam wieder hoch. Allnutt erwachte eben erst aus dem tiefen, wiederbelebenden Schlaf, der bei glücklicheren Naturen auf das Malaria-Fieber folgt. Als erstes tat Rose, was jeder auf einem Boot nach einer Zeit ohne Wache tut. Sie stand auf, sah sich um und reckte den Hals über das Schilf, um den Horizont abzusuchen.

Unten im Süden sah sie es wieder, jenen Rauchklecks und den weißen Fleck. Zuerst glaubte sie, die KÖNIGIN LUISE halte noch immer an ihrem alten Kurs fest, verwarf diesen Gedanken dann aber. Das Kanonenboot kam zurück; es mußte in Richtung Süden gefahren sein, bis es außer Sichtweite war, und dann gewendet haben, um dieselbe Strecke wieder zurückzufahren. Allnutt kam und stellte sich neben sie, und wortlos beobachteten sie, wie die KÖNIGIN LUISE allmählich immer größer und deutlicher wurde auf ihrem Rückweg entlang dem Ufer. Es war Allnutt, der das Schweigen brach.

»Glaubst du, daß sie nach uns Ausschau hält?« fragte er mit rauher Stimme.

»Nein«, sagte Rose ohne Zögern. »Keineswegs. Sie ist auf Küstenwache.«

Rose ließ sich mehr von Zuversicht als von Urteilsvermögen leiten. Der Erfolg ihrer Mission wäre zu sehr in Frage gestellt, befänden sich die Deutschen auf der Suche nach ihnen, und deswegen konnte dies nicht der Fall sein.

»Hoffentlich hast du recht«, sagte Allnutt. »Eigentlich glaube ich es auch.«

»Sie fährt jetzt in eine andere Richtung«, sagte Rose plötzlich. Die KÖNIGIN LUISE hatte ihren Kurs ein wenig geändert und zeichnete sich deutlich gegen das Ufer ab.

»Sie sucht also nicht nach uns«, sagte Allnutt.

Sie beobachteten sie, wie sie über den See dampfte und gerade noch oberhalb ihres Gesichtsfelds auf die Inseln zustrebte, die sie geradeaus auf der gegenüberliegenden Seite sehen konnten.

»Bin gespannt, was sie vorhat?« sagte Allnutt, doch gleichwohl war er es, der zuerst bemerkte, daß das Schiff haltgemacht hatte.

»Sie geht dort über Nacht vor Anker«, sagte Allnutt. »Sieh!«

Die Fahne am Heck verschwand, wie es eine Regel in den kaiserlichen Richtlinien für Schiffskapitäne der Kaiserlichen Deutschen Marine vorschreibt, der bei Sonnenuntergang Folge zu leisten ist.

»Hast du irgend etwas gehört?« fragte Allnutt.

»Nein.«

»Ich mein, ich hätte ein Signalhorn gehört.« Allnutt konnte, trotz der Stille, die ringsherum herrschte, unmöglich ein Signalhorn über eine Entfernung von vier Meilen auf dem Wasser gehört haben, doch traf es zweifellos zu, daß auf der KÖNIGIN LUISE ungefähr um diese Zeit Signalhörner erschollen. Auch wenn die Besatzung der KÖNIGIN LUISE nur aus sechs weißen Offizieren und fünfundzwanzig farbigen Matrosen bestand, wurde an Bord doch alles getan, um den hohen Anforderungen der Marine, der das Schiff angehörte, zu genügen.

»Nun, da sind sie«, sagte Allnutt. »Und da bleiben sie auch erst mal. Das ist ein guter Ankerplatz dort draußen zwischen den Inseln. Morgen früh können wir sie abfahren sehen.«

Er stieg von der Bordwand herunter, während Rose noch zögerte, ihm zu folgen. Die Sonne war in plötzlicher Farbenpracht untergegangen, und es war fast schon zu dunkel, um den fernen weißen Fleck sehen zu können. Es gelang ihr nicht, das Unvermeidliche an ihrer gegenwärtigen Untätigkeit so gleichmütig hinzunehmen wie Allnutt. Sie standen jetzt an der Schwelle großer Ereignisse. Sie mußten sich bereit machen, mußten planen und dann ihren Schlag für England führen, auch wenn jegliches Projekt jetzt viel phantastischer wirkte als aus der nebelhaften Ferne des oberen Ulanga.

»Wir hätten heute schon auf sie vorbereitet gewesen sein müssen«, sagte Rose bitter zu Allnutt, dessen Zigarettenglut sie gerade noch im Dunkeln sehen konnte.

Allnutt zog an seiner Zigarette und kam dann mit einer überraschend hilfreichen Überlegung.

»Menschenskind«, sagte er, »mach dir keine Sorgen. Ich hab nachgedacht. Die werden wieder hier aufkreuzen, kannst du mir glauben. Du weißt doch, wie diese Deutschen sind. Sie entwerfen Systeme und halten sich genau daran. Montags sind sie an dem einen Ort, dienstags irgendwo anders, mittwochs sind sie vielleicht hier – ich weiß nicht, was für ein Tag heute ist. Samstag abends fahren sie wahrscheinlich nach Port Livingstone und liegen dort den Sonntag über still. Dann fangen sie montags wieder mit derselben Runde an. Du kennst sie doch.«

Allnutt war zweifellos der bessere Psychologe von beiden. Was er sagte, stimmte so rückhaltlos mit dem überein, was Rose von offiziellen deutschen Methoden kennengelernt hatte, daß sie einfach glauben mußte, daß etwas Wahres daran war. Er fuhr fort, seine Meinung durch ein Beispiel zu untermauern.

»Oben im Bergwerk«, sagte er. »Der alte Kauffmann, der Inspektor, dessen Job es war, dafür zu sorgen, daß in der Mine alles korrekt lief – und ein ganzer Haufen ihrer Vorschriften ist dazu da –, der kreuzte regelmäßig einmal die Woche pünktlich auf wie ein Uhrwerk. Die Belgier wußten immer, wann er kam, und hatten alles für ihn vorbereitet. Er kam rein, sah sich um, nahm einen Drink und zog dann wieder ab mit seinen Askaris und seinen Trägern. Hab mich damals schon immer halb tot über ihn gelacht.«

»Ja, ich erinnere mich«, sagte Rose geistesabwesend. Sie entsann sich, wie Samuel sich manchmal über die Stumpfsinnigkeit deutscher Vorschriften und deutscher Amtsroutine geärgert hatte. Kein Zweifel, wenn die KÖNIGIN LUISE einmal dort zwischen jenen Inseln ankert, dann tat sie das auch wieder. Und dann – ihr Plan stand bereits fest.

»Charlie«, sagte sie mit sanfter Stimme.

»Ja, altes Mädchen?«

»Du mußt dich daranmachen, diese Torpedos fertigzubekommen. Morgen früh, sobald es hell ist. Wie lange wirst du dafür brauchen?«

»Das Zeug in die Röhren reinzubekommen, schaffe ich praktisch im Handumdrehen. Bei den Zündern bin ich mir nicht sicher. Die muß ich ja erst noch machen. Könnte leicht ein paar Tage dauern. Eigentlich hab ich noch gar nicht richtig drüber nachgedacht. Dann müssen wir diese Löcher in den Bug machen – das wird schnell gehen. In ein paar Tagen könnte alles erledigt sein. Wirklich alles. Wenn uns die Malaria nicht zu stark zusetzt. Hängt alles von den Zündern ab.«

»In Ordnung«, Roses Stimme klang irgendwie unnatürlich.

»Rosie, altes Mädchen«, sagte Allnut. »Rosie.«

»Ja, Liebster?«

»Ich weiß, was du vorhast. Du brauchst es gar nicht vor mir zu verheimlichen.«

Wäre nicht der unpassende Cockney-Akzent gewesen, hätte Allnutts Stimme mit ihrem sanften Tonfall einem Schauspieler auf der Bühne in einem sentimentalen Augenblick gehören können. Er nahm in der Dunkelheit ihre Hand und drückte sie, obwohl sie auf seine Berührung nicht reagierte.

»Du brauchst es jetzt nicht mehr vor mir zu verbergen, Liebling«, sagte er. Selbst in diesem Augenblick machte ihn seine Cockney-typische Befangenheit verlegen, und er versuchte, seiner Stimme nichts von seiner Rührung anmerken zu lassen. Für sie beide galt weder die Ungezwungenheit einfacher Menschen, noch die anerzogene Selbstbeherrschung anderer Gesellschaftsschichten.

»Du möchtest doch das nächste Mal, wenn die LOUISA hier ist, nachts mit der AFRICAN QUEEN losziehen, nicht, altes Mädchen?« sagte Allnutt.

»Ja.«

»Ich glaube, das ist die beste Chance, die wir überhaupt haben«, sagte Allnutt. »Wir sollten es eigentlich schaffen.«

Allnutt schwieg ein oder zwei Sekunden lang, während er sich im Geiste sein nächstes Argument zurechtlegte. Dann redete er.

»Du brauchst nicht mitzukommen, altes Mädchen. Es ist nicht nötig, daß wir es beide – tun. Ich komme ohne weiteres allein zurecht.«

»Natürlich nicht«, sagte Rose. »Das wäre nicht fair. Du solltest dableiben. Bis zu diesen Inseln schaffe ich es allein mit der Barkasse. Das ist es, was ich vorhabe.«

»Ich weiß«, sagte Allnutt. »Aber es ist meine Sache, das zu tun. Noch dazu bei diesen Burschen . . .«

Es war ein seltsames Streitgespräch, das sich nun entwickelte. Allnutt war inzwischen vollkommen bereit, sein Leben wegzuwerfen, das ihm so kostbar erschienen war. Jener Plan von Rose, der bereits so weit und so überraschend in die Tat umgesetzt worden war, lag ihm jetzt am Herzen wie etwas Lebendiges – »wie ein Stück Maschinerie« wäre in Allnutts Fall vielleicht ein besserer Vergleich. Es wäre falsch, ihn nicht zu Ende zu bringen. Außerdem hatte Allnutt der Anblick der ›frech wie Oskar‹ auf dem See kreuzenden KÖNIGIN LUISE irgendwie gereizt. Er glühte vor Parteinahme. Er war zu jedem irrsinnigen Opfer bereit, das die Pläne dieser Burschen zunichte machte –, vermutlich waren Allnutts Begegnungen mit der deutschen Nation nicht sehr glücklich verlaufen; die Deutschen waren eine Rasse, die zu hassen einem leicht fiel, wenn man leicht haßte, wie es in diesen Tagen der Fall war. Eine ungestüme Verwegenheit hatte von ihm Besitz ergriffen, die in merkwürdigem Gegensatz zu seiner früheren Feigheit stand.

Vielleicht kann niemand die Gemütsverfassung eines Mannes richtig verstehen, der im Krieg freiwillig etwas tut, das zum Tode führen kann, doch daß es immer wieder solche Freiwillige gibt, ist durch nur allzu viele bedauerliche Begebenheiten in der Geschichte belegt.

Allnutt versuchte Rose gut zuzureden. Obgleich sie beide stillschweigend ihren früheren Plan fallengelassen hatten, die AFRICAN QUEEN zu ihrer letzten Reise ohne Besatzung an Bord auslaufen zu lassen – Rose kannte die kleinen Eigentümlichkeiten der Barkasse inzwischen zu gut –, versuchte Allnutt anzuführen, daß für ihn keine ernsthafte Gefahr bestünde. Er könnte eine Sekunde vor dem Zusammenprall vom Heck in den See springen, sobald er sicher war, daß die Barkasse ihr Ziel erreichen würde. Selbst wenn er am Ruder stehen sollte (wie er es insgeheim, um sicherzugehen, vorhatte), brauchte er durch die Explosion vorn am Bug nicht verletzt zu werden – Allnutt hatte die Kühnheit, diese Behauptung aufzustellen, obwohl er doch über die Wucht solcher Sprengstoffe tadellos Bescheid wußte und ziemlich genau abschätzen konnte, was zwei Zentner erstklassigen Sprengstoffs anrichten würden, wenn sie alle auf einmal hochgingen. Allnutt war allen Ernstes kurz davor zu behaupten, es wäre für jeden ein vollkommen sicheres Unterfangen, die KÖNIGIN LUISE in die Luft zu jagen – bis ihm aufging, was für ein Hintertürchen das für Roses Gegenargumente öffnen würde.

Alles endete damit, daß sie, wie es unvermeidlich war, schließlich übereinkamen, beide mitzufahren. Es ließ sich nicht leugnen, daß ihre beste Aussicht auf Erfolg darin lag, eine Person zu haben, die für das Steuern zuständig war, und eine, die sich um die Maschine kümmerte. Weiterhin verabredeten sie, daß, wenn sie etwa fünfzig Meter von der KÖNIGIN LUISE entfernt sein würden, einer von ihnen mit der Rettungsboje über Bord springen würde; nur daß Allnutt dachte, es sei beschlossene Sache, daß Rose springen würde, während Rose glaubte, er sei derjenige, der es tun würde.

»Nur noch eine Woche von heute an«, sagte Allnutt nachdenklich. Sie waren sich beide eines Gefühls der Erwartung bewußt, das, wenn auch nicht gerade angenehm, so doch auch nicht wirklich unangenehm war. Wochenlang hatten sie ihr Leben riskiert und wie Sklaven auf dieses eine Ziel hingearbeitet und waren inzwischen so besessen von dem Plan, daß sie nicht gewillt waren, irgend etwas ins Auge zu fassen, das seine Verwirklichung gefährden könnte. Und in Rose glühte immer noch fanatischer Patriotismus. Sie war so überzeugt von der Rechtmäßigkeit dessen, was sie vorhatte, und von seiner Notwendigkeit, daß andere Erwägungen – selbst Charlies Sicherheit – in ihren Augen kaum ins Gewicht fielen. Sie konnte sich mit den Gedanken an Charlies Gefährdung abfinden, ebenso hatte sie sich damit abgefunden, wenn er ernsthaft erkrankt wäre, und hätte es als etwas sehr Gegebenes und Unvermeidliches hingenommen. Die Eroberung Deutsch-Ostafrikas war viel, viel wichtiger als ihrer beider Wohlergehen – so ungeheuer viel wichtiger, daß es ihr nie in den Sinn gekommen wäre, das eine gegen das andere abzuwägen. Sie glühte förmlich, fühlte wirklich eine heiße Glut, wenn sie an den Triumph Englands dachte.

Sie erhob sich in der Dunkelheit, Allnutt stand ebenfalls auf, und blickte über die verschwommene Silhouette des Schilfs hinweg zum See. Über ihr funkelten die Sterne und spiegelten sich schwach im Wasser wider. Der Mond war noch nicht aufgegangen. Doch da vorn war eine Ballung schwacher Lichtpunkte zu erkennen, die weder etwas mit Sternen noch mit deren Widerschein zu tun hatten. Sie umklammerte Allnutts Arm.

»Es stimmt, das sind sie«, sagte Allnutt.

Erst da wurde Rose klar, was ein erfahrener Seemann schon lange erkannt hätte, daß es sich leicht als unmöglich erweisen könnte, die Deutschen in einer dunklen Nacht zu finden, wenn sie vorsichtig genug waren, alle Lichter zu löschen, während sie vor Anker lagen. Doch da sie das einzige Schiff auf dem See waren und vierzig Meilen von ihrem nächsten erdgebundenen Feind entfernt, bestand für sie offensichtlich keine Notwendigkeit, Vorsichtsmaßnahmen zu treffen.

Der Anblick jener Lichtpunkte verhieß absolut sicheren Erfolg, und das genau in dem Augenblick, als Rose zum ersten Mal erkannt hatte, daß er so sicher nicht unbedingt gewesen war. Sie fühlte eine warme Dankbarkeit für das Schicksal, das es so gut mit ihnen meinte. In wilder Erregung umklammerte sie Allnutts Arm. Angesichts all der Ungewißheit zukünftiger Gefahren und all der Gewißheit zukünftigen Triumphes preßte sie sich, überwältigt von Leidenschaft, an ihn. Ihre Liebe zu ihm und ihre Leidenschaft für ihr Land waren auf seltsame Weise unentwirrbar miteinander verbunden. Sie küßte ihn im Sternenlicht, wie Jeanne d'Arc eine heilige Reliquie geküßt haben mochte.

15.

Am Morgen sahen sie, wie sich die KÖNIGIN LUISE wieder auf den Weg machte und zu ihrer endlosen Runde um den See in nördlicher Richtung abdampfte.

»Wenn sie zurückkommt, werden wir bereit sein«, sagte Rose gepreßt.

»Ja«, sagte Allnutt.

Mit Roses Hilfe hievte er die beiden schweren Gasflaschen vom Boden des Bootes hoch und legte sie handgerecht ins Mittschiff. Sie waren völlig verrostet, aber der Stahl war so dick, daß er noch viele Monate Wind und Wetter getrotzt hätte, ohne Schwachstellen zu zeigen. Allnutt drehte die Ventile auf, und die Luft war von einem explosionsartigen Zischen erfüllt, als das Gas ausströmte und die Nadeln der Druckanzeiger sich langsam auf Null zu bewegten. Als das Zischen nachgelassen hatte, machte sich Allnutt mit seinen Werkzeugen an die Arbeit und entfernte von jeder Flasche die Spitze mit dem Ventil und dem Manometer. Ein rundes Loch blieb an jeder Flasche übrig, das sich in das leere Dunkel ihres Innern öffnete.

Vorsichtig machten sie sich über die Kisten mit dem Sprengstoff her. Sie waren eng gepackt, voll mit etwas, das aussah wie dicke Kerzen aus blaßgelbem Wachs, jede in Ölpapier eingewickelt. Allnutt begann, methodisch und vorsichtig die Flaschen damit zu füllen, wobei er seinen Arm weit hinunter ins Innere steckte.

»Mmm«, sagte Allnutt. »Wäre besser, wenn sie nicht so lose liegen würden.«

Er sah sich im Boot nach Dichtungsmaterial um und hatte im ersten Moment keine Idee, was er benutzen könnte. Sein Erfindungsgeist war jedoch geschärft, denn er hatte in letzter Zeit öfters zu Notbehelfen greifen müssen. »Schlamm wäre richtig«, verkündete er. Er ging ins Vorschiff, lehnte sich über Bord, schöpfte mit vollen Händen schwarzen Schlamm vom Grund des Sees und klatschte ihn auf das Vordeck, um ihn in der Sonne fast trocken werden zu lassen.

»Ich mache das«, sagte Rose, sobald ihr klar wurde, was er beabsichtigte.

Sie drückte das Wasser aus dem stinkenden schwarzen Schlamm, breitete dann die einzelnen Portionen auf dem heißen Deck aus und bearbeitete sie, bis sie beinahe hart waren. Danach trug sie die zähe Masse zurück zu Allnutt und machte sich daran, neue Portionen vorzubereiten.

Nach und nach füllte Allnutt die Flaschen und zementierte jede Lage Sprengstoff hart und fest mit Schlamm. Als die Flaschen bis zum Hals voll waren, erhob er sich, um seinen schmerzenden Rükken zu strecken.

»Das ist gelungen«, sagte er stolz und blickte auf die Ergebnisse seiner morgendlichen Arbeit hinab, während Rose zustimmend nickte und die auf den Bodenbrettern liegenden tödlichen Dinger betrachtete. Keiner von beiden sah auch nur im entferntesten etwas Phantastisches in der Situation.

»Jetzt müssen wir diese Zünder machen«, sagt er. »Ich habe eine Idee. Ist mir letzte Nacht eingefallen.«

Er brachte aus dem Spind, in dem er seine Toilettenartikel aufbewahrte, einen Revolver zum Vorschein, der zum Schutz vor Feuchtigkeit dick eingefettet war. Rose starrte das Ding verblüfft an; es war das erstemal, daß sie von der Existenz einer solchen Waffe an Bord erfuhr.

»Mußte mir den zulegen«, erklärte Allnutt. »Ich hatte manchmal eine ganze Menge Gold an Bord, wenn ich nach Limbasi hinauffuhr. An manchen Tagen hundert Unzen und mehr. Hab aber nie jemanden umlegen müssen.«

»Ich bin froh, daß du es nicht tun mußtest«, sagte Rose. Einen Dieb in Friedenszeiten zu erschießen, schien ihr eine viel unerfreulichere Angelegenheit, als in Kriegszeiten ein ganzes Schiff in die Luft zu sprengen.

Allnutt klappte den Revolver auf, ließ die Patronen in seine Hand gleiten und verstaute den leeren Revolver wieder im Spind.

»Jetzt wollen wir mal sehen«, sagte er sinnend.

Rose sah, wie die Idee langsam unter seinen Händen Gestalt annahm; es dauerte einige Zeit, die Dinger zusammenzubasteln – wenn man die Zeit für Essen und Schlafen und für die Malaria mitrechnete, bedurfte es der vollen zwei Tage, die Allnutt grob geschätzt hatte, ehe sie fertig waren.

Zuerst mußte er äußerst mühselig mit seinem Messer zwei runde Scheiben aus hartem Holz schnitzen, die sich fest in die Flaschenhälse schrauben ließen. Dann bohrte er in jede der Scheiben drei Löcher von solcher Größe, daß er die Patronen gerade noch gewaltsam hineindrücken konnte. Wenn die Scheiben in den Flaschenhälsen die richtige Lage hatten, würden die Kugeln und die Enden der Patronenhülsen im Sprengstoff eingebettet sein.

Die restliche Arbeit war noch weit komplizierter und heikler, und Allnutt verwarf mehrere Stücke, bevor er zufrieden war. Er schnitzte zwei weitere Scheiben von derselben Größe wie die beiden vorhergehenden, wobei er peinlich genau darauf achtete, welche Art von Holz er verwendete. Er benötigte eine Holzart, die weder zu hart noch morsch war, etwas, durch das ein Nagel so einfach wie möglich geschlagen werden konnte und das doch den Nagel so festhielt, daß er nicht wackelte. Er unternahm mehrere Versuche, indem er Nägel in die verschiedenen Holzarten schlug, die ihm zur Verfügung standen, bevor er sich schließlich entschloß, ein Stück von einer der Bodenplanken zu verwenden.

Rose war der Sinn dieser Experimente völlig unklar, doch begnügte sie sich damit, dabeizusitzen und zuzuschauen und ihm das eine oder andere zuzureichen, während er in der glühenden Sonne vor sich hin arbeitete, ständig umschwirrt von Unmengen von Mücken.

Als die neuen Scheiben fertiggeschnitzt waren, legte Allnutt sie sorgfältig auf die anderen und markierte genau, wo die Rückseiten der Patronen sie berührten. An diesen Punkten traf er dann entsprechende Vorbereitungen, um Nägel durch die neuen Scheiben schlagen zu können, und als letzte peinlich genaue Vorsichtsmaßnahme feilte er die Spitzen der Nägel so scharf wie möglich. Behutsam schlug er die Nägel an den Stellen durch die Scheiben, die er markiert hatte, und schälte auf der anderen Seite kleine

Holzkreise aus, in die die Rückseiten der Patronen genau hineinpaßten, so daß, als dies vollendet war, die Nagelspitzen gerade noch als schimmernde Metallstifte genau in der Mitte jeder flachen Vertiefung hervortraten, während auf der anderen Seite die Nägel ungefähr zweieinhalb Zentimeter überstanden.

Schließlich schraubte er seine Scheibenpaare zusammen.

»Die sind jetzt in Ordnung«, sagte Allnutt.

Jedes Scheibenpaar bildete nun zusammen eine dicke Scheibe. Auf der einen Seite sah man die Nägel, deren Spitzen die Zündhütchen an den Patronen berührten, während deren Kugeln auf der anderen Seite zu sehen waren. Es war jetzt leicht zu erkennen, daß das Boot ein fortbewegungsfähiger Torpedo sein würde, sobald die Scheiben an ihrem Platz im Hals der Gasflasche waren und die Flaschen unter dem Bug der AFRICAN QUEEN hervortraten. Wenn sie mit voller Geschwindigkeit gegen die Flanke eines Schiffes stießen, würden die Nägel heftig gegen die Patronen schlagen, und die würden sich in den hochempfindlichen Sprengstoff entladen, der sich zusammengepreßt in den Gasflaschen befand.

»Ich glaube nicht, daß ich es besser hinbekomme«, sagte Allnutt halb entschuldigend. »Die müßten eigentlich funktionieren.«

Es gab drei Patronen für jede Flasche, zumindest eine davon würde sicher explodieren, und sie besaßen zwei Gasflaschen, von denen jede fast einen Zentner Sprengstoff enthielt – eine Flasche, geschweige denn zwei, sollte für ein kleines Schiff wie die KÖNIGIN LUISE ausreichen.

»Ja«, sagte Rose, mit all dem Ernst, den die Situation erforderte. »Sie müßten eigentlich funktionieren.«

Sie waren mit all der Ernsthaftigkeit von Kindern bei der Sache, die den Bau einer Sandburg erörtern.

»In die Flaschen kann ich sie noch nicht stecken«, erklärte Allnutt. »Sie sind ziemlich heikel. Am besten bringen wir die Flaschen jetzt an ihre Stelle und heben uns die Zünder bis zuletzt auf. Wir können sie reintun, wenn wir startbereit sind. Wenn wir aus diesem Schilf raus sind.«

»Ja«, sagte Rose. »Es wird dann aber natürlich dunkel sein. Wirst du es denn im Dunkeln schaffen können?«

»Werd ich wohl müssen«, sagte Allnutt. »Ja, ich werd's schaffen.«

Rose versuchte sich im Geist ihren Aufbruch vorzustellen; es war zweifellos riskant, die AFRICAN QUEEN im Dunkeln aus dem Schilf zu schieben, mit zwei über den Bug hinausragenden Torpedos, die bei der geringsten Berührung explodieren könnten.

Allnutt legte die Zünder vorsichtig in den Spind zurück und machte sich daran, die restlichen Vorbereitungen ins Auge zu fassen.

»Die Explosion muß ziemlich tief unten erfolgen«, sagte er. »Zu tief darf es aber auch nicht sein. Ich glaube, wir machen jetzt am besten diese Löcher für die Gasflaschen.«

Obwohl es keiner besonderen Geschicklichkeit bedurfte, zu beiden Seiten des Vorderstevens im Bug der AFRICAN QUEEN über der Wasserlinie zwei Löcher auszuschneiden, war es eine anstrengende, ermüdende Arbeit. Als sie fertig waren, zogen und schoben Rose und Allnutt die Gasflaschen nach vorn, bis sie ein gutes Stück aus den Löchern hervorragten, gute fünfzig Zentimeter auf jeder Seite des Boots. Allnutt stopfte die gezackten Kanten mit Holzstücken und Lumpen aus.

»Es macht nichts, wenn es etwas leckt«, sagte er. »Es werden sowieso nur Spritzer reinkommen, weil der Bug während der Fahrt nach oben gedrückt wird. Alles, was wir jetzt noch tun müssen, ist, diese Gasflaschen unten festzumachen.«

Mit Brettern, die er von den Vorratskisten abgebrochen hatte, fixierte er sie sorgfältig in die richtige Position, nagelte dann Latte für Latte übereinander und häufte, um ganz sicherzugehen, alles verfügbare lose Zeug darüber. Je fester die Gasflaschen saßen, um so effektiver würden sie an der Flanke der KÖNIGIN LUISE explodieren. Als das letzte Stück draufgelegt war, ließ Allnutt sich nieder.

»Na, altes Mädchen«, sagte er, »jetzt haben wir alles geschafft. Alles. Wir sind fertig.«

Es war ein feierlicher Augenblick. Das Ziel, Lohn all ihrer Anstrengungen, ihrer rasenden Sturzfahrt durch die Stromschnellen des Ulanga, ihres Spießrutenlaufs bei Shona, ihrer Plackerei mit der Schiffsschraube, ihrer Mühen auf dem Wasserrosenteich und ihres verzweifelten Kampfs im Delta, lag greifbar nahe.

»Menschenskind«, sagte Allnutt, in Erinnerungen schwelgend, »haben wir eine Zeit hinter uns! Die reinste Ferienzeit.«

Rose verzieh ihm diese Untertreibung.

Sie waren so schnell fertig geworden mit ihrer Arbeit und hatten nun die Last des Wartens zu ertragen. Zum ersten Mal waren sie untätig, zum ersten Mal seit jenem schrecklichen Tag – den beide so ängstlich bestrebt waren zu vergessen und an dem Rose sich geweigert hatte, mit Allnutt zu sprechen. Seit damals waren sie ununterbrochen beschäftigt gewesen; sie verspürten ein seltsam leeres Gefühl beim Gedanken an die inhaltslosen Tage, die vor ihnen lagen, selbst wenn es ihre letzten Tage auf Erden sein sollten.

Diese letzten Tage waren ziemlich schrecklich. Und es gab einen entmutigenden Moment, als Allnutt spürte, wie seine Entschlossenheit ins Wanken geriet. Er kam sich vor wie ein zum Tode Verurteilter, der in seiner Zelle die letzten Tage vor seiner Hinrichtung verstreichen sieht. Als junger Mann in England hatte er in der makabren Sonntagszeitung, seinem einzigen Lesestoff, oft darüber gelesen. Irgendwie war es die Erinnerung an das, was er da gelesen hatte, die ihn entmutigte, nicht der Gedanke an die bevorstehende Explosion – es beraubte ihn seiner neugewonnenen Männlichkeit und versetzte ihn wieder in seine öde Jugendzeit, so daß er sich in neuer Hilfosigkeit an Rose klammerte, und sie war wunderbar, sie begriff und beruhigte und tröstete ihn.

Die Sonne brannte gnadenlos auf sie herab; sie waren ohne den Schutz des Sonnensegels, das sie hätte verraten können, wenn es sich über dem Schilf zeigte. Jede Stunde war erfüllt von Eintönigkeit und Überdruß; ständig lauerte die Gefahr, sich schließlich zu hassen, während sie da wie in einem Grab im Schilf kauerten. Sie spürten diese Gefahr und kämpften dagegen an.

Selbst die Gewitter bedeuteten jetzt Erleichterung; sie kamen mit schwarzen Wolken und einer steifen Brise, die den See zu wildem Aufruhr aufpeitschte, so daß sie die Brandung gegen die Sandbänke donnern hörten, und der ganze See war bedeckt mit hohen weißen Schaumkronen, bis das Ungestüm des Wassers sie auch in ihrem Schlupfwinkel im Schilf erreichte und die AFRICAN QUEEN sich unwillig und träge unter ihnen hob und senkte.

Um sich die Zeit zu vertreiben, überholten sie gründlich die Maschine, um sicherzustellen, daß sie auf ihrer letzten Fahrt gut funktionierte. Allnutt wühlte sich unter dem Boot durch den Schlamm und vergewisserte sich durch Abtasten, daß Schiffsschraube und Welle in der Verfassung waren, die sie von ihnen erhoffen durften. Jeden Tag kletterte abwechselnd einer von ihnen alle paar Minuten auf die Bordwand, spähte über das Schilf auf den See und suchte den Horizont nach der KÖNIGIN LUISE ab. Sie sahen zwei arabische Segler – möglicherweise auch zweimal denselben –, die offenbar die Hauptpassage durch die Inseln hinunterfuhren, doch das war das einzige Lebenszeichen, das sie im Laufe von ein paar Tagen sahen. Schließlich kamen ihnen sogar Zweifel, ob die KÖNIGIN LUISE überhaupt jemals wieder an ihrem vorigen Ankerplatz auftauchen würde. Sie waren es nicht mehr gewöhnt, auf die Zeit zu achten, und waren sich tatsächlich nicht mehr sicher, wie viele Tage verstrichen waren, seit sie sie zuletzt gesehen hatten. Selbst bei sorgfältigstem Zurückrechnen kamen sie zu keiner Einigung. Sie begannen sich bedauernde Blicke zuzuwerfen und fragten sich, ob sie nicht besser aus ihrem Versteck aufbrechen und am Rand des Sees entlangfahren sollten, um ihr Opfer zu finden. In dunklen Momenten zweifelten sie sogar, ob sie je ihr Ziel erreichen würden.

Aber dann eines Morgens blickten sie über das Schilf und sahen sie, genau wie beim letztenmal, als kleinen Rauchfleck und weißen Punkt von Norden her den See herunterkommen. Wieder dampfte sie stetig in Richtung Süden und verschwand hinter dem Schilf aus ihrem Blickfeld; die Stunden verstrichen quälend langsam, bis am Nachmittag ihre Rauchwolke verriet, daß sie zurückkam und sie sicher waren, daß sie wieder vor den Inseln ankern würde. Allnutt war mit seiner Vermutung über die Gewohnheiten der Deutschen der Wahrheit sehr nahe gekommen. Bei ihren gründlichen Kontrollrunden um den See versäumten sie es nie, in regelmäßig wiederkehrenden Abständen auch diesen unwirtlichsten Winkel des Wittelsbach Nyanza aufzusuchen, einfach, um sich davon zu überzeugen, daß alles in Ordnung war, auch wenn die abschreckenden Sümpfe des Bora-Deltas und die dschungelartigen Wälder dahinter, eine Bedrohung der deutschen Vorherrschaft über den See von dort her unwahrscheinlich machten.

Allnutt und Rose sahen die KÖNIGIN LUISE von ihrer Exkursion in den Süden zurückkommen und auf die Inseln zusteuern. Und als der Tag sich seinem Ende zuneigte, ging sie dort an der gleichen Stelle wie das letztemal vor Anker. Beiden schlug das Herz höher. In diesem Augenblick war auch die vor einer Woche noch akademisch und ergebnislos diskutierte Frage entschieden. Sie hatten ihre Blicke von der KÖNIGIN LUISE wieder abgewandt und standen eben im Begriff, Vorbereitungen für ihren Start zu treffen, als sie bemerkten, daß sie sich an den Händen hielten und einander in die Augen sahen. Jeder von ihnen wußte, was im anderen vorging.

»Rosie, altes Mädchen«, sagte Allnutt rauh. »Wir gehen doch zusammen, nicht?«

Rose nickte.

»Ja, Liebster«, sagte sie. »Ich würde es gern so haben.«

Jetzt, wo die Situation sie zur Entscheidung drängte, war sie ihnen leichtgefallen. Sie würden alle Gefahren teilen und Seite an Seite stehen, wenn die AFRICAN QUEEN mit ihren Torpedos vernichtend die Flanke der KÖNIGIN LUISE rammte. Der Gedanke, getrennt zu sein, erschien ihnen nun unerträglich, und sie konnten sogar lächeln über die Aussicht, gemeinsam in die Ewigkeit einzugehen.

Inzwischen war es fast dunkel geworden. Der junge Mond stand tief am Himmel; bald würden die Sterne ihre einzige Lichtquelle sein.

»Die richtige Zeit für uns anzufangen«, sagte Rose. »Leb wohl, Liebster.«

»Leb wohl, Liebling, Geliebte«, sagte Allnutt.

Ihre Vorbereitungen nahmen viel Zeit in Anspruch, wie sie es vorhergesehen hatten. Die ganze Nacht lag noch vor ihnen, und sie wußten, daß die beste Zeit für einen Überraschungsangriff auf die KÖNIGIN LUISE die frühen Morgenstunden waren. Allnutt mußte wieder hinunter ins Wasser und in den Schlamm und die Schilfrohre vor dem Heck der AFRICAN QUEEN abschneiden, bevor sie sie wieder hinaus in den Kanal bringen konnten – das Schilf, das sich vor ihrem Bug noch geteilt hatte, weigerte sich nun hartnäckig, Heck und Schiffsschraube durchzulassen.

Als sie auf dem Fluß waren, machten sie an einem großen Büschel Schilf fest, Allnutt nahm vorsichtig die Zünder aus dem Spind und ließ sich am Bug wieder ins Wasser. Er stand dort lange im Schlamm und schraubte die Zünder fest in die Flaschenhälse. Das flache Schraubengewinde, das er in die Ränder der Holzscheiben eingeritzt hatte, erfüllte nicht so ohne weiteres seine Funktion. Allnutt mußte Gewalt anwenden, und es gehörte Ausdauer dazu, im Dunkeln gewaltsam einen Zünder in Kontakt mit einem Zentner hochexplosiven Sprengstoffs zu bringen. Rose stand im Bug, um ihm bei Bedarf zur Hand zu gehen, während er geduldig weiter sein Ziel verfolgte. Falls seine Hand ausrutschte und jene Nagelköpfe berührte, würde es sie in Stücke reißen, und die KÖNIGIN LUISE wäre weiterhin Herrscherin über den See.

Und daß die AFRICAN QUEEN in der leichten, vom See hereinkommenden Dünung auf- und abschwankte, erleichterte keineswegs Allnutts Aufgabe. Aber schließlich war es doch vollbracht. In der beinahe pechschwarzen Finsternis sah Rose ihn von den Torpedos zurücktreten und in sicherer Entfernung zur Längsseite des Bootes kommen. Seine Hände griffen nach oben, und er schwang sich triefend an Bord.

»Geschafft«, flüsterte er – die Finsternis und das vor ihnen liegende Unternehmen zwang sie einfach zum Flüstern.

Allnutt tastete im Boot umher und stellte den Schornstein wieder auf. Sein Schraubenschlüssel machte ein wenig Lärm, als er die Schrauben an den Bolzen der Schornsteinverspannung anzog. Das alles brauchte Zeit. Die Feuerung war bereits mit Brennmaterial gefüllt – das wenigstens hatten sie schon vor Tagen vorbereiten können –, und die Blechdose mit Zündhölzern lag an ihrem angestammten Platz. Er zündete das trockene, morsche Zeug an und schloß die Klappe, damit sich der Zug entwickeln konnte. Er wußte genau, wohin er zu greifen hatte, um die verschiedenen Holzarten zu finden, die er noch brauchen würde, bevor sie die KÖNIGIN LUISE erreichten.

Inzwischen war Wind aufgekommen, und die AFRICAN QUEEN schwankte stärker im Rhythmus der Wellen. Das Rauschen des Feuers erschien ihren besorgt lauschenden Ohren sehr laut, und als Allnutt es auffüllte, stob aus dem Schornstein ein Funkenregen, den der Wind hinwegfegte. Rose hatte noch nie Funken aus diesem Schornstein kommen sehen – sie war bisher auch nur bei Tageslicht in der AFRICAN QUEEN unterwegs gewesen, und sie befürchtete, daß die Funken dem Feind ihr Kommen verraten könnten. Sie machte Allnutt leise darauf aufmerksam.

»Kann manchmal nichts dran ändern, Miß«, flüsterte er zurück. »Ich sorg dafür, daß es wenigstens nicht passiert, wenn wir näher dran sind.«

Die Maschine ächzte und geiferte jetzt; bei Tag hätten sie den Dampf aus den undichten Verbindungen quellen sehen können.

»Fertig«, preßte Allnutt zwischen den Zähnen hervor.

»In Ordnung«, sagte Rose.

Allnutt löste das Seitentau und nahm den Bootshaken. Ein kräftiger Stoß gegen ein Schilfbüschel trieb das Boot hinaus ins Fahrwasser; er legte den Bootshaken hin, tastete nach dem Drosselventil und öffnete es. Die Schiffsschraube begann rhythmisch zu schlagen, und die Maschine ratterte gedämpft. Rose stand am Ruder und steuerte das Boot die dunkle Flußmündung hinunter. Nun waren sie unterwegs, um »das Ihre zu tun« für das Land der Hoffnung und des Ruhmes, von dem Rose als Kind im Chor der Sonntagsschule gesungen hatte. Sie waren drauf und dran, seine Grenzen noch weiter zu stecken und das mächtige Land noch mächtiger zu machen.

Die AFRICAN QUEEN dampfte hinaus auf den See, den zu erreichen sie keine Gefahren und Mühen gescheut hatten. An ihrem Bug ragten die Torpedos hervor, zwei Zentner Sprengstoff, der bei der geringsten Berührung hochgehen würde. Dahinter, an der Maschine, kauerte Allnutt, dessen ganze Aufmerksamkeit darauf konzentriert war, durch Lauschen festzustellen, was er sonst mit den Augen kontrollierte – Dampfdruck, Wassermenge und Schmierung. Rose stand im schwankenden Heck, und ihre angestrengt spähenden Augen konnten gerade noch das winzige Lichtpünktchen erkennen, das die Anwesenheit der KÖNIGIN LUISE verriet; kein Stern stand am Himmel.

Wäre es Tag gewesen, hätten sie auf die sich auftürmenden Wolkenbänke und die spannungsgeladene Schwüle der elektrisch geladenen Atmosphäre geachtet. Und wären sie mit den Verhältnissen des Sees vertraut gewesen, so hätten sie gewußt, was jener verhängnisvolle Wind bedeutete, aber so ahnten sie nichts von der unglaublichen Geschwindigkeit, mit der er vom Gebirge im Norden herunterkommen konnte, um die seichten Wasser des Sees zu rasender Wut aufzupeitschen.

Rose hatte, was Flüsse betraf, genügend Erfahrungen gesammelt; es wäre ihr nicht in den Sinn gekommen, dort mit Gefahren zu rechnen, wo es weder Felsen noch Baumstämme, noch Stromschnellen gab. Als die AFRICAN QUEEN in der Dunkelheit begann, sich in rauhem Wasser hin und her zu werfen, blieb sie völlig unbekümmert. Sie wußte nicht, daß die Flachkiel-Barkasse nicht für stürmische See gedacht war, und daß sie jetzt weit ab vom Land in einem Boot saß, dessen niedrige Bordwände und flacher Boden es zum seeuntüchtigsten Fahrzeug machten, das man sich überhaupt vorstellen konnte. Sie fand es schwierig, das Gleichgewicht zu halten, als die AFRICAN QUEEN aufs Geratewohl sich neigte und wieder aufrichtete. In der Dunkelheit gab es keine Möglichkeit, ihr extravagantes Rollen vorauszuberechnen. Wellen krachten gegen die Bordwand, und ihre Kämme schwappten ins Boot, doch in Roses Augen war so etwas auf offenem Wasser nur zu erwarten. Sie hatte nicht die geringste Furcht.

Der Wind schien sich einen Moment gelegt zu haben, aber das Wasser war immer noch rauh. Dann zerriß plötzlich ein blendender Blitzstrahl die Finsternis und enthüllte für eine Sekunde das aufgewühlte Wasser um sie herum; kurz darauf folgte der Donner mit einem einzigen lauten Knall, wie aus tausend gleichzeitig abgefeuerten Kanonen. Dann kam der Regen, prasselte in Strömen aus der Schwärze der Nacht auf sie herunter, machte sie stumpf und taub, und mit dem Regen kam plötzlich und diesmal aus anderer Richtung der Sturm, griff in die aufgewühlte Fläche des Sees und türmte sie zu haushohen Wellen, während immer noch Blitze über den Himmel zuckten und der Donner wie toll brüllte.

Als der Wind drehte, begann die AFRICAN QUEEN zu stampfen, hob ihren Bug aus dem Wasser und brachte ihn mit lautem Krachen wieder nach unten. Es war ein Glück, daß Allnut die Art von Aufschlagzünder gewählt hatte; jede andere wäre durch die Wucht der Wellen zur Zündung gebracht worden, doch mochte das Wasser auch ein zwei Tonnen schweres Boot wie ein Spielzeug hin und her werfen, es war nicht in der Lage, Nägel einzuschlagen.

Alles war schwarz; Rose konnte nicht sagen, ob die betäubenden Wassermassen, die über sie hinwegströmten, Regen, Gischt oder Wellen waren. In diesem Chaos war alles, was sie tun konnte, das Steuerruder zu halten und zu versuchen, auf den Beinen zu bleiben. Längst waren auch die Lichter der KÖNIGIN LUISE nicht mehr zu sehen.

Allnutt stand neben ihr. Er steckte ihren Arm durch die riesige, plumpe Rettungsboje, die immer so unnötig sperrig inmitten der Bootsausrüstung gewirkt hatte. Und dann, während sie in der regendurchpeitschten Dunkelheit schwankten und torkelten, wurde er von ihrer Seite gerissen. Vergeblich versuchte sie, nach ihm zu rufen. Sie fühlte eine Flut massiven Wassers um die Hüfte. Eine Welle schlug ihr ins Gesicht, Wasser drang in ihre Nase, sie glaubte zu ersticken.

Die AFRICAN QUEEN war gesunken, und mit ihr endete der ritterliche Versuch, zum Heil Englands die KÖNIGIN LUISE zu torpedieren. Und als wäre das Unwetter nur zum Besten Deutschlands ausgebrochen, verebbte es, sobald die AFRICAN QUEEN sank, und das aufgerissene Wasser glättete sich wieder, wie es das schon einmal, vor langer Zeit, auf einem anderen See getan hatte, bei Galiläa.

16.

Der Vorsitzende des Gerichts betrachtete den Gefangenen voller Neugier. Er versuchte gewissenhaft, ihn nicht so zu sehen, wie er jetzt aussah, sondern so, wie er in zivilisierter Aufmachung gewirkt haben mußte. Er bemühte sich, den Wust langen zerzausten Haares und den sprießenden Bart zu übersehen, und sagte sich, daß es sich um ein ganz gewöhnliches Gesicht handele, wie es einem auf dem Kurfürstendamm an jedem Tag der Woche begegnen könne. Der Gefangene war ein kranker Mann. Das war ganz offensichtlich und tat viel zu seiner Mattheit und Gedrücktheit. Sein geschwächter Zustand war gleichermaßen seiner Krankheit wie seiner Erschöpfung zuzuschreiben. Der Vorsitzende des Gerichts sagte sich, daß, wenn er je die charakteristischen Merkmale von Malaria gesehen haben sollte, er sie jetzt bei diesem Gefangenen sah.

Die Lumpen, die der Gefangene am Leibe hatte, verstärkten noch das Tragische seiner Erscheinung – und hier beugte sich der Vorsitzende plötzlich vor (das schweißgetränkte Rückenteil seines Talars hatte an der Lehne seines Stuhls geklebt) und studierte das Ganze mit noch größerer Aufmerksamkeit. Das zerfetzte Unterhemd des Mannes hatte oben am Hals so etwas wie eine zerrissene Krause. Seine knielangen Hosen zierten Rüschen und Biesen, auch sie zerrissen, aber noch erkennbar. Der Vorsitzende lehnte sich wieder in seinem Stuhl zurück: Der Mann trug Damenunterwäsche. Das machte den Fall noch interessanter; möglicherweise war er verrückt, oder – was immer auch dahinterstekken mochte, es handelte sich jedenfalls doch nicht um den einfachen Spionagefall, mit dem er gerechnet hatte. Vielleicht gab es etwas zu seiner Verteidigung anzuführen.

Der die Anklage vertretende Offizier trug seine Argumente gegen den Gefangenen vor; alle Umstände seien gebührend zu berücksichtigen, auch wenn das bedeute, dem Gericht Fakten vorzutragen, die ihm wohlbekannt seien. Der Gefangene war im Morgengrauen auf der Insel »Prinz Eitel« gesichtet worden und konnte, nachdem er unverzüglich gestellt und festgenommen worden war, keine Angaben zu seiner Person machen. Dem Gericht waren diese Tatsachen bekannt, da es der Vorsitzende des Gerichts gewesen war, der ihn vom Deck der KÖNIGIN LUISE aus beobachtet hatte, und die anderen Mitglieder des Gerichts hatten den Gefangenen befragt.

Der die Anklage vertretende Offizier hob hervor, daß auf der Insel Brennstoffvorräte für die KÖNIGIN LUISE lagerten, die eine feindlich gesonnene Person leicht zerstören könne; dazu kam, daß die Insel unvergleichliche Gelegenheiten bot, die Bewegungen der KÖNIGIN LUISE zu überwachen. Es sei kaum notwendig, dies nachdrücklich zu betonen, da der Gefangene offensichtlich Ausländer sei und in einem Gebiet angetroffen worden war, in dem laut Proklamation seiner Exzellenz General Baron von Hanneken der Aufenthalt nur Angehörigen der Streitkräfte seiner Majestät des Kaisers gestattet war. Der Gefangene verdiente folglich die Todesstrafe. Der die Anklage vertretende Offizier fügte überflüssigerweise noch hinzu, daß ein aus zwei Offizieren bestehendes Gericht, wie das, an das er das Wort richte, vollkommen befugt sei, in einem Kriegsgerichtsverfahren an der Front die Todesstrafe wegen Spionage zu verhängen.

Dieser Nachsatz ärgerte den Vorsitzenden; es grenzte an Impertinenz, wenn ein bloßer Leutnant die Stirn hatte, einem Fregattenkapitän zu erzählen, welche Befugnisse er hatte. Er kannte sie bereits; auf seinen Befehl hin hatte sich das Gericht konstituiert. Als nächstes würde der Kerl ihm wohl noch erklären, daß er der Kapitän der KÖNIGIN LUISE war, oder ihn mit ähnlichen Belanglosigkeiten traktieren. Der Vorsitzende wandte sich an den mit der Verteidigung betrauten Offizier.

Leutnant Schumann befand sich in ziemlicher Verlegenheit. Er war kein sehr intelligenter Offizier, doch der einzig verfügbare. Von den sechs Offizieren auf der KÖNIGIN LUISE hielt einer Wache an Deck, einer befand sich im Maschinenraum, zwei bildeten das Gericht, einer fungierte als Ankläger, und nur der alte Schumann war noch für die Verteidigung übriggeblieben. Er stammelte ein paar Worte und brachte dann keinen Ton mehr heraus. Er war befangen, wenn es darum ging, vor Publikum zu sprechen. Der Gerichtsvorsitzende warf dem Gefangenen einen fragenden Blick zu.

Allnutt war zu benommen, zu erschöpft und krank, um viel von seiner Umgebung wahrzunehmen. Irgendwie war ihm bewußt, daß er einer Art von Gerichtsverfahren ausgesetzt war – das sagte ihm das Benehmen der beiden Offiziere in den weißen Anzügen mit den goldenen Tressen und Knöpfen – doch war ihm weder ganz klar, wessen man ihn beschuldigte, noch welche Strafe er zu erwarten hatte. Es wäre ihm sowieso ziemlich gleichgültig gewesen. Nichts war jetzt noch von großer Wichtigkeit, nun, da er Rosie verloren hatte, die alte AFRICAN QUEEN gesunken und das große Abenteuer zu Ende war. Er war krank, und fast wünschte er, er wäre tot.

Er sah auf und blickte den Vorsitzenden an, dann wanderte sein Blick in die Runde, zu seinem Ankläger und zu seinem Verteidiger. Offensichtlich erwarteten sie von ihm, daß er etwas sagte. Es würde ihn zu viel Mühe kosten, außerdem konnten sie ihn ja doch nicht verstehen. Er sah wieder zu Boden und schwankte ein wenig.

Der Vorsitzende des Gerichts wußte, daß es seine Pflicht war, alles, was für den Angeklagten sprach, in Erfahrung zu bringen, falls dies von anderer Seite versäumt wurde. Er lehnte sich nach vorn und klopfte scharf mit seinem Bleistift auf den Tisch.

»Welches ist Ihre Nationalität?« fragte er auf deutsch.

Allnutt blickte ihn stumpfsinnig an.

»Belgisch?« fragte der Vorsitzende. »Englisch?«

Bei dem Wort »Englisch« nickte Allnutt.

»Englisch«, sagte er. »Britisch.«

»Ihr Name?« fragte der Vorsitzende auf deutsch und wiederholte die Frage dann, wobei er sich nach besten Kräften bemühte, sich seine Englischkenntnisse ins Gedächtnis zurückzurufen.

»Charles Allnutt.«

Es dauerte geraume Zeit, bis dies korrekt schriftlich festgehalten war und die englischen Bedeutungen der Buchstaben ins Deutsche übersetzt worden waren.

»What - did - you - on - ve - ve - Insel?« fragte der Vorsitzende. Es durfte ihn nicht überraschen, daß der Gefangene ihn nicht verstand. Ein plötzlicher Geistesblitz brachte ihn auf die Idee, der Mann könnte Suaheli sprechen, die universale Lingua franca Ost- und Zentralafrikas, halb Bantu, halb arabisch, dieselbe Sprache, die er im Umgang mit seinen eingeborenen Matrosen gebrauchte. Er stellte die Frage erneut auf Suaheli und sah einen Schimmer von Verständnis über das Gesicht des Gefangenen huschen. Gleich darauf zeigte er wieder diese Maske mürrischer Stumpfsinnigkeit. Der Vorsitzende des Gerichts fragte noch einmal auf Suaheli, was der Gefangene auf der Insel zu suchen gehabt hätte.

»Nichts«, sagte Allnutt verdrossen. Er hatte nicht die Absicht, die Sache mit der AFRICAN QUEEN zu erzählen; zumindest dachte er, daß es klüger sei, es nicht zu tun.

»Nichts«, sagte er noch einmal als Antwort auf eine weitere Frage.

Der Vorsitzende stieß einen leichten Seufzer aus. Er merkte schon, daß ihm nichts anderes übrigbleiben würde, als das Todesurteil auszusprechen. Seit Ausbruch der Feindseligkeiten hatte er dies schon einmal getan, und das erbärmliche arabische Halbblut hatte auf seinen Befehl hin zur Abschreckung anderer Spione am Ufer des Sees am Galgen gebaumelt - doch hielten sich Leichen in diesem Klima nicht sehr lange.

In diesem Moment entstand draußen vor der winzigen überfüllten Kajüte ein kleiner Tumult. Die Tür ging auf, und ein farbiger Maat kam herein, der einen neuen Gefangenen hinter sich herzog. Bei seinem Anblick erhob sich der Vorsitzende von seinem Stuhl und stand vornübergebeugt unter der niedrigen Decke, denn bei dem Gefangenen handelte es sich um eine Frau und, trotz ihrer tiefen Sonnenbräune, offensichtlich um eine weiße Frau. Eine zerzauste Masse kastanienbraunen Haares hing ihr ins Gesicht, und sie trug nur ein einziges Kleidungsstück, dessen Oberteil zerrissen war und Brüste enthüllte, bei deren Anblick es dem Vorsitzenden unbehaglich wurde.

Der Maat erklärte, daß sie die Frau auf einer der anderen Inseln gefunden hätten und außer ihr noch etwas anderes. Mit schwungvoller Geste brachte er eine Rettungsboje zum Vorschein, und auf der Rettungsboje konnte man den Namen AFRICAN QUEEN erkennen.

»AFRICAN QUEEN?« murmelte der Vorsitzende vor sich hin, während er versuchte, sich an etwas zu erinnern, was ihm schon beinahe entfallen war.

Er zog die Schublade seines Tisches auf und blätterte durch einen Stapel Papiere, bis er fand, was er suchte. Es war eine Kopie der Mitteilung von Hannekens an den Hauptmann der Reserve. Bis zu diesem Augenblick hatte die Nachricht von einer verschwundenen Dampfbarkasse auf dem oberen Ulanga den Kapitän der KÖNIGIN LUISE völlig ungerührt gelassen, doch änderte sich das jetzt entschieden. Er warf einen Blick auf den weiblichen Gefangenen und fühlte sich erneut peinlich berührt beim Anblick dieses unbedeckten Körpers. Auch sie versuchte, mit den Lumpen ihre Blöße zu bedecken. Der Kapitän erteilte dem die Anklage vertretenden Offizier einen kurzen Befehl, worauf dieser sich erhob. Er öffnete einen Spind – die Kajüte, in der sie sich befanden, war Offiziersmesse und Kajüte für drei Offiziere zugleich – und brachte eine weiße Uniformjacke zum Vorschein, in die er Rose dann hineinhalf. Diese Geste erzeugte einen Reflex der Höflichkeit und Ehrerbietung bei den Männern; mit genau derselben Geste hatten sie Frauen bei Opernaufführungen in ihre Umhänge geholfen.

»Ein Stuhl«, sagte der Kapitän, und der als Verteidiger fungierende Offizier bot hastig seinen Stuhl an.

»Verschwindet«, sagte der Kapitän zu den farbigen Matrosen, worauf diese sich zurückzogen und erheblich mehr Platz in der stickigen Kajüte entstand.

»Und nun, verehrte Dame«, sagte der Kapitän zu Rose. Er hatte sich bereits einiges zusammengereimt. Diese beiden Leute mußten der Mechaniker und die Schwester des Missionars sein; vermutlich hatten sie ihre Barkasse auf dem Oberen Ulanga zurückgelassen, waren in einem Kanu heruntergenommen und hatten bei dem Versuch, den See zu überqueren und nach Belgisch-Kongo zu gelangen, während des Sturms in der vergangenen Nacht Schiffbruch erlitten. Er begann, Rose in Suaheli auszufragen; es war eine sehr große Erleichterung für ihn, aus ihrer Verwendung der deutschen Varianten jener Sprache schließen zu können, daß sie offenbar etwas Deutsch sprach – jene langweiligen, mit Grammatik und Wörterbuch unter Samuels sarkastischer Anleitung verbrachten Tage trugen endlich Früchte.

Für eine noch viel größere Überraschung sorgte die Erkenntnis, daß Allnutt und Rose mit der AFRICAN QUEEN die Stromschnellen des Ulanga und das Bora-Delta überwunden hatten.

»Aber verehrte Dame –« protestierte der Kapitän.

Doch trotz allem konnte kein Zweifel daran bestehen, daß ihre Behauptung der Wahrheit entsprach. Der Kapitän blickte staunend auf Rose. Er hatte aus Spenglers eigenem Mund den Bericht über die Stromschnellen und das Delta gehört.

»Das war aber sehr gefährlich«, sagte der Kapitän.

Rose zuckte nur mit den Schultern. Es spielte keine Rolle. Nichts zählte jetzt mehr. Obwohl sie froh gewesen war, Allnutt in der Kajüte zu sehen, schien selbst ihre Liebe zu ihm erloschen, jetzt, da die AFRICAN QUEEN verloren war und die KÖNIGIN LUISE immer noch den See beherrschte.

Der Kapitän hatte von dem Gleichmut und den Fähigkeiten englischer Frauen gehört; hier hatte er einen klaren Beweis dafür vor Augen.

Jedenfalls konnte jetzt keine Rede mehr sein von Spionage und der Todesstrafe. Er konnte nur beide oder keinen hängen, und er dachte nicht einen Moment daran, Rose hängen zu lassen. Selbst wenn sie schuldig wäre, hätte er das nicht getan; weiße Frauen waren in Ostafrika so selten, daß er so etwas als ungeheuerlich empfand. Abgesehen davon, hatte sie eine Dampfbarkasse vom Oberen Ulanga herunter zum See gebracht, und das war eine Leistung, für die er berufliche Bewunderung empfand. Er starrte sie staunend an.

»Aber warum«, fragte er, »warum hat uns Ihr Freund hier nichts davon erzählt?«

Rose drehte sich zu Allnutt um und erkannte, wie krank und müde er aussah, wie er da stand und sich nur noch mühsam auf den Beinen hielt. All ihre Instinkte waren jetzt geweckt. Sie erhob sich von ihrem Stuhl und stellte sich schützend an seine Seite.

»Er ist krank und müde«, sagte sie und fuhr dann entrüstet fort, »er sollte im Bett liegen.«

Allnutt lehnte schlaff an ihrer Schulter, während sie sich grimmig darum bemühte, auf deutsch und Suaheli zu sagen, was sie von Männern hielt, die es fertigbrachten, eine arme Kreatur so zu behandeln. Sie streichelte sein stacheliges Gesicht und murmelte ihm Koseworte zu. In der weißen Uniformjacke und dem zerfetzten Kleid bot sie eine imposante Erscheinung, trotz der verheerenden Auswirkungen der Malaria.

»Aber Sie, gnädige Frau«, sagte der Kapitän, »sie sind ebenfalls krank.«

Rose machte sich nicht die Mühe, ihm zu antworten.

Der Kapitän ließ den Blick durch die Kajüte schweifen.

»Die Verhandlung ist geschlossen«, schmetterte seine Stimme. Sein Kollege und die die Anklage und die Verteidigung vertretenden Offiziere sprangen auf und salutierten. Sie marschierten hintereinander aus der Kajüte, während der Kapitän nachdenklich mit seinem Bleistift auf den Tisch trommelte und sein weiteres Vorgehen überdachte. Natürlich sollten diese beiden eigentlich interniert werden; das würde von Hanneken tun, wenn er sie an Land brachte. Doch waren sie krank und starben möglicherweise in Gefangenschaft. Es war nicht rechtens, daß zwei Menschen, die so viel erreicht hatten, in Feindeshand starben. Alle Gesetze der Ritterlichkeit geboten ihm, mehr als das zu tun. Als gefangene feindliche Zivilisten würden sie in Deutsch-Ostafrika ein wenig angenehmes Leben führen. Und was bedeuteten schon ein kranker Mann und eine kranke Frau für die Entscheidung eines Krieges zwischen zwei Nationen?

Von Hanneken würde fluchen, wenn er davon erfuhr, doch schließlich war er als Kapitän der KÖNIGIN LUISE sein eigener Herr auf dem See und konnte auf seinem Schiff tun, was ihm beliebte. Der Entschluß des Kapitäns stand fest, fast schon bevor der tölpelhafte Schumann die Kajütentür hinter sich geschlossen hatte.

17.

Der Posten eines kommandierenden Marineoffiziers in Port Albert, Belgisch-Kongo, war erst kürzlich geschaffen worden. Er existierte erst seit der vergangenen Nacht. Es war ein kriegsbedingter Zufall, daß der kommandierende Marineoffizier in einem belgischen Hafen ein englischer Korvettenkapitän war. Er schritt auf dem Landungssteg auf und ab und beaufsichtigte die Vorbereitungen des unter seinem Befehl stehenden Flottengeschwaders. Angesichts der Tatsache, daß dieses Geschwader lediglich aus zwei kleinen Motorbooten bestand, mutete der Name sehr hochtrabend an. Doch hatten diese Motorboote mehr Blut und Schweiß und Geld gekostet als vielleicht so mancher Zerstörer, denn sie waren von England gebracht und unter unglaublichen Anstrengungen über Land durch den Dschungel, per Eisenbahn und auf dem Fluß zu dem Hafen, in dem sie jetzt lagen, transportiert worden.

Es handelte sich um Boote mit einer Geschwindigkeit von dreißig Knoten, und jedes würde – nach fertiggestellter Montage – am Bug mit einer automatischen Dreipfünder-Kanone ausgerüstet sein. Dreißig Knoten in Verbindung mit diesen Kanonen würden kurzen Prozeß mit der KÖNIGIN LUISE machen, die maximal neun Knoten lief und nur über ein altmodisches Sechspfünder-Geschütz verfügte. Der Korvettenkapitän schritt ungeduldig auf dem Landungssteg auf und ab; er brannte darauf, sich ans Werk zu machen, nun da der beschwerliche Transport hinter ihnen lag. Es war ärgerlich, daß es immer noch ein Fleckchen Wasser gab, auf dem nicht die Flagge der britischen Kriegsmarine herrschte. Je früher sie sich auf die Jagd nach der KÖNIGIN LUISE machten, desto besser. Er starrte auf den See hinaus und blieb plötzlich stehen. Rauch war am Horizont zu sehen, und darunter erschien ein weißer Punkt. Während er noch auf den See blickte, rannte ein Leutnant über den Landungssteg auf ihn zu; er hielt einen Feldstecher in der Hand.

»Die KÖNIGIN LUISE ist in Sicht, Sir«, sagte er atemlos und reichte ihm das Fernglas.

Der Korvettenkapitän starrte durch das Glas auf das näher kommende Schiff.

»Von der Artilleriebeobachtungsstation aus ist sie fast ganz zu sehen, Sir.«

»Mhm«, sagte der Korvettenkapitän und blickte noch einmal durch das Glas.

»Nach der Zahl der Flaggen zu urteilen, die sie aufgezogen hat, scheint sie klar zum Gefecht«, sagte er. »Mmm – eine Minute.

Das ist nicht die deutsche Flagge auf dem Fockmast. Es ist ... was halten Sie davon?«

Der Leutnant sah wieder durch das Glas.

»Ich glaube ...« sagte er und schaute noch einmal hindurch.

»Es ist eine weiße Flagge«, sagte er schließlich.

»Ich finde auch«, sagte der Korvettenkapitän; die beiden Offiziere sahen einander an.

Beide hatten sie Geschichten gehört – in späteren Jahren sollte es ihnen leid tun, diese geglaubt zu haben – über den Mißbrauch der weißen Fahne durch die Deutschen.

»Möchte wissen, was sie vorhaben«, grübelte der Korvettenkapitän. »Vielleicht ...«

Er hatte es nicht nötig, Erklärungen abzugeben, selbst wenn genügend Zeit dafür gewesen wäre. Falls die Deutschen von der Ankunft der Motorboote am Seeufer gehört hatten, blieb ihnen nur noch eine Chance, ihre Oberherrschaft über dieses Gewässer aufrechtzuerhalten. Ein kühner Angriff – für den eine weiße Fahne eine großartige Tarnung bot –, ein paar wohlgezielte Schüsse, und die KÖNIGIN LUISE konnte ihre unangefochtenen Patrouillenfahrten über den See wiederaufnehmen. Der Korvettenkapitän rannte, so schnell ihn seine Füße trugen, den Landungssteg entlang und die Böschung hinauf zu der Artilleriebeobachtungsstation. Der belgische Hauptmann der Artillerie stand dort mit seinem Feldstecher; unter ihm befanden sich in verborgenen Geschützständen die beiden Gebirgskanonen, die den Hafen beschützten.

»Wenn sie irgendwelche albernen Tricks vorhaben sollten«, sagte der Korvettenkapitän, »werden sie sich die Finger verbrennen. Ich kann eines dieser Gebirgsgeschütze auf sie richten, auch wenn die Belgier das nicht können.«

Doch stand den Deutschen offenbar nicht der Sinn nach albernen Tricks. Der Korvettenkapitän hatte kaum seinen Satz beendet, als die KÖNIGIN LUISE mit der Breitseite zur Küste hin beidrehte, weit außerhalb der Reichweite der belgischen Sechspfünder-Kanone. Die Offiziere auf der Beobachtungsstation sahen von ihrem Bug eine kleine weiße Rauchwolke aufsteigen und hörten einen Gewehrknall von weit entfernt an ihr Ohr dringen. Sie sahen, wie die weiße Fahne am Fockmast auf halbe Höhe heruntergelassen wurde und dann wieder zum Masttop hochkletterte.

»Das bedeutet, sie wünschen ein Palaver«, sagte der Korvettenkapitän; er hatte das Wort »Palaver« noch nie in seinem Leben benutzt, doch war es das einzige, das diesem Anlaß zu entsprechen schien.

»Ich werde gehen«, entschied der Korvettenkapitän. Es entsprach nicht seinen Gepflogenheiten, andere zu gefährlichen Aufgaben zu entsenden, und dies hier konnte gefährlich werden, ungeachtet der weißen Fahne.

»Sie bleiben hier«, fuhr der Korvettenkapitän an den Leutnant gewandt fort. »Sie übernehmen das Kommando, während ich dort draußen bin. Falls Sie es für notwendig halten zu feuern, feuern sie ruhig drauflos – nehmen Sie keine Rücksicht auf mich. Verstanden?«

Der Leutnant nickte.

»Ich werde eines dieser Daus nehmen müssen«, entschied der Korvettenkapitän und zeigte auf die kleine Ansammlung einheimischer Boote am entgegengesetzten Ende des Landungsstegs, wo sie seit Monaten aus Furcht vor der KÖNIGIN LUISE lagen und von wo aus sie nun das geschäftige Treiben rund um die Motorboote abschirmten. Er blieb stehen, um im Geist seine französischen Sätze zurechtzulegen.

»Mon capitaine«, begann er, an den belgischen Kapitän gewandt.

»Voulez-vous . . .«

Es besteht keine Notwendigkeit, näher auf die linguistischen Bemühungen des Korvettenkapitäns einzugehen.

Der Leutnant beobachtete durch sein Fernglas, wie das Dau mit einer aus Eingeborenen bestehenden Besatzung von der Küste aus aufbrach. Der im Heck stehende Korvettenkapitän hatte die Vorsichtsmaßnahme ergriffen, sein Jackett gegen eines aus einfachem weißem Drillich zu vertauschen. Der Leutnant sah, wie er auf das Kanonenboot zusteuerte, das weit draußen auf dem See lag und aussah wie ein weißgetünchter Schleppdampfer auf der Themse. Bald konnte er von dem Dau nur noch das gelbe Segel erkennen; er sah, wie es bei dem Kanonenboot ankam, und verlor es dann aus den Augen, weil sie das Segel aufgerollt hatten, als sie längsseits anlegten. Bange Minuten des Wartens folgten. Dann endlich kam wieder das Segel des Daus in Sicht; sie waren auf dem Rückweg. Eine weitere Rauchwolke stieg auf, als die KÖNIGIN LUISE einen Abschiedssalut abfeuerte, dann drehte sie ab und nahm Kurs auf das unsichtbare deutsche Ufer. Die ganze Szene erinnerte an die feierliche Ritterlichkeit der napoleonischen Kriege.

Als die KÖNIGIN LUISE am Horizont verschwunden war und das Dau schon fast am Ufer anlegte, verließ der Leutnant seinen Posten, um zum Landungssteg hinunterzugehen und dort seinen Vorgesetzten zu empfangen. Das Dau lief zügig ein, und die Eingeborenenbesatzung rollte das Segel auf, als das Boot längs des Landungsstegs zum Stillstand kam. Der Korvettenkapitän stand bei den Achtersitzen. Auf dem Boden des Bootes lagen zwei neue Passagiere, die der Leutnant in äußerstem Erstaunen anstarrte. Der eine war eine Frau; sie trug einen Rock aus buntem Segeltuch – einst Teil eines Sonnensegels der KÖNIGIN LUISE – und ein weißes Leinenjackett, dessen goldene Knöpfe und Tressen erkennen ließen, daß es einem deutschen Marineoffizier gehört hatte. Der andere, den der Leutnant kaum beachtete, so erstaunt war er über den Anblick einer Frau, trug ein Trikothemd und kurze Hosen von der Art, wie sie deutsche eingeborene Matrosen trugen.

»Sorgen Sie für Träger«, sagte der Korvettenkapitän ohne weitere Erklärungen. »Es steht ziemlich schlecht um sie.«

Beide waren im Fieberstadium der Malaria und kaum bei Bewußtsein. Der Leutnant ließ sie in Decken hinauf ans Ufer tragen und sah sich hilflos um; er war im Zweifel, was er mit ihnen anstellen sollte. Schließlich mußte er sie in eines der Zelte legen, die den englischen Matrosen zugewiesen worden waren, denn Port Albert besteht nur aus einer Ansammlung schmutziger Eingeborenenhütten.

»In ein bis zwei Stunden sind sie wieder auf dem Damm«, sagte der Stabsarzt, nachdem er sie untersucht hatte.

»Weiß der Himmel, was ich mit ihnen anfangen soll«, sagte der Korvettenkapitän verärgert. »Das hier ist kein Ort für kranke Frauen.«

»Wer zum Teufel ist sie eigentlich?« fragte der Leutnant.

»Irgendeine Missionarin. Die KÖNIGIN LUISE fand sie schiffbrüchig irgendwo auf dem See, als sie versuchte, hierher zu entkommen.«

»Ganz schön anständig von den Hunnen, die beiden herüberzubringen.«

»Ja«, sagte der Korvettenkapitän kurz. Für einen Zweiten Offizier war es schön und gut, so etwas zu sagen; er mußte sich nicht wie er als Korvettenkapitän mit ständigen Problemen der Unterbringung, Verpflegung und medizinischer Versorgung herumschlagen, kurz, mit all den verzwickten Dingen, die einen Mann bedrängten, der das Kommando über eine Truppe innehatte, deren Versorgungslinien tausend Meilen lang waren.

»Möglicherweise können sie uns ein paar nützliche Informationen über die Hunnen geben«, sagte der Leutnant.

»Können wir sie denn fragen?« schaltete sich der Stabsarzt ein. »Parlamentärflagge und so weiter. Ich kenne mich mit der Etikette bei diesen Dingen nicht aus.«

»Oh, man kann sie schon fragen«, sagte der Korvettenkapitän. Es gibt kein Gesetz dagegen. Doch werden Sie nichts Vernünftiges aus ihnen herausbekommen. Ich hab noch nie eine Betschwester getroffen, die zu irgend etwas nütze war.«

Als die Offiziere Rose und Allnutt dann schließlich über die militärischen Vorkehrungen der Deutschen befragten, wußten sie tatsächlich herzlich wenig zu berichten. Von Hanneken hatte eine von Menschen verlassene Zone um sich gelegt und jeden Mann und jede Frau mobilisiert, um bereit zu sein, jede Truppe zurückzuschlagen, die mit der Absicht kam, ihn zu belästigen, doch das wußten die Engländer bereits. Der Stabsarzt erkundigte sich aus beruflichem Interesse nach der Verbreitung der Schlafkrankheit unter den deutschen Truppen, doch konnten sie ihm zu diesem Punkt nichts berichten. Der Leutnant wollte Einzelheiten über die Besatzung und Ausrüstung der KÖNIGIN LUISE wissen; weder Allnutt noch Rose konnten ihm mehr erzählen, als er bereits wußte, und das war mehr, als die Admiralität und die belgische Regierung ihm berichtet hatten.

Der Korvettenkapitän blickte für einen Augenblick in die Zeit voraus, wenn die Schlacht vorbei wäre, die über die Herrschaft auf dem See entscheiden würde, blickte in die Zukunft, in der eine Flotte Daus, eskortiert von den Motorbooten, eine Invasionsarmee übersetzte, die von Hanneken endgültig niederschlug. Er fragte, ob die Deutschen irgendwelche Vorbereitungen träfen, um einer Landung an ihrem Ufer zu begegnen.

»Hab nichts bemerkt«, sagte Allnutt.

Rose verstand den Gedankengang, der hinter der Frage steckte, besser.

»Man könnte niemanden dort absetzen, wo wir herkommen«, sagte sie. »Es ist nur ein Delta – nur Schlamm, sumpfiges Dikkicht und Malaria. Es führt nirgendwohin.«

»Nein«, stimmte der Korvettenkapitän zu, der als kluger Offizier die Technik der kombinierten Vorgehensweise studiert hatte. »Ich glaube auch nicht, daß das möglich wäre, wenn es dort so aussieht. Wie sind Sie denn zum See hinunter gekommen?«

Er stellte die Frage nur der Höflichkeit halber.

»Wir sind den Ulange heruntergekommen«, sagte Rose.

»Wirklich?« Der Korvettenkapitän hatte kein besonderes Interesse an der Angelegenheit. »Ich wußte gar nicht, daß er schiffbar ist.«

»Ist er auch nicht. Bei Gott nicht«, sagte Allnutt.

Er wollte sich zu dem Thema nicht näher äußern; seine übersprudelnde Gesprächigkeit war versiegt vor diesen prunkvollen Offizieren mit ihren weißen Uniformen, ihrer gebildeten Sprache und ihren stutzerhaften Manieren. Rose war ebenfalls unbehaglich zumute. Sie fühlte sich nicht wohl in der Gegenwart dieser wirklich gebildeten Herren und haderte außerdem mit sich wegen des absurden Umschwungs, in dem all ihre hehren Hoffnungen und extremen Anstrengungen geendet hatten. Selbstverständlich wußte sie weder, was das für Offiziere waren, noch ahnte sie, welche Waffen sie zum Einsatz bereit machten. Marineoffiziere geben am Vorabend eines bedeutenden Unternehmens für gewöhnlich keine Erklärungen gegenüber unerwartet auftauchenden Fremden ab.

»Das ist ja interessant«, sagte der Korvettenkapitän, obwohl sein Tonfall seine Worte Lügen strafte. »Sie müssen mir später mal davon erzählen.«

Man sollte ihm sein mangelndes Interesse an den unbedeutenden Abenteuern dieser beiden äußerst durchschnittlichen Leuten nachsehen, die sich durch den Verlust ihres Bootes zum Narren gemacht hatten. Morgen mußte er eine Flotte ins Gefecht führen, und verwirklichte damit, trotz seiner jungen Jahre, das ersehnte Ziel jedes Marineoffiziers; er mußte noch über vieles nachdenken.

Er hatte in der Tat genügend Stoff zum Nachdenken.

»Vielleicht sind sie ja in Ordnung«, sagte er, als sie weggingen. »Sie sehen jedenfalls so aus. Doch andererseits vielleicht auch nicht. Das Ganze ist möglicherweise nur ein Trick des alten von Hanneken, ein paar von seinen Freunden hier herüberzulotsen. Zutrauen würde ich es ihm jedenfalls. Sie dürfen nicht aus ihren Zelten heraus, bis die KÖNIGIN LUISE versenkt ist. Sie scheinen nicht verheiratet zu sein, und auch wenn sie diese ganzen letzten Wochen zusammengelebt haben, wäre es nicht schicklich, wenn die Königlich-Britische Marine sie zusammen in ein Zelt stecken würde. Eigentlich kann ich nicht noch ein Zelt entbehren. Ich will nicht, daß die Lageraufteilung noch mehr durcheinandergebracht wird, als sie sowieso schon ist. Wie die Dinge liegen, muß ich schon einen Mann von der Arbeit als Wachposten für die beiden abziehen. Diesen belgischen Eingeborenen kann man nicht trauen. Die sind keinen Pfifferling wert. Bones, alter Knabe, Sie kümmern sich doch um alles, nicht? Ich muß jetzt los und mir den Einbau der Kanonen bei der MATILDA näher betrachten.«

18.

Als die KÖNIGIN LUISE am nächsten Tag in feierlicher Würde über den See dampfte, den sie so lange Zeit beherrscht hatte, sah sie, wie zwei lange, graue Körper über das Wasser auf sie zurasten, halb verborgen hinter einer Wolke von Gischt. Der Kapitän, der zwei Tage zuvor als Vorsitzender des Kriegsgerichts fungiert hatte, beobachtete durch seinen Feldstecher, wie sie geradewegs auf ihn zugerast kamen. Jenseits der hochgetürmten Bugwellen konnte er zwei flatternde weiße Quadrate erkennen. Er sah rote Kreuze an den oberen Ecken und einen bunten Farbfleck aufblitzen. Es handelte sich um Flaggen der britischen Kriegsmarine, die an einem Ort wehten, wo solche Flaggen noch nie zuvor gesichtet worden waren.

»Klar zum Gefecht!« bellte er. »Macht die Kanone schußbereit!«

Der kürzlich mit der Anklage betraute Offizier rannte wie wahnsinnig zur Kanone; der als Verteidiger aufgetretene Offizier sprang zum Ruder, um den farbigen Steuermannsmaat zu überwachen und um sicherzustellen, daß die Befehle des Kapitäns prompt ausgeführt wurden. Die KÖNIGIN LUISE machte eine Kehrtwendung, um ihren Feinden die Stirn zu bieten. Ihre schwächliche Kanone böllerte ein- bis zweimal mit kläglicher Schwerfälligkeit. H.M.S. MATILDA und H.M.S. AMELIA wichen zur Seite aus. Mit einer Geschwindigkeit von dreißig Knoten kamen sie in weitem Bogen angestürmt, gerade noch außerhalb der Reichweite jener alten Sechspfünder-Kanone. Die KÖNIGIN LUISE sprach nur schwerfällig auf das Ruder an und benötigte einen riesigen Wendekreis. Sie konnte sich nicht schnell genug drehen, um ihren Bug ständig auf jene fliegenden grauen Körper zu richten, die sie in einer immer kleiner werdenden Spirale umkreisten. Ihre Motoren liefen auf Hochtouren, als sie sich in der Kurve auf die Seite legten. Sie waren viermal so schnell und zehnmal so handlich wie das alte Kanonenboot. Der als Ankläger aufgetretene Offizier sah durch sein Visier nur noch ihr schäumendes Kielwasser. Er konnte die Kanone nicht weiter herumschwenken, und das Kanonenboot konnte nicht schneller wenden.

Der Korvettenkapitän stand mittschiffs in der MATILDA, umtost von einem Sturm, der von einer Dreißig-Knoten-Geschwindigkeit herrührte. Der Lärm des Motors machte ihn fast taub, doch betrachtete er gelassen den geringer werdenden Abstand zwischen ihm und der KÖNIGIN LUISE und den kurvenreichen Kurs, der sein Schiff rapide auf das Heck des Feindes zuführte, das keine Kanone aufwies. Es war seine Pflicht, den leichten Sieg nicht nur davonzutragen, sondern dafür zu sorgen, daß er unter geringstmöglichen Opfern davongetragen wurde. Er blickte zurück, um sich davon zu überzeugen, daß die AMELIA sich in der richtigen Position befand, schätzte noch einmal die Entfernung ab, brüllte dem Mann am Ruder einen Befehl ins Ohr und gab dann dem Oberleutnant, der im Bug an der Kanone stand, ein Handzeichen. Die Dreipfünder-Kanone begann abgehackt eine Salve nach der andren abzufeuern, so rasch nacheinander, daß das Ohr kaum einen Ton vom nächsten unterscheiden konnte. Es war ein bösartiges, gehässiges Geräusch, das ungeheuer drohend und gefährlich wirkte.

Die Geschosse aus der Dreipfünder-Kanone zerbarsten am Heck der KÖNIGIN LUISE. Zunächst durchlöcherten sie nur die dünne Panzerung, doch bald war davon nichts mehr übrig, was sie hätten zerstören können, und so flogen sie weiter ins Innere des Schiffes, hinterließen überall eine Spur aus Feuer und Zerstörung, denn jedes Geschoß waren zwei Pfund fliegendes Metall mit einem Pfund hochexplosivem Sprengstoff. Die Ruderwelle zerbarst in tausend Stücke, und die KÖNIGIN LUISE brach plötzlich aus ihrem kreisförmigen Kurs aus und fuhr in einer Zickzacklinie geradeaus. Der Korvettenkapitän in der MATILDA gab dem Mann am Ruder erneut einen Befehl, hielt seine Boote weiterhin genau auf das Heck gerichtet und sandte von dieser sicheren Position aus die tödlichen kleinen Geschosse aus, die das Schiff durch und durch, vom Heck bis zum Bug, verwüsteten.

Die KÖNIGIN LUISE war ursprünglich nicht als Kampfschiff konstruiert worden; ihre Maschinen und Kessel befanden sich oberhalb der Wasserlinie anstatt weit darunter unter einem Schutzdeck. Bald kam eines jener kleinen Geschosse, dem noch andere folgten, durch das Schott geflogen. Ein tiefes, verdrossenes Dröhnen war zu hören, als der Kessel getroffen und die KÖNIGIN LUISE in eine Dampfwolke gehüllt wurde. Die Besatzung des Maschinenraums verbrannte in jenem Augenblick bei lebendigem Leib.

Der Korvettenkapitän in der MATILDA war auf diesen Moment vorbereitet gewesen; sein kühl kalkulierendes Hirn hatte an alles gedacht. Als er den Dampf hervorquellen sah, erteilte er einen kurzen Befehl, und der Motorenlärm der MATILDA erstarb, als das Gas weggenommen und die Maschine im Leerlauf arbeitete. Als der Dampf sich verzogen hatte, lag die KÖNIGIN LUISE als hilfloser Koloß auf dem Wasser und trieb langsam mit ihren Überresten dahin; die Motorboote lagen still, immer noch sicher achtern. Er hielt nach einem Zeichen für eine Kapitulation Ausschau, konnte jedoch keines entdecken; das schwarze Kreuz flatterte immer noch und forderte das rote heraus. Neben der MATILDA spritzte etwas mit einem Plumps ins Wasser; aus der Richtung der KÖNIGIN LUISE konnte er ein schwaches Knattern vernehmen. Ein paar heroische Seelen feuerten dort mit Gewehren auf sie, und selbst auf eine Entfernung von eineinhalb Meilen kann die Kugel aus einer Mauser tödlich sein; auf den großen Seen Afrikas, wo es insgesamt weniger als hundert weiße Männer gibt und jeder weiße Mann hundert schwarze Männer ins Gefecht führen kann, ist das Leben weißer Männer kostbar. Er durfte seine Matrosen dieser Gefahr nicht länger als nötig aussetzen.

»Verflucht«, sagte der Korvettenkapitän. Er wollte die elenden Deutschen, die mit der Verlängerung ihrer Verteidigung überhaupt nichts erreichten, nicht töten. »Gott verdamm mich; dann eben noch mal los.«

Er brüllte der Besatzung an der Kanone im Bug einen Befehl zu, worauf das Feuer erneut eröffnet wurde, etwas höher diesmal, damit die Geschosse über das Deck hinwegstreichen konnten. Eine Granate tötete drei eingeborene Matrosen, die auf dem Deck lagen und aus ihren Gewehren feuerten; der als Ankläger aufgetretene Offizier wußte hinterher nicht mehr, wie es ihm gelungen war zu entkommen. Eine andere Granate schlug auf der Kommandobrücke ein und tötete Leutnant Schumann, verschonte jedoch den Kapitän, der eine Minute zuvor nach unten gegangen war und sich, den Mantel vor dem Gesicht, in den sengendheißen Dampf des Maschinenraums wagte, um seine letzte Pflicht zu erfüllen.

»Vielleicht gibt ihnen das den Rest«, sagte der Korvettenkapitän und ließ das Feuer einstellen. Selbst drei Pfund schwere Geschosse sind mühsam zu ersetzen bei tausend Meilen langen Versorgungslinien. Er schaute wieder zur KÖNIGIN LUISE hin. Sie lag unbeweglich, umgeben von Rauch- und Dampfschwaden. Es wurde nicht mehr geschossen, doch war die in der unbewegten Luft schlaff herabhängende Fahne mit dem schwarzen Kreuz immer noch gehißt.

Dann sah der Korvettenkapitän, daß das Schiff tiefer im Wasser lag, und eben, als ihm das klarwurde, legte sich die KÖNIGIN LUISE plötzlich und unvermittelt auf eine Seite. Der Fregattenkapitän hatte seine Pflicht erfüllt; er hatte sich an den zerstörten Maschinen vorbei zu den Bodenventilen vorgetastet und sie geöffnet.

»Hoffentlich können wir die armen Teufel retten«, sagte der Korvettenkapitän und ließ volle Kraft voraus fahren.

Die MATILDA und die AMELIA kamen genau in dem Moment angebraust, als die deutsche Flagge, die als letztes noch zu sehen war, unter der Oberfläche verschwand. Sie kamen rechtzeitig, um alle Überlebenden, außer den hoffnungslos Verwundeten, zu retten.

19

Jeder Sieg bringt ein Hochgefühl mit sich, auch wenn verwundete Männer vorsichtig über den Landungssteg ins Lazarettzelt getragen werden müssen und wenn ein telegrafischer Bericht verfaßt und an die Admiralität gesandt werden muß; selbst wenn ein nicht sprachbegabter Korvettenkapitän einen weiteren Bericht auf französisch für den belgischen Kommandanten zusammenstoppeln muß. Zumindest konnte er sich dazu beglückwünschen, eine Seeschlacht gewonnen zu haben, die so entscheidend war wie die auf den Falkland-Inseln oder auf Tsu-Shima, und er konnte der Verleihung des britischen Kriegsverdienstordens und des belgischen Ordens der Krone entgegensehen und einer Beförderung, die ihn einen Schritt weiterbrachte auf dem Weg zum Admiral.

Er beschäftigte sich im Geist schon ausgiebig mit seinen neuen Plänen und sah lebhaft den nunmehr in greifbare Nähe gerückten Zeitpunkt voraus, an dem er die Invasionsarmee über den See eskortieren würde. »Schnell zuschlagen, hart zuschlagen und immer weiter zuschlagen«; je früher die Landungstruppen sich auf den Weg machten, desto weniger Zeit hatte von Hanneken, sich von dem heutigen, völlig unerwarteten Schlag zu erholen und Vorkehrungen zu treffen, um eine Landung zu verhindern. Der Korvettenkapitän betonte in seinen Schilderungen gegenüber dem kommandierenden belgischen Offizier am Ort und gegenüber dem belgischen Hauptquartier und dem britischen Hauptquartier in Ostafrika die Dringlichkeit der Angelegenheit.

In der Zwischenzeit konnte er jedoch nicht von den Sorgen aller Oberbefehlshaber verschont bleiben. Jene lange Versorgungslinie war unsagbar lästig, er hatte fünfzig Matrosen in Zentralafrika zu versorgen, die englische Verpflegung erwarteten, und nun hatte er auch noch ein paar deutsche Verwundete auf dem Hals – zwar größtenteils Farbige, doch bedeuteten diese trotz allem eine Belastung seiner Verpflegung – und außerdem noch einige nicht verwundete Gefangene. Die Angelegenheit erforderte zügiges Handeln. Er ließ Rose und Allnutt herbeiholen.

»Ein belgischer Geleitschutz macht sich jetzt mit Gefangenen auf den Weg hinunter zur Küste«, sagte er kurz angebunden. »Ich schicke Sie beide mit. Ich nehme doch an, daß dies in Ihrem Sinn ist.«

»Ich denk schon«, sagte Allnutt. Bis zu diesem Moment hatten sie sich wie Menschen ohne Zukunft gefühlt. Selbst die Zerstörung der KÖNIGIN LUISE hatte jenes Gefühl von Leere, die sich vor ihnen auftat, verstärkt.

»Sie werden wahrscheinlich Soldat werden«, sagte der Korvettenkapitän. »Selbstverständlich kann ich Sie hier nicht einstellen. Ich kann in dieser Sache gar nichts unternehmen. Doch unten an der Küste werden Sie einen britischen Konsul antreffen, in Matadi, glaube ich, oder irgendwo in dieser Gegend. Jedenfalls werden die Belgier dafür sorgen, daß mit Ihnen alles richtig läuft. Jeder britische Konsul wird sich um Ihre Angelegenheit kümmern. Natürlich erst, wenn sie Ihre Malaria überwunden haben. Ich vermute, daß man Sie in eine der südafrikanischen Einheiten steckt. Somit dürfte dann bei Ihnen alles klar sein.«

»Jawohl, Sir«, sagte Allnutt.

»Und nun zu Ihnen, Mrs. – äh – Miß Sayer, nicht wahr?« fuhr der Korvettenkapitän fort. »Ich glaube, die Westküste ist auch für sie die beste Lösung, finden Sie nicht auch? Sie können von dort aus nach England zurückkehren. Ein britischer Konsul . . .«

»Ja«, sagte Rose.

»Das wäre dann also erledigt«, sagt der Korvettenkapitän erleichtert. »Sie werden in etwa zwei bis drei Stunden aufbrechen.«

Man konnte von einem jungen Offizier, der dabei war, die Eroberung eines Landes zu planen, das halb so groß wie Europa war, schwerlich erwarten, daß er zwei zivilen Schiffbrüchigen mehr Aufmerksamkeit widmete. Dieses »Mrs. – äh – Miß« des Korvettenkapitäns war es, das endgültig Roses Zukunft besiegelte und sie in Ordnung brachte – oder in Unordnung, wenn man so will. Als sie den Korvettenkapitän verließen, fühlte Rose sich ganz elend vor Scham. Bis zu diesem Zeitpunkt war sie eine Frau ohne Zukunft, und infolgedessen war ihr nichts wirklich wichtig gewesen. Nun war das anders. Der Korvettenkapitän hatte die Möglichkeit einer Rückkehr nach England erwähnt; bei Rose beschwor dies die Erinnerung an ärmliche Straßen, kritische Menschen und neugierig herumschnüffelnde Tanten herauf – daß Tanten ihre Nasen in alles steckten, war nach Roses Erfahrung ein wesentliches Merkmal von Tanten. Außerdem war es auch äußerst schmerzlich, einer Trennung von Allnutt entgegenzusehen, er hatte ihr so viel bedeutet, sie war ihm jetzt wochenlang kaum von der Seite gewichen; ihn nun zu verlieren, wäre so, als verlöre sie ein Glied, selbst wenn ihre Gefühle ihm gegenüber sich gewandelt hatten. Sie konnte sich die ungewisse Zukunft, die ihrer harrte, nicht ohne Allnutt vorstellen.

»Charlie«, sagte sie drängend. »Wir müssen heiraten.«

»Menschenskind«, sagte Allnutt. Dies war ein Aspekt der Situation, an den er tatsächlich noch nicht gedacht hatte.

»Wir müssen das so schnell wie möglich erledigen«, sagte Rose.

»Ein Konsul kann Leute trauen. Der Offizier dort drinnen sprach von einem Konsul. So bald wir zur Küste kommen...«

Allnutt fühlte sich leicht verwirrt und benommen. Diese überraschende Abschiebung zur Westküste Afrikas, dieser als selbstverständlich vorausgesetzte Eintritt in die südafrikanischen Streitkräfte und nun dieser Antrag; es verschlug ihm beinahe die Sprache. Er dachte an Roses leichte Überlegenheit, was ihren gesellschaftlichen Status betraf. Er dachte an Geld; vermutlich würde er in der südafrikanischen Armee Sold erhalten. Er dachte an das Mädchen, das er vor zwölf Jahren, als er achtzehn war, geheiratet hatte. Wahrscheinlich war sie inzwischen durch die Hände eines halben Dutzend Männer gegangen, doch waren sie nie geschieden worden, und vermutlich war er immer noch mit ihr verheiratet. Nun gut, zwischen Südafrika und England lagen Welten, und der Gedanke an sie beunruhigte ihn nicht besonders.

»In Ordnung, Rosie«, sagte er. »Wir tun's.«

So verließen sie also den See und begannen die weite Reise in Richtung Matadi und Heirat. Ob sie fortan immer glücklich und in Frieden zusammenlebten oder nicht, ist schwer zu sagen.

Bitte beachten Sie auch
die folgenden Seiten

Die Chronologie der Hornblower-Romane

C.S. Forester

Band I
Fähnrich zur See Hornblower
Roman · 192 Seiten
Ullstein TB 22433

Band II
Leutnant Hornblower
Roman · 272 Seiten
Ullstein TB 24608

Band III
Hornblower wird Kommandant
Roman · 224 Seiten
Ullstein TB 22462

Band IV
Hornblower auf der »Hotspur«
Roman · 448 Seiten
Ullstein TB 24310

Band V
Der Kapitän
Roman · 304 Seiten
Ullstein TB 24064

Ullstein Taschenbuch